# 비밀궁전의 비밀

# 비밀궁전의 비밀

## 한인자 수필집

book*in*

# 꽃길에서 만난 이야기 조각들

70대 중반을 넘어서면서 건강한 삶을 살 수 있는 시간은 얼마나 될까, 어림짐작해본다. 한치 앞을 예측할 수 없는 불확실의 시간들뿐이다. 아름다운 마무리를 준비할 때가 된 듯하다. 평생을 열심히 살아왔으나 돌아보니 일장춘몽一場春夢인 듯 화살처럼 달려온 세월이 허탈하기만 하다. 그런데 헤아려보니 삶 자체가 희로애락과 고품이었으나 나름 복된 삶을 살아온 듯도 하다.

세상의 어느 부모가 자식이 잘되기를 바라지 않겠는가. 나의 부모님 또한 맏자식의 복된 삶을 간절한 소망을 담아 기원했다. 꽃길 같은 아름다운 삶이 되기를 축원하며 힘을 다해 다듬어 키웠기에, 순전히 그 소망 따라 나의 평생이 평온한 꽃길로 이어질 수 있었다. 부귀공명된 길을 원치 않았고 특별하지 않은 평범한 삶속에서 삶의 참맛을 누리며 행복하기를 소망하며 그 길로 인도하셨다. 해방과 6·25 난리통의 혼돈과 궁핍의 시대를 거쳐 오면서도 탈 없고 부족함 없이 지켜주신 부모님의 사랑이 저리게 다가온다.

부모님의 사랑을 기리며, 꽃길에서 만난 이야기 조각들을 찾아 정리해보았다. 부모님 슬하에서의 꿈속 같던 세월, 스승님들의 사랑으로 채워진 학창시절, 순전한 남편의 사랑으로 엮어간 결혼과 신앙생활, 종손부와 맏며느리로 받은 신뢰와 고임, 세상에서 맺어진 아름다운 인연들, 보석 같은 자손들, 그야말로 자유로운 삶을 누리며 꽃길 속을 이어왔다. 97세 되신 나의 어머니는 오늘도 두 손 모아 노년의 맏자식을 위해 간절히 기도하신다.

부모님은 약하고 예민한 나에게 세상에 적응할 수 있는 훈련과 좋은 성품과 인격을 만들어주기 위해 끊임없이 가르치셨다. 덕분에 세상살이에서 낙오되지 않았고 걸림돌과 미운돌이 되지 않았다. 풍족한 두 분의 사랑은 세상을 당당하고 밝게 살아갈 수 있도록 자긍심을 심어주셨다. 따뜻한 시선으로 세상을 사랑하며, 세속에 매이지 않고 멋지게 생을 살아가는 법을 가르치셨다. 아버지 어머니가 자랑스럽다. 그런 두 분의 자식이어서 행복하다.

내놓기에는 부끄럽고 망설여지는 부족한 글이지만 책 제목을『비밀궁전의 비밀』이라 이름 지어 에세이집을 엮는다. 부모님 덕택으로 살아온 축복받은 삶이기에 두 분께 감사드리며 부모님 전에 이 책을 올린다. 남편의 3주기 기일을 맞아, 평생을 사랑으로 지켜준 남편과 함께 걸어온 아름다운 삶의 행로行路를 모아 남편 영전에도 바친다.

　글을 쓰고 등단을 하고 에세이집을 출간하기까지 서울교대 '내 글로 책쓰는 비결' 김낙효 교수님이 많은 힘을 써주셨다. 그분의 가르침과 따뜻한 지도로 작품이 완성될 수 있었다. 교수님께 출간의 기쁨과 감사를 드린다. 추운 겨우내 후배 김대섭, 이한민 님의 수고가 큰 힘이 되었으니 그저 고마울 뿐이다. 초고를 읽어주며 용기를 준 딸 정수와 컴퓨터 교사로 수고한 현준, 승준 두 손주의 노고를 치하한다. 이 책을 읽는 이들 마음에 따뜻한 사랑이 전달되었으면 하는 간절한 바람이다.

2019년 4월

한인자

# 차례

# Part I

# 소망 따라 꽃길 따라

하늘의 별이라도 따주고 싶었던 부모님의 따뜻한 사랑, 두 분의
품안에 살았던 충주의 그 집, 그 방, 그 시절이 한없이 그립기만
하다. 창고 속 맛있는 천연 간식들도 그렇다. 맏자식의 행복을
위한 간절한 소망으로 일평생 꽃길 위에서 살게 해주신 부모님
의 깊은 사랑은 살아가는 동안 나에게 큰 힘이 되어주었다.

# 이야기꾼 아버지, 어머니

첫째인 나를 낳을 때 아버지께서 태몽을 꾸셨다고 한다. 은방울 세 개가 한 줄에 달린 예쁜 선물을 받는 꿈이었다. 후광이 빛나는 높은 자리에 앉은 이가 하사하기에 무릎을 꿇고 두 손으로 공손히 받아 흔들어 보니 그 소리가 영롱하기 그지없었다고 했다. 한 줄에 달린 은방울같이 우리 세 자매는 따뜻한 우애를 나누며 쌍둥밤들처럼 살고 있다. 막냇동생인 외아들은 늦둥이로 태어났다.

할아버지의 두 집살이로 성장기를 불행하게 지낸 아버지는 당신이 가정을 이루게 되면 행복하게 살리라 결심하셨다고 한다. 시골에서 시어른만 모시고 사는 엄마가 안쓰러웠다. 따뜻한 엄마의 손길과 그 품안이 어찌 그립지 않았겠는가. 서울 작은어머니 집에서 나의 아버지를 포함한 큰집 3남매, 작은집 8남매가 함께 공부하며 살았다고 하니 그때 오순도순 정답게 지내던 따뜻한 가정을 아버지가 부러워했던 것은 당연한 일이었다. 그런 아버지의 아픔 덕분에 우리는 하늘 아래 둘도 없는 특별한 아버지 사랑을 받으며 살았다.

아버지는 내가 초등학교 때부터 노트와 필통, 책가방을 챙겨주며 학습과 글짓기를 지도했다. 책을 큰소리로 또박또박 읽히고, 산수도 풀게 하는 친절하고 실력 있는 가정교사였다. 아버지가 손수 깎아서 나란히 넣어주는 필통 속 연필은 너무 예뻐서 쓰기에도 아까울 정도였다.

또한 예절의 중요성을 강조하며 훈육시켰다. 손님이 오셨을 때 단정히 서서 두 손을 앞으로 모으고 허리 굽혀 인사하도록 실습을 시켰다.

"어서 오십시오. 반갑습니다."

말할 때는 '적당한 크기의 목소리, 명확한 발음으로 또렷하게 해라. 어른께 말씀 드릴 때 웅얼웅얼하지 말고 간결하고 분명하게 말하고, 무례하게 빤히 쳐다보지 말 것이며 공손하고 정중하게 바라보고, 당당하되 겸손하게 하라.' 훈련받을 때는 쑥스럽고 어색했는데 훗날 그 가르침에 감사하게 되었다.

아버지는 우리 학교 졸업식이나 행사 때 가끔 축사를 하셨다. 초등학교 3학년 어느 날 저녁에 선생님들이 우리 집을 방문하셨다. 아버지께서 나를 불러 인사를 시켰다. 담임선생님 옆에 앉은 모르는 선생님이 나에게 한 말씀 하셨다.

"눈매가 성깔 있어 보이네."

그 말씀이 어린 나로서는 너무 창피하여 얼굴이 빨개졌다. 내가 몸이 약하고 예민하며 편식까지 하는 탓에 부모님이 과보호를 했기 때문인지, 그 소리를 듣고 기분 나쁜 표정을 지었다. 저녁에 아버지는 조용히 나를 타이르셨다. 화날 때 얼굴이 빨개지면 수양이 부족한 사람이니 마음을 잘 다스려야 한다고. 아버지로부터 그런 말을 들은 것이 나름 충격이었는지, 평생을 그 말씀을 지키며 살았다.

아버지는 엄격하셨다. 중학교 2학년 때 일이다. 3학년 언니와 하교 중 언니 집에서 놀다 저녁까지 먹게 되었다. 아버지와 같은 회사에 다니는 직원 집이었다. 어두워져 집에 오니 온 식구가 밖에 나와 나를 기다렸다. 엄마는 아버지가 엄청 화가 나 있다고 했다. 아버지는 화가 나도 나만 보면 풀어졌는데 그날은 통하지 않았다. 나는 평생 처음이자 마지막으로 회초리를 맞았다. 너무 무섭고 슬펐다. 집에 연락도 없이 늦는 건 부모님의 근심걱정이 된다는 걸 알게 되었다. 다시는 연락 없이 놀고 다니는 일은 없었다. 그때 나는 '중2병'으로 부모님을 골탕 먹였던 것 같다.

아버지는 야담과 역사를 꿰뚫는 이야기꾼이었다. 아나운서처럼 정확한 발음과 목소리로 엮어가는 이야기는 한도 끝도 없었다. 지금도 떠오르는 이야기 하나가 있다. 어느 새색시가 대갓집으로 시집을 와보니 신랑이 병이 깊어 죽을 날만 기다리고 있었다. 속아서 시집 온 새색시는 신랑의 뒤를 따라 죽으려 비상을 타놓고는 깜박 잠들었다. 그 사이 신랑이 독약을 물인 줄 알고 마셨는데 목에서 주먹만 한 덩어리를 토해낸 후 살아났다는 이야기이다. 그 신랑이 평소 대추를 즐겨 먹었는데 대추 벌레들이 덩어리가 되어 백약이 무효였으나, 독약으로 벌레덩어리를 죽일 수 있었다. 천사 같은 새댁의 심성이 신랑을 살려냈다는 이야기는 아직도 기억에 생생하다.

엄마의 도깨비 이야기는 현장감까지 곁들였다. 도깨비가 대문을 삐그덕 열고 쿵, 쿵, 쿵, 쿵 뛰어서 부엌으로 가 가마솥 뚜껑을 드르륵 열고 물을 쏴아 붓고는… 이쯤에서 나는 엄마 품으로 바짝 기어든다. 불을 때던 시절, 부엌에서 음식을 만드는 것을 실감나게 이야기하셨다. 우리는 두 분의 이야기 속에서 끝도 없는 상상력을 펼치며 성장했다.

아버지는 〈성불사의 밤〉 〈아 목동아〉 등을 바리톤 목소리로 부르길 즐겨하셨다. 지금도 아버지의 목소리가 귓가에 남아 있다. 우리는 여행과 외식으로 그 시절에 보기 드문 남다른 생활을 하였다. 아버지는 명화를 보여주기 위해 영화관에 꼭 데리고 갔고, 외국어의 중요성을 강조하며 넓은 세상을 알게 해주셨다. 전후戰後에 모든 것이 부족한 결핍의 시절이었음에도 아버지는 당신이 받지 못한 사랑을 가족들에게 최선을 다해 베푸는 듯했다. 그것이 평생 동안 나의 풍요로운 정신적 샘물의 원천이 되었다.

영원히 내 편인 어머니가 아직 생존해 계신다. 1923년생, 올해로 97세이시다. 여러 전쟁과 질곡의 세월이 녹녹치 않았음에도 곱고 건강하시다. 의료시설이 잘 갖춰진 요양병원에서 생활하신다. 아침이면 출근하듯이 곱게 단장하고 하루를 시작하신다. 아직까지도 소녀 때처럼 총명하여 자녀 손들의 기도 제목을 다 외우고 계신다. 오늘도 노구의 몸으로 무릎 꿇고 엎드려 두 손 모아 간절히 기도드린다.

어머니의 교육은 철저했다. 옛날 궁중의 공주님에게도 물 긷기와 외양간의 두엄치기를 가르쳤다면서 여자는 도둑질 말고는 다 할 줄 알아야 한다고 했다. 말 한마디로 천 냥 빚을 갚을 수 있고 절에 가서도 새우젓을 얻어먹을 수 있다며 말의 중요성을 강조하였다. 시댁 법도를 따르고 순종해야 한다고 했다. 배고픈 이웃을 외면치 말고 콩 반쪽도 나누는 덕을 베풀라 하셨다. 독한 말을 입에 담지 마라. 말이 씨가 되는 법이라. 마음씨, 솜씨, 맵시를 아름답게 가지라. 끝도 없는 가르침이 사남매의 성품이 되었고 인생관이 되었다. 입이 짧고 약한 큰딸 때문에 애를 태웠으면서도 네가 효녀니 너도 네 딸에게 더 큰 효도를 받으리라는 덕담이 넘쳤다.

어머니는 유머로 세상을 재미있게 사는 방법을 알려주셨다. 여름날 번개와 벼락, 천둥소리가 요란할 때 어머니는 이불을 펼쳐 들고 공포감을 부추기며 큰소리로 외쳤다.

"뛰어라, 빨리 들어와라, 벼락 맞겠다. 이불 속에 꼭꼭 숨자."

우리는 소리치며 장난스럽게 뛰어들었지만 그곳이 안전한 피난처였음을 훗날 알게 되었다.

내가 세상을 당당하고 거침없이 살게 된 것은 아버지 어머니가 만들어준 자존감 때문이었다. '너는 세상에서 제일 잘 나고 똑똑한 사람, 제일 사랑받는 소중한 사람'이라는 자긍심을 심어주었다. 사회에 폐를 끼치지 않는 인간으로 당당하게 살게 해주었고 따뜻한 시선으로 세상을 사랑하며 생을 멋지게 즐기는 법을 가르쳐준 아버지 어머니, 그런 두 분의 자식이어서 다행이고 또한 행복하다.

●

# 20대에 만난 나의 롤모델

1960년대 초, 그러니까 60여 년 전 덕수궁에서는 해마다 가을이면 국화전시회가 열렸다. 일 년 동안 정성으로 키워 전시한 아름다운 작품은 고궁을 찾는 이들에게 특별한 문화행사였다. 대학 2학년이었던 1964년 가을, 나는 친구들과 어울려 전시회에 갔었다. 각양각색으로 아름다움을 자랑하는 국화를 감상하면서 즐거운 시간을 보내고 있었다. 많은 관중들 속에서 한 노부부의 모습에 눈길이 머물렀다. 가히 군계일학群鶏一鶴이었다.

기품이 넘치는 남편과 부인의 우아한 모습에서 가을 국화보다 그윽한 향기가 묻어났다. 두 사람이 나란히 걷는데 한 폭의 그림이었다. 부부가 손을 맞잡고 조용하게, 천천히 고궁을 걷는 것만으로도 예술이었다. '나도 결혼해서 저렇게 멋진 모습으로 살아야지. 노년에는 저들처럼 우아하고 향기롭게 늙어가리라'고 결심했다. 덕수궁에서 만난 노부부를 보면서 미래의 내 모습을 마음속에 새겨놓았다.

●

지금까지 살아오는 동안 아름다운 모습으로 각인된 한 사람이 또 있다. 첫 아기가 돌을 지나 걸음마를 할 때쯤 밖에서 많은 시간을 보냈다. 뒤뚱거리며 아슬아슬 내달리는 아기를 뒤쫓아 다니느라 정신이 없는 중에 눈에 번쩍 띄는 노부인과 마주쳤다. 얼굴은 60대쯤 되어 보이는데 몸매는 아름답고 탄력 있어, 마치 20대처럼 보였다. 아직까지 이렇게 아름다운 체형을 가진 노인을 본 적이 없었다. 그 부인은 발레리나였다. 그때 나도 좋은 모습을 유지하겠다는 결심을 하게 되었다.

내가 본격적으로 걷기를 시작한 것은 40세부터였다. 대학 졸업 후 15년 되던 해에 시할아버님이 돌아가시고 제사가 대폭 줄어 시간 여유가 생겼다. 39세 되는 가을 학기에 대학원 공부를 시작했다. 과로로 병이 왔다. 심장을 조절하는 자율신경에 실조증이 생겨 심장 쇼크가 자주 일어났다. 의사의 처방은 걷기였고 걷기는 생활화되어야만 했다. 그 무렵 베스트셀러였던 김영길의 책 『누우면 죽고 걸으면 산다』가 나의 교과서가 되었다. 걷다가 과過해서 몸살이 나고 겁이 나도 저자의 말을 굳게 믿고 그 결심을 지켜나갔다. 어쩌다 걷기가 싫어지면 심장이 쪼여오던 고통을 생각하며 눈이 오나 비가 오나 무작정 걸었다.

우리 집은 일산의 고봉산자락에 위치했다. 20년 전 가을에 아름다운 풍경에 빠져, 그곳에서의 노년을 설계했다. 때마침 토지공사에서 택지 분양 중이라 택지를 계약하고, 집을 지어서 오늘까지 살고 있다.

우리 부부가 가장 사랑하는 곳은 고봉산자락 둘레길과, 습지공원이다. 생각나면 아무 때나 둘레길을 걸을 수 있으니 제왕이 부럽지 않았다. 20년이 지나도 첫사랑처럼 애틋하고 행복했다. 고봉산 길을 걷고 중산공원을 걷는 것은 50여 년 전 결심을 실천하고 있는 것이다. 나는 젊은날에 세운 꿈과 비전은 분명 이루어진다고 믿었다. 목표를 향해 최선을 다해 노력했기 때문이다.

남편이 퇴직하면서 우리 부부는 규칙적으로 공원 산책을 하였다. 공원을 산책하는 사람들은 우리를 중산공원의 명물이라고 했다. 우리 부부를 보는 사람들은 하나같이 절로 행복해진다고 했다. 나는 항상 남편의 왼편에 서서 걸었다. 남편은 오른쪽 청력이 좋지 않아서 내가 왼편에 서는 것을 좋아했다. 연세 드신 동네 어른들은 그 자리를 기억하고 있었던지 어쩌다 자리를 바꿔 내가 오른쪽에 서면 "틀렸어, 자리가 바뀌었어. 왼쪽에 서서 걸어요"라며 사뭇 명령조였다. 1964년 덕수궁 가을 국화전시회장에서 만난 노부부처럼은 아니더라도 20년 가까이 변함없이 함께 걷는 모습만으로도 보는 이들을 흐뭇하게 했던가 보다. 이 정도면 20대에 꾸었던 꿈이 이루어진 것이지 싶다.

늙어가는 것은 피부 처짐이나 주름살로 알 수 있지만 체형이나 걸음걸이로도 알 수 있다. 지하철을 탈 때 자주 느끼는 일이다. 곱게 차려 입고 예쁘게 화장한 고운 모습으로 보아 노인석에 앉을 연배가 아니다 생각했는데, 내릴 때 보면 엉거주춤, 비실비실 걷는 모양새가 틀림없는 노인이다. 늙음은 어찌해도 숨길 수가 없는가 보다.

2년 전에 스페인 산티아고 순례길을 완주하고 작년에 스위스 알프스 미삼봉을, 올해는 이탈리아 돌로미티 알프스를 트레킹하였다. 순례 중에 만난 수많은 사람 중에 70대 중반 할머니는 보이지 않았다. 알프스 트레킹에서 내 나이를 말했을 때 상상도 못했다는 대답을 동시에 들었다. 이 같은 쾌거는 20대에 만난 그 노부인으로부터 받은 감동 때문이었다.

나는 골프를 칠 때에도 18홀을 모두 걸어서 라운딩을 마친다. 힘차고 씩씩하게 걷는 내 뒷모습을 보고 20대인 줄 알았다며 어느 젊은 부인이 말했다.

"형님, 골프장을 씩씩하고 빠르게 누비는 모습이 딱 고삐리예요."

"고삐리가 뭐예요?"

"고등학생이요, 고등학생."

놀림인지 칭찬인지 모르겠으나 기분은 나쁘지 않았다. 예전에 그 노부인은 60대이면서 20대로 보였지만 나는 70대인데 '고삐리'로 보인다 한다. 그렇다면 내 목표는 충분히 이룬 셈이다. 나도 20대의 젊은이들에게 동기부여가 될 수 있기를 바란다. '꼰대'는 저리 가라! 신세대와도 대화가 통하는 할머니이고 싶다. 그러기 위해서는 생활이 게을러서는 안 된다. 아름다운 노년을 위해 운동을 꾸준히 할 것이며, 좋은 생각을 하면서 자투리 시간을 명상으로 채울 것이다. 나의 노년이 지금처럼만 건강했으면 하는 바람이다.

# 꿈같은 어린 시절

나에게 가장 오래된 기억을 말하라 한다면 어디쯤부터 시작해야 할까? 세 살 터울인 남동생이 태어난 날을 기억하니 네 살부터인 듯하다.

어느 날 외할머니와 낯선 여자가 엄마 방에 있었고 할머니는 물이 담긴 대야를 들고 부엌과 방안을 바삐 드나들었다. 내 동생이 태어난 날이었다. 70년 세월이 흘렀음에도 그날의 기억은 퇴색하지 않고 네다섯 살의 순수했던 기억으로 또렷이 남아 있다.

울타리가 있는 우리 집은 옆집 꽃밭과 맞닿아 있었다. 야트막한 나무 담장 밑 옆집 꽃밭에는 내가 좋아하는 꽈리나무가 지천이었다. 하얀 꽃이 지고 눈곱만 한 열매가 한 줄기에 대여섯 개씩 매달려 빨간 꽈리로 익어갔다.

우리 집에도 꽈리나무가 많았으면 하며 옆집을 부러워했다. 담 밑으로 옆집 빨간 꽈리들이 늘어져서 우리 집으로 넘어올 때도 있었다. 빨갛게 익어가는 꽈리는 날마다 보고 또 보아도 좋았다. 볼 때마다 따고

●

싶은 마음이 간절했다. 참다가 어느 날 콩닥거리는 마음을 조이면서 꽈리를 따고야 말았다. 누군가가 도둑이라고 소리칠 것 같았다. 금방이라도 엄마의 불호령이 떨어질 것도 같았다. 무서웠다. 나는 꽈리를 손에 쥐고 아무도 없는 곳으로 달려가 숨었다. 껍질을 벗겨 알맹이를 꺼냈다. 별것도 아니었다. 도둑질한 꽈리를 구석에서 몰래 가지고 노는 내 모습도 멋있어 보이지도 않았다. 옆집 꽈리를 몰래 땄다는 죄책감은 평생 나를 따라다녔고 아무에게도 고백하지 못한 비밀이 되었다.

또 하나 지은 죄가 있다. 엄마는 옆집에 손바닥만 한 접시를 가져다 주라고 했다. 손에 들고 뛰어가다 넘어지면서 접시를 깨뜨렸다. 산산조각 난 접시를 보면서 눈물이 났다. 엄마한테 야단맞을 것 같아 겁이 나고 무서웠다. 사실대로 말씀드릴 수 없어 끝내 숨기고 말았다. 잘 갖다드렸느냐고 엄마는 한번도 묻지 않았다. 옆집 엄마도 접시 이야기를 하지 않았다. 내 마음속에 숨겨진 그날 일은 살아오면서 불쑥불쑥 내 속을 건드렸다. 정직하지 못했던 나의 어린 시절을 이제야 드러낸다.

잘 생긴 동생과 과자를 먹으며 놀던 기억과 동생이 걸음마 하던 생각이 난다. 동생의 기억은 여기서 끝이다. 백일해를 앓던 동생을 잃고 말았다. 넋이 나간 듯 멍하니 앉아 있던 엄마의 모습만이 아프게 남아 있다. 지금 생각해보니 예쁜 어린 자식을 잃은 엄마의 애끓는 슬픔이 어떠했을까, 기억속의 엄마가 아프게 다가온다.

엄마의 안정을 위해 수덕사에 갔다. 어린 나와 아카시 나뭇잎을 떼내며 가위바위보 게임을 하면서 엄마는 마음을 달랬던가 보다. 약과와 튀각을 들고 와 우리 모녀에게 건네주셨던 주지 스님의 자상하면서도 청결한 모습이 눈에 선하게 남아 있다.

어렸을 때 나는 몸이 가려워서 늘 등을 긁어달라고 했다. 엄마와 외갓집 식구들은 누구나 나의 등을 긁어주는 갈퀴손 역할을 했다. 첫 애기라 경험이 없어 덥게 키워 생긴 증상이라고 했다. 첫아이는 부모의 사랑도 많이 받지만 시행착오로 불이익을 받기도 한다. 가려움에는 소금물이 좋다 하여 해수욕장에 자주 갔다. 아빠 품에 안겨 바라본 끝없이 넓고 푸른 바다의 시원했던 느낌이 살아난다. 엄마와 함께 바닷가에서 주웠던 신기한 하얀 조가비의 발견도 기억이 생생하다.

엄마는 도깨비와 호랑이 이야기를 자주 들려주었다. 무섭기도 했지만 얼마나 흥미진진했던지 지금의 드라마와는 비교도 안 될 정도였다. 땅거미 질 무렵 뒷간에서 일보는 아이를 호랑이가 나타나 꼬리로 또르르 말아 등에 업고 갔다는 이야기, 몽당빗자루 도깨비가 부리는 요술 이야기는 지금도 줄거리가 훤하다. 천자문 공부를 시켜서 성가시기도 했지만 도깨비 이야기는 끝이 없었다. 손짓, 발짓, 목소리에 음향까지 곁들여준 엄마의 이야기는 흥미진진했다.

엄마는 나를 데리고 엄청 뒤스럭을 떨었다. 아버지가 지차라 분가해 살았다. 친정 가까운 곳에 살림을 차린 아버지 덕에 엄마는 편하게 살았던 것 같다. 외갓집 식구들이 항상 들락거렸다. 아버지는 화목하고 오순도순한 처갓집을 무척 좋아하셨다. 할아버지의 두 집살이에서 한이 맺힌 때문이었다. 엄마는 대여섯 살 된 나에게 천자문, 한글과 산수,

노래와 유희를 가르쳤다. 나는 엄마의 마스코트이며 자랑거리였다. 큰고모 결혼잔치 때는 노래와 춤을 추며 재롱을 떨어 칭찬과 상금을 듬뿍 받았다.

일곱 살 때 6·25사변이 터졌다. 공습과 폭격을 피해 뒷동산으로 피신해 움푹 파인 구덩이에 내가 엎드리고 그 위에 엄마가, 그 위에 아빠가 엎드렸다. 내 등에 엄마의 말랑말랑한 배가 느껴졌다. 엄마 뱃속에는 9월에 태어날 동생이 있었다. 할아버지는 전국의 지리를 다 꿰뚫어 흩어져 있는 자손들을 안전한 산길, 바닷길을 찾아 피란시켰다. 우리와 같이 떠난 작은할아버지 손녀들이 걷기를 싫어한다면서 '우리 어린 아기는 이렇게 잘도 걷는데 다 큰 년들이 뭐 하는 것이냐'고 호령하던 할아버지 생각도 났다.

네 살 때부터 기억나는 나의 유년시절이 그림 같기만 하다. 부모님은 첫 자식으로 넘치는 사랑을 독차지하면서 놀이, 이야기, 노래를 배우고 낙천적인 오늘의 나로 자랄 수 있게 해주셨다. 일곱 살 때 동생이 생긴 후부터 나는 외로움을 자주 느꼈다. 엄마 품이 그리웠건만 나에게는 다시 돌아갈 기회가 영영 사라졌다. 동생 두 명이 더 생겼기 때문이었다.

담장 밑으로 넘어온 옆집 꽈리를 따버린 죄의식을 평생 안고 살아온 나는 율법주의에 가까운 정직한 성품을 갖게 되었다. 내 자녀들에게 돈이 길에 떨어져 있어도 절대 줍지 말라고 가르쳤다. 초등학교 2학년이던 아들은 엄마의 뜬금없는 소리가 이해할 수 없다는 듯 길에 버려진 돈이 아까워서 어떡하느냐고, 주워서 파출소에 맡기면 되지 않느냐고 물었다. "다른 사람이 하도록 내버려둬라. 그 돈이 네게 있으면 마음의 갈등이 오게 돼 있으니 더러운 물건이라 생각하고 무조건 외면하거라"며 강력히 주입시켰다. 그들이 살아가면서 유혹받을 때 담대히 물리칠 확고한 신념과 습관으로 자리잡기를 비는 마음이었다.

이처럼 나의 유년시절은 부모님의 풍성한 사랑으로 가득했다. 자식들에게 따뜻한 성품을 갖도록 훈육하셨기에 옳은 길로 달리게 되었다. 그것은 평생을 그분들의 가르침대로 살 수 있는 자양분이었기에 가능했을 것이다.

# 이부자리의 추억

날씨가 갑자기 추워졌다. 좀 두꺼운 이불로 바꿔야겠다. 이불장이 있는 방으로 가면서 아주 짧은 순간 예전의 이부자리와 얽힌 장면들이 떠올랐다.

나는 6년 동안 혼자서 엄마를 독차지하다가 동생을 보았다. 내가 일곱 살에 6·25사변이 터졌다. 폭격을 피해 뒷산 방공호로 대피했을 때 우리 집이 있는 홍성읍내가 불바다가 된 광경은 온몸을 떨게 하였다. 우리 머리 위로 슝, 피융 소리를 내며 날아가는 포탄과 총알 소리는 너무나도 무서워 울음조차 나오지 않았다. 그 여름엔 풍뎅이가 왜 그리도 많았던지, 어른들은 난리가 나려니 미물들까지 날뛰어서 더 혼란스럽다고 수런거렸다. 풍뎅이들이 날아다니며 내는 윙윙거리는 소리가 대포 소리 못지않게 무서웠다. 얼굴과 몸에 달라붙으면 소름이 돋았다. 만삭인 엄마는 폭격을 피해 피난을 가서 9월에 동생을 낳았다.

이때부터 나는 동생에게 밀려났고 갑작스러운 낯선 상황에 무척이나 외로웠다. 엄마 옆에는 아빠와 동생이 항상 붙어 있었다. 동생이 태어나자 따로 마련해준 이부자리에서 혼자 자야 했다. 어떤 큰 보물을 빼앗긴 기분이었다. 내가 대학에 들어갈 때에야 동생이 중학생이 되었으니 또래 형제 없이 외롭게 자랐던 셈이다. 훗날 종갓집 맏이로 시집간 이유도 잠재적 외로움이 작용한 때문인 듯하다. 단출한 집안보다 시끌벅적한 환경을 그리워하는 마음에서 나온 결정이 아니었나 싶다.

우리 엄마는 유별나게 깔끔했던 것 같다. 아니면 신식이라서 그랬는지 이부자리의 규율이 엄격했다. 내 친구 엄마들은 마음도 좋고 엄격하지도 않았다. 당시 나는 우리 엄마가 계모는 아닐까 생각했었다. 이부자리를 펴놓았을 때 이불을 밟거나 이불 위에서 뒹구는 것을 절대 용납하지 않았다. 아무리 추워도 자기 전에는 꼭 발을 씻어야 했다. 이불 홑청은 풀을 먹여 언제나 빳빳하고 구김 없이 매끄러웠다. 이불 판은 곱디고운 모본단으로 보드랍고 아름다웠다. 겨울철에 혼자서 그 이불속에 들어갈 때마다 차갑고 선뜻한 느낌은 지금도 잊히지 않는다.

그 시절에 내가 제일 부러워했던 풍경이 있었다. 친구집에 놀러가면 검은 물을 들인 광목에 붉은 색으로 깃을 단 큼직한 이불이 아랫목에 깔려 있었다. 여러 형제들이 요를 깔지 않은 따끈따끈한 방바닥에서 한 이불을 덮고 자는 모습은 정말 행복해 보였다. 한쪽에서 끌어 잡아당기면 다른 쪽에서 끌어가고, 나중에는 큰소리가 나고. 아마도 잠이 깰 때까지 이불싸움은 계속 될 것만 같았다. 그 모습이 부럽기만 했다.

한동네에 사는 아버지 회사에 연세 드신 직원이 살았다. 그 댁에는 나보다 위인 언니, 오빠와 동생이 여럿이라 10남매도 넘었다. 밥 먹을 때와 학교 갈 때는 전쟁터와도 같았다. 늦은 사람은 반찬이 없어서 밥을 못 먹는다고 울고 양말도 옷도 부지런한 형제들이 먼저 입고 나서니 입을 게 없다고 아우성이었다. 비 오는 날에는 자기 차례가 오지 않는 우산도 문제였다. 나는 그것마저 무척 부러웠고 그 집에서 먹고 자고 싶었다. 우리 엄마는 꿈에도 내가 그런 생각을 하고 있을지 몰랐을 것이다.

그런 부러움을 안고 자라 결혼했고 내 자녀들을 키우면서 그 한을 풀었다. 자기들 방에서 자다가도 엄마 아빠와 같이 자고 싶으면 언제든 오라고 환영했다. 아이들은 좋아했고 가끔씩 베개를 안고 와 한 침대에서 잠이 들었다. 아이들이 덩치가 훌쩍 커지자 시댁 숙모님은 한소리 하셨다.

"정수엄마는 다른 건 다 신식인데 애들 데리고 자는 건 아주 구식이여. 다 큰 아들은 함께 있으면 신랑인지 아들인지 구별을 못하겠구먼."

하지만 나는 가족 간에 부대끼며 어울리고 싶었던 소원을 풀었다. 우리 아이들은 어른이 된 지금도 어릴 적 아들딸처럼 정겨운 장난을 치곤 한다.

이부자리에 얽힌 또 한 가지 추억이 있다. 1972년도에 유류파동이 났고 기름 구하기가 어려워 기름 난방 하는 집은 춥게 살 수밖에 없었다. 둘째 아이가 태어난 해 겨울이었다. 시댁의 넓은 집도 춥게 살았고 아침에 일어나면 요 밑이 습기가 차서 눅눅했다. 아버님은 지방기업의 사장으로 근무하셨기에 우리가 본가에 들어와 살림을 돌보고 있을 때였다.

주말마다 시부모님이 집에 오셨다. 아버님은 아침 일찍 우리가 일어나길 방문 밖에서 기다리다가, 손주들이 깨기가 무섭게 곧장 들어와서 아들며느리 자고 난 요를 들고 나가 툭툭 털어 베란다에 널어주셨다. 햇빛에 습기를 말리려는 것이었다. 그리고는 한 녀석은 안고 한 녀석은 손을 잡고 아래층으로 내려가셨다. 귀여운 손주들을 한시라도 빨리 보고 싶었던 할아버지의 지극한 사랑이었다. 아래층에서 어머님의 지청구 소리가 들려왔다. 며느리 어려워하라고, 영감이 어지간히 주책이라고 꾸짖는 소리였다. 처음에는 나도 무척 당황스럽고 민망해서 몸 둘바를 몰랐었다. 그러나 내 친정아버지와 똑같이 연약한 며느리를 애지중지하는 시아버님의 사랑임을 알았기에 가슴속에서부터 온기가 전해져왔다.

지금도 찬바람이 불어오면 어릴 적 내 방에 단정하고 예쁘게, 그러나 외롭게 깔려 있는 이부자리가 생각난다. 대가족의 어울림 속에서 시아버님의 유별났던 며느리, 손주 사랑이 떠오르기도 한다. 엄마의 사랑은 최고의 환경을 만들어주었고 시아버님의 자애로운 사랑은 너무나도 따뜻하기만 하다. 겨울을 맞이하는 길목에 서니 양가 부모님으로부터 받은 사랑이 이부자리 속의 포근함처럼 온 마음과 몸을 따스하게 덥혀주고 있다.

## 소망 따라 꽃길 따라

내 생애 가장 행복하고 좋았던 시절을 머릿속에 그려본다. 마음이 절로 따스해지는 장면이 떠오른다. 여학교 시절 살던 집은 충청북도 충주시, 조용하고 평화로운 도시였다. 우리 집은 동쪽 끝에 있고 학교는 반대편 서쪽 끝에 있어 꽤 먼 거리였다. 등하굣길에 마주치던 풍경들이 필름처럼 떠오른다. 입이 짧은 딸을 위해 따뜻한 도시락을 품고 와 경비실 앞에서 나를 반기던 엄마 모습이 생각난다.

우리 집은 문화주택으로 똑같은 집 여섯 채 중 한 집이었다. 대지가 백오십 평쯤 되는 넓은 잔디밭이 있는 집이었다. 서울에서 이사 올 때 엄마가 며칠을 헤매다가 구한 집이라 했다. 우리 집은 제일 안쪽에 있어서 집에 들어가려면 두 집 담장을 지나 긴 골목을 걸어가야 했다. 추운 겨울밤 그 골목길을 뛰어오는 아버지의 구둣발 소리가 지금도 쿵 쿵 들리는 듯하다. 아버지는 품속에 품은 군밤과 군고구마가 식을까봐 있는 힘을 다해 집으로 뛰어오셨다.

대문 앞에 서서 보면 아담한 집은 포근해 보였고 나무대문은 야트막해서 친근감이 들었다. 대문이 얕으니 짓궂은 남학생들이 대문 너머로 편지를 자주 던져놓았다. 아버지의 걱정에 죄 없는 나는 괜히 민망하기만 했다. 아버지는 편지를 혼자 읽어보고 쓰레기통으로 던져버리곤 하셨다.

대문을 열고 들어가면 돌이 깔린 인도 양옆으로 잔디밭이었다. 담장 쪽에는 키 큰 과수나무가 있고 서쪽 끝에는 채마밭이었다. 부엌 옆으로 펌프 우물과 장독대, 정원에는 아기자기한 꽃밭이 있어 수수하고 정감이 넘쳤다.

대문에서부터 왼쪽 조붓한 잔디밭 옆으로는 딸기밭이었다. 꽃이 피고 딸기가 익어가면 보기 좋았다. 농익은 딸기가 입안에서 사르르 녹을 때, 그 향과 맛은 지금 생각해도 최고였다. 딸기밭 끝으로 내 방이 있었는데 그 방 앞으로 로터리를 만들어서 채송화 동산을 꾸몄다. 채송화가 만발하면 꽃천국이었다. 맑고 밝은 햇빛 아래 가지각색으로 만개하여 하늘거리는 채송화 꽃잎은 화사하면서도 앙증맞기까지 했다. 윙윙거리는 벌떼들이 꽃과 자주 어울렸다. 아기자기한 꽃들은 쉬지 않고 피고 지기를 반복했다. 분꽃, 봉선화, 한련화, 금잔화, 꽈리, 맨드라미, 해바라기, 파초, 샐비어, 과꽃 등이었다. 꽃밭과 채송화 동산은 이 집에 없던 것을 이사 와서 엄마가 만들었다. 흙을 가져와 동산을 만들던 젊은 엄마와 지금의 97세 엄마 모습이 겹쳐 보여 사뭇 쓸쓸하다.

이 집의 구조는 남향으로, 거실을 중심으로 동쪽에는 내 방, 서쪽에는 안방이고 나머지 방 둘과 목욕탕, 화장실, 부엌 등으로 구성돼 있었다. 동쪽과 남쪽에 커다란 창문이 네 쪽씩 있는 내 방은 아침 해가 뜰 때부터 밝고 환했다. 바깥 창은 유리창이고 안쪽 창은 창호지로 되어 있어 따뜻하고 아늑했다. 넓고 따스하고 밝은 그 방에서 인생 최고의 행복을 누렸다. 그곳은 나의 꿈과 비전을 품고 키웠던 산실이었다. 그 방은 내 일평생을 통해 제일 마음에 드는 방이기도 했다. 바로 창 앞에는 벌떼들과 함께 채송화가 만발했고, 동쪽 창밖으로는 담벼락 따라 장작더미가 차곡차곡 쌓여 있었다. 겨울에는 그 장작더미 위로 눈이 덮이고 족제비가 오르락내리락하며 놀았다.

목욕탕은 겨울 한철 실내창고로 쓰였다. 항아리에 짚을 켜켜이 깔고 연시를 재웠다. 한겨울 얼기 직전의 차가운 연시 맛은 혀에서 사르르 녹아내렸다. 충주는 사과의 고장이어서 맛 좋은 사과가 풍족했다. 생강을 넣어 만든 식혜를 겨우내 마셨다. 이모가 만들어 보낸 조청에 가래떡을 찍어먹는 맛도 기가 막혔다. 곶감, 약과, 산자, 엿을 녹여 만든 검은콩과 땅콩강정, 은행, 호두, 오징어와 북어들이 창고 가득 자리를 차지했다. 마른북어를 구워먹는 재미와 날밤과 날고구마를 깎아먹는 재미도 좋았다.

광속에는 먹을거리가 가득했다. 쌀도 땔거리도 김장도 일 년치씩 넉넉하게 저장해두었다. 초등학생인 동생들이 어려서 먹는 양이 적으니 여유로웠던 것도 같다.

친구들은 우리 집에 오기를 좋아했다. 부모님은 친구들을 따뜻이 맞아주었다. 언제든 친구들을 데려와서 놀고 공부하라고 하셨다. 그래서 우리 집에는 항상 친구들로 북적였다. 친구들이 우리 집을 좋아하는 이유 중 자유로운 분위기와 공부할 수 있는 여건, 부모님의 따뜻함도 한몫했으리라. 선배 언니 둘도 내 방의 단골이었고 방학 내내 우리 집에서 보낸 친구도 있었다. 동생 친구들도 그런 줄 알았는데 그렇지 않았다. 집에 와서 자는 건 어림도 없었고 친구들 데려오는 걸 엄마가 좋아하지 않았다고 한다. 이런 말을 최근에 동생들에게 듣고 너무 놀랐다. 첫 자식이라 나에게만 특별했던 모양이다.

그때 그 방에 살던 소녀한테 안 되는 것이 없었다. 원하는 것이면 무엇이든 채워주셨다. 아버지는 부족한 과목을 보충해주기 위해 필요하면 과외를 받도록 도와주셨다. 문과를 택했다가 이과로 가고 싶어 알아보던 중이었다. 한번은 물리선생님을 모셔왔는데 우리 학교 물리선생님이 오셔서 기절하는 줄 알았다. 아버지는 지인께 부탁을 해서 선생님을 모셨지만 나는 물리선생님이 어렵고 불편해서 이과를 포기하고 결국 문과로 다시 돌아갔다.

하늘의 별이라도 따주고 싶었던 부모님의 따뜻한 사랑, 두 분의 품안에 살았던 충주의 그 집, 그 방, 그 시절이 한없이 그립기만 하다. 창고 속 맛있는 천연 간식들도 그렇다. 맏자식의 행복을 위한 간절한 소망으로 일평생 꽃길 위에서 살게 해주신 부모님의 깊은 사랑은 살아오는 동안 나에게 큰 힘이 되어주었다.

# 젊은 날의 춤꾼

따스한 봄날, 잔치가 벌어졌다. 안채, 사랑채, 별채 등 방마다 손님들로 가득했다. 방에서는 웃음소리가 넘쳐났다. 부엌에 달린 과방에선 말끔하게 차려입은 숙수熟手들이 음식상 차리기에 여념이 없었다. 상을 들고 나르는 사람들의 발걸음이 연신 마당을 가로질렀다. 할아버지의 시골집에서 피로연이 열린 날이었다. 십일 남매 중 다섯째이고 딸로는 첫딸인 큰고모가 시집을 가게 된 것이었다. 흥겨운 잔치 분위기 속에 모든 사람이 즐겁게 웃으며 풍족하게 먹고 마셨다. 요즘의 어떤 호화 결혼식도 70여 년 전 그 시절의 넉넉하고 인심 좋은 잔치만은 못한 것 같다.

할아버지는 사랑방에 들어가 춤과 노래를 하라며 뜬금없이 나를 그곳으로 들여보냈다. 6·25사변이 나기 전전해인 1948년 봄, 내가 다섯 살 때였다. 남아선호가 확실하던 시절이었지만 할아버지에게는 많은 아들과 손주들이 있었기에 여아인 내가 더 특별하고 사랑스러웠던가

보다. 어떤 노래와 춤을 추었는지 기억나지 않지만 엄청난 칭찬과 박수를 받았던 것은 분명하다. 한복에 달린 복주머니 가득 상금이 채워졌고 옷고름 두 줄의 꼭대기부터 차례차례 돈을 묶어주니 꽈리나무 가지에 꽈리가 주렁주렁 매달린 것 같았다. 평생 동안 그때만큼 환호를 받은 기억은 두 번 다시 없었다. 순수했던 그 시절의 풍습과 훈훈하고 따뜻한 인정이 그리워진다. 엄마는 첫 자식인 나를 자랑스러워하셨다. 초·중학교 때까지도 가족이 모이면 노래를 시켰으니 우리 집에서 나는 고정 가수인 셈이었다. 시키면 당연히 해야 되는 줄 알았고 한번도 빼지 않고 씩씩하게 노래를 불렀고 춤을 추었다.

초등학교 학예회 때마다 무용에 뽑혀나갔다. 6·25사변 직후인 초등학교 이학년 때였다. 〈호랑나비 노랑나비〉라는 작품으로 무용을 하는데 전쟁통에 나비의 날개를 만들어야 할 천을 구하지 못해 엄마는 많은 고생을 했다. 무대에서 폴짝폴짝 사뿐사뿐 춤을 추는 내 모습에 감격하여 눈물을 흘렸다고 한다.

고등학교 1학년이 되어 사춘기를 맞아서는 틈나는 대로 노래만 불렀다. 시험기간에도 음악책 한 권 정도는 다 불러야 마음이 안정되었다. 노래 부르기로 허비한 시간에게 미안하다. 노래에 몰두하다가 문득 공부해야 된다는 걸 깨달았음에도 원하는 만큼 끝까지 다 불러야 흡족해서 공부를 할 수 있었다.

대학에 입학하면서 대학생활은 나에게 날개를 달아주었다. 공부도 열심히 했지만 미팅, 음악 감상, 클럽 활동, 취미 생활, 춤추기 등등으로 눈코 뜰 새 없이 시간이 흘러갔다. 그 즈음 트위스트 열풍이 불었고 나는 그 춤에 매료되어 트위스트마니아가 되었다. 음악이 나오면 내 몸은 자연스럽게 리듬을 탔다. 얌전한 여대생들은 춤을 추지 않고 빼던 시절이었다. 우리 아빠 엄마는 내 춤의 열혈 팬이라 요청이 있으면 언제나 멋지게 공연을 했고 앙코르 박수를 받았다. 내 춤동작은 고난도 수준이어서 춤을 추면서 스스로도 만족하고 행복했다. 절제되어 요란하고 천하지 않으며 동작이 크지 않고 조화로우니 우아하고 사랑스러웠다. 아버지가 휴대용 포터블 전축을 사주셔서 언제 어디서나 음악을 틀고 춤을 출 수 있었다.

일학년 말 시험이 끝났다. 방학이 되면서 찾아온 크리스마스와 연말은 자유로운 시간을 만끽할 수 있어 몸도 마음도 둥실 떠올랐다. 야호! 크리스마스 파티는 당연히 올나이트, 트위스트와 림보 파티였다. 밤을 꼬박 새우며 춤을 추었고 신나게 추다가 힘들면 쉬고 또 추었다. 시간에 쫓기지 않고 평소의 얌전한 모습은 어딘가로 다 던져버린 채 밤새도록 춤을 출 수 있었다. 처음이자 마지막이었던 그날의 댄스 올나이트 파티는 새로운 경험으로 나에게 잊지 못할 추억이 되었다. 집에 돌아와 세수를 했는데, 대야에 담긴 물이 논에 거름을 줘도 좋을 만큼 더러웠다. 원 없이 실컷 놀았던 대학 일학년의 추억이었다.

대학 졸업을 앞둔 어느 날, 교수님들을 모시고 사은회를 했다. 프로그램 중에 댄스타임이 있었다. 그 방면에 프로인 친구들이 한창 신명나 있을 때 나도 슬쩍 합세를 했다. 교수님들은 내가 춤추는 모습을 보고 기절초풍했다.

"저게 한 군 맞나?"

"얌전한 강아지가 부뚜막에 올라갔네."

"완전 프로 춤꾼이네."

"저 녀석 걸물이구먼, 걸물이야."

그날 이후 나는 학교에서 춤꾼으로 소문이 났고 교수님들과 후배들에게 인사받기 바빴다.

우리 집은 좀 신식이었다. 아버지 형제가 많아, 대가족이 모이면 자연스레 춤을 추었다. 어떤 집은 가족이 모이면 화투판을 벌인다는데 우리는 춤 출 줄 아는 형제들이 많다 보니 춤추는 것이 즐거워 모임을 만들 정도였다. 셋째 작은아버지의 엄격한 가르침 아래 나도 품위 있는 정통 사교춤을 배울 수 있었다.

직장생활이 시작되었다. 연말에 공채 입사 동기들과 파티를 열었다. 마침 댄스타임이 시작되었다. 품위 없게 트위스트로 방정을 떨 수는 없었다. 나는 점잖고 우아한 사교춤으로 남자 동기들을 사로잡았다. 1등으로 입사한 직원의 춤 솜씨도 만만치 않았다. 그날 간지러운 칭찬이 과히 싫지 않았다.

결혼 하고 남편에게 댄스 강습을 받게 했다. 남편은 전혀 가능성 없는 몸치였다. 일주일쯤 지나자 두 손 들며 기권했다.

"당신 참 대단해, 나는 못하겠어."

집으로 돌아온 우리는 소파에 앉아 앞날에 대해 이야기했다. 나는 춤을 포기하고 남편은 평생 한눈팔지 않기로 약속했다. 두 사람의 약속은 잘 지켜졌다. 춤에 대한 끼와 잘 출 수 있는 DNA를 물려주었고 마음껏 노래하고 춤 출 수 있도록 환경을 만들어주신 부모님 덕분에 청춘을 춤과 함께 발랄하고 멋지게 보냈다. 나의 끼와 소질을 그대로 물려받은 아들과 딸, 손녀를 보면서 유전의 축복이 신비하기만 하다.

"Shall we dance. Bravo!"

# 몽산포 해당화

　모란과 해당화가 피는 6월이면 내 감성의 사이클은 최정점을 찍는다. 무덥지 않고 따끈한 햇살, 연둣빛 잎들이 힘찬 녹색으로 변하고 우렁차게 약동하는 초여름은 살맛나는 계절이다. 내 마음은 벌써 몽산포 해변 모래밭의 해당화 곁으로 달려간다. 소나무가 우거진 숲과 함께 바닷가 가득 어우러진 해당화군락지는 올해도 어김없이 해당화가 흐드러지게 피었다.

　눈을 떠도 눈을 감아도 꽃에 취하고 향에 취한다. 노랑, 하양, 분홍, 빨강, 농염을 달리한 갖가지 섬세한 색깔들. 하늘하늘한 꽃잎은 비단처럼 보드랍다. 너무나도 곱고 고와 새벽이슬조차 감당하기 힘에 겨운 듯 조심스럽다. 꽃잎을 만져보려 손끝을 대면 약간의 자극에도 수줍어한다. 자세히 들여다보면 그 눈빛에도 부끄러운지 몸을 떤다. 사바세계와는 인연이 없는 듯 깨끗하고 순결하게 향을 내뿜으며 거기 그렇게 고고하게 피어났다가 스러진다.

태안반도 몽산포해수욕장은 해변이 길고 완만하다. 물이 빠지면 개펄 또한 널찍하여 그 앞에 서 있는 것만으로도 세상을 모두 얻은 듯하고 속이 다 시원하다. 수온이 따뜻한 편이라 어린아이들의 해수욕장으로도 안성맞춤이다. 우리 아이들이 어릴 때 가족이 함께 몽산포에 가게 되면 남편은 출근 위해 먼저 올라가고 주말에 다시 내려와 우리를 데리고 올라갔다. 아빠가 다시 올 때까지 아이들은 신나게 놀았다. 물놀이는 물론이고 조개잡기, 모래성 쌓기에 시간가는 줄 몰랐다. 특히 '맛'을 잡을 때는 환호를 질렀다. 현지인이 알려준 대로 맛 구멍에 소금을 넣고 조금 기다리면 맛이 고개를 쏙 내민다. 그때 재빨리 잡아 낚아챈다. 조금만 늦어도 맛은 구멍 깊숙이 들어가 영영 놓치고 만다. 아이들은 그 재미에 물이 들어올 때까지 개펄에서 놀았다. 그 아이들이 중고등학교로 진학하고부터는 시간적 여유가 없어 가지를 못했다.

동생 내외와 우리는 사시사철 몽산포를 찾는 몽산포마니아들이다. 아이들이 장성하고부터는 어른들끼리 몽산포를 찾는다. 물때를 잘 맞추면 바지락, 맛, 소라도 풍성하게 잡을 수 있다. 사리는 보름 근처와 그믐 근처에 온다. 은은한 달빛 아래 발목이 잠긴다. 찰싹이는 바닷가를 부부 간에 손을 맞잡고 걷는 것만으로도 나이는 슬그머니 뒷걸음치며 멀어져간다. 낭만적 감상에 젖다보면 달빛은 더욱 환해진다.

몽산포에는 몇 십 년을 단골로 지내는 모텔이 있다. 그 집 내외와는 같이 늙어가는 친구이다. 그동안 정이 들어 일가친척처럼 스스럼없이 지낸다. 우리가 가면 언제든 반겨주니 고향집에 가듯 편안하기만 하다.

몽산포는 사시사철 느낌이 색다르다. 그 느낌이 좋아 몽산포를 찾게 되는 것인지도 모른다. 매서운 칼바람이 부는 겨울 해변은 옷깃을 여미면서도 자꾸 걷게 된다. 칼칼한 겨울 바닷가를 걷다가 추위에 못이겨 모텔로 들어가면 주인은 우리를 위해 그새 방을 덥혀놓았다. 절절 끓는 온돌에서 한밤을 자고 났을 때의 개운한 기분, 어디에 비교해야 할까.

휘영청 밝은 달빛이 비치는 잔잔한 바닷가, 물속을 흘끔거리며 걷노라면 커다란 골뱅이가 혀를 쫙 내민다. 손으로 잡아올리면 모래바닥에 끈끈이처럼 단단하게 붙어 좀처럼 떨어지지 않는다. 두 손으로 힘껏 잡아당길 때 마지못해 쭈욱, 소리를 내며 내 손 가득 잡혀 나온다. 그때의 짜릿한 손맛이라니. 달밤의 골뱅이잡기는 단연 으뜸이다. 그것을 삶아서 초장에 찍어 먹을 때의 야드르르하고 쫄깃한 맛이라니.

교직에서 퇴직한 내 동생의 바지락 잡는 솜씨는 프로급이었다. 우리는 아무리 호미로 힘껏 긁어대도 인사치레로 바지락 한두 개 구경할까 말까인데 동생은 아무 데나 앉아서 긁어도 굵은 바지락이 툭툭 튀어나왔다. 어느 때는 무더기로 나와 호들갑을 떨었다. 그것도 경쟁심이 일었던지 자존심이 상했다. 화가인 남편과 평생을 자연과 친하게 지내며 익힌 노하우인 듯했다.

샘도 나고 잘 잡는 동생한테 기가 죽어 우리는 바지락 잡기를 포기했다. 남편과 나는 파도를 이기며 바위에 붙어살아가는 고동을 따기로 했다. 바위에 굵은 자갈을 뿌려놓은 듯 다닥다닥 까맣게 붙어 있는 고동은 파도에 씻겨 보기만 해도 깨끗하고 싱그러웠다. 바위 아래쪽에 한 손을 받치고 다른 한 손으로 훑어 내리면 한 움큼 채워졌다. 동생은 고동 정도는 쳐다보지도 않았지만 우리끼리는 고동잡기에 신이 났다. 바위를 들어내면 성게와 해삼도 나왔다. 장화를 신고 엎드려 열심히 고동을 따는 남정네의 모습도 자상하고 멋져보였다.

해당화가 곱게 핀 몽산포에서/ 동생과 걷노라면 수평선 너머
갈매기 한두 쌍이 가물거리네/ 물결마저 잔잔한 바닷가에서.
자매가 함께한 몽산포에서/ 어릴 적 회상하면 파도 되어서
꿈같던 시절들에 눈물 어리네/ 더욱더 사랑하리 우리 자매들.

올해도 어김없이 해당화는 흐드러지게 피어날 것이다. 해당화의 향연에 벌써부터 마음은 몽산포에 가 있다. 나에게는 마음의 휴식처인 몽산포의 봄, 여름, 가을, 겨울. 언제든 찾아가도 될 안식처가 있다는 것이 얼마나 다행인가. 삶속에서 지치고 곤할 때 생각나는 곳, 몽산포는 언제나 거기에서 그렇게 우리를 기다려준다. 언제든지 나와 함께 걸어줄 내 동생이 있어 몽산포 행은 더더욱 즐겁기만 하다. 우리 자매가 즐겨 부르던 동요가 몽산포 해변을 따라 울려 퍼진다.

# 내 친구 영혜

1963년 봄 어느 날, 세상은 나를 향해 양팔 벌려 축복해주었다. 어느 것 하나 신기하지 않은 것 없고 기쁨 아닌 것이 없었다. 나에게는 장미꽃 만발한 싱그러운 대학 교정과 모든 것들이 신선하고 아름답기만 했다. 주어진 자유와 권리에 부푼 꿈은 두둥실 하늘 높이 날아올랐다. 강의실에서 처음 만나는 친구들은 새롭고 반가웠다. 교수님과 조교가 들어와 1학년은 과대표와 부대표를 학과에서 정해준다면서 칠판에, 나와 경상도에서 온 친구 이름을 적었다. 내가 과대표가 되었다.

학기가 시작되자 여기저기서 미팅 제의가 들어왔다. 친구들과 의논해서 상대를 정하고 미팅을 주선했다. 상대 학교 대표들과 몇 번씩 만나 미팅 장소를 정하고 진행 프로그램을 수정하기를 거듭했다. 지금 생각하면 너무 우스운 일들이었다. 불과 몇 달 전까지 책상 앞에 앉아 공부만 하던 고등학생 숙맥들이 대학생이 됐다고 미팅이라니. 그때의 남학생들 또한 똑같이 순진하고 어수룩했다. 나의 첫 번째 파트너는 팝송을 잘 불렀다. 그가 좋아하는 팝송이 나오면, 다리를 흔들면서 손가락 스냅 소리를 내며 흥겨워하던 모습이 어렴풋이 떠오른다. 풋풋한 신입 생들의 모습은 지금 생각해도 싱그럽다.

1학년 동안 미팅을 서너 번쯤 했는데 부산에서 온 영혜는 한번도 미팅에 참석치 않았다. 일 년이 다 가도록 친구들과 어울리지 않았고 오직 수업에 충실하며 도서관에서 공부에만 전념했다. 회계사 시험을 준비한다는 소문이 돌았다. 나는 낭만적인 대학생활을 만끽하느라 정신없었다. 하고 싶고 배우고 싶은 것이 많아 거기에 푹 빠진 철딱서니였다.

과대표가 출석 체크하는 일이 종종 있었기에 친구들 이름을 불러 체크하면서 영혜는 내 관심을 끌기 시작하였다. 자주 대화를 하다 보니 진흙 속의 진주 같은 귀한 친구임을 알게 되었다. 어른스러우면서 의젓하고 비전이 확실해 보이는 똑똑한 모범생이었다. 천방지축 철없는 나와는 달랐다. 속이 꽉 찬 언니 같았다. 우리는 서로 좋아하고 금방 친해졌다. 영혜는 밝고 자신만만하고 겁 없는 내가 좋다고 했다. 영혜 덕분에 나도 많이 어른스러워졌다.

영혜는 학기 초 나를 처음 봤을 때 일부러 피했다고 했다. 좋은 아버지 덕으로 잘 사는 애랑은 놀기가 싫었고 심술이 나더라는 것이었다. 같이 놀지도 않았는데 나를 어찌 알고 오해를 했을까, 충격이었다. 대학에 입학하니 아버지는 해외 출장 때마다 바바리코트며 예쁜 것들을 사다주었다. 이런 것들이 친구들 눈에 띄고 말이 부풀려졌던 것 같다. 자상한 아버지 때문에 친구에게 '왕따'를 당할 뻔했다. 내가 졸업할 때쯤 멋진 내 아버지는 하늘나라로 떠나셨다.

영혜는 아버지가 안 계시고 어머니는 부산에서 포목점을 운영하면서 사남매를 공부시켰다. 서울 살림은 영혜가 도맡아 했고 동생들을 돌보는 등 모든 것을 혼자서 감당했다. 김치 담그고 반찬도 만들고 빨래도 했다. 내 눈에는 영혜가 못하는 게 없는 완벽한 인간 같았다. 여동생은 우리 학교 약대를 졸업해서 약국을 개업했고 큰 남동생은 미대를 나와 부산대학교 교수가 되었다. 막내는 오퍼상을 하며 제자리를 잡았다. 모두 결혼하여 가정을 이룬 성공한 형제들이었다.

졸업하고 영혜는 교사로, 나는 회사에 취직했다. 교생 실습도 함께 했는데 나는 몸이 약한 탓에 부모님의 만류로 교사의 길을 접었고 직장생활 2년 후에 결혼했다. 다음해에 영혜도 가정을 꾸렸다. 아이들 낳고 살면서 두 집 식구가 한집처럼 오가며 우정을 과시했다. 살면서 일어나는 문제들을 함께 공유하고 서로의 힘든 일은 맞들어 해결했다. 영혜의 큰아들이 준비가 안 된 때에 갑자기 결혼하게 되어 우리 남편 퇴직금으로 집을 얻어주고 결혼식을 치렀다. 영혜는 내가 돈을 헤프게 써서 늙으면 쓸 돈이 적을까 큰 걱정을 했었다.

영혜는 내 어머니 못지않게 나를 아끼고 보호했다. 내 딸은 약한 나보다 든든한 영혜를 더 의지해서 걱정거리가 생기면 언제나 영혜와 상의했다. 대학 입학하는 스무 살부터 환갑이 넘어서까지 45년을 의지하며 살아온 내 친구 영혜는 수신제가修身齊家를 실천한 귀한 친구였다. 겸손하여 다른 사람을 존중했고 어둠과 밝음에서의 마음이 한결같았다. 감정보다 이성이 앞선 결정을 하고 사리분별이 확실하여 이기적인 판단을 하지 않았다.

영혜 어머니가 돌아가시고 두 동생이 젊은 나이에 차례로 세상을 떠나서 부쩍 외로워진 영혜에겐 피붙이와도 같은 내가 큰 의지가 되었던가 보다. 자기네 가정사의 최종 결정을 내 의견을 듣고 정리하곤 했다.

영혜는 환갑 때쯤 병을 얻었다. 학교를 퇴직하고 치료와 섭생을 했지만 삼 년쯤 지나 허망하게 내 곁을 떠나갔다. 미인박명이라 했던가. 곱고 예쁜 모습 그대로 세상을 하직했다. 여름비가 억수같이 퍼붓던 날이었다.

그해 여름을 태국에서 머물고 있었다. 꿈자리가 몹시 사나워 남편과 나는 급히 귀국했다. 귀국한 날 영혜네 애들한테서 엄마가 위독하다는 전화가 왔다. 한걸음에 달려간 나에게 왜 왔느냐며 연락한 애들을 나무랐다. 그런 상황에서도 친구를 챙기는 모습에 가슴이 무너져내렸다.

'내가 가면 너는 어쩌느냐'고 내 염려를 했던 친구. 살아가며 잡다한 일들을 누구랑 상의할 거냐고 걱정했던 내 친구. 나는 영혜의 손에 십자가를 쥐어주고 기도와 찬송과 말씀으로 평온히 떠나도록 도왔다. 애통한 마음은 한이 없지만 내가 두 손 잡고 천국길 인도하며 외롭지 않게 길동무해준 것은 나한테도 큰 위안이 되었다. 영혜가 없는 내 생활은 완전히 절름발이와도 같았다. 한동안 수신자 없는 전화를 걸어 아쉬움과 그리움의 시간을 10년 넘게 흘려보냈다. 훗날 천국에서 반가운 해후를 하겠지만, 지금 여기에 없는 영혜가 오늘 따라 그립기만 하다.

●

# 유학의 꿈을 접고

"야야, 여기 원서 한번 내봐라. 공기업인데 공채에 앞서 우수한 상과대학 여학생을 뽑겠다고 총장실로 추천 의뢰가 왔다."

교수님이 나에게 모 회사의 원서와 추천서를 내미셨다. 원서를 작성하여 제출하고 시험일에 시험장에 가보니 경쟁률이 제법 높았다. 추천이라서 면접 정도로 끝날 것으로 생각한 나는 매우 혼란스러웠다. 더욱 놀란 것은 우리 학교 학생들도 꽤 여러 명이 와 있다는 것이었다. 우리 과에서는 나 혼자였지만 상과대학 다른 과 학생들이었다. 그저 가볍게 생각했던 나는 정신이 번쩍 들었다. 시험은 만만치 않았고 면접은 더 세밀한 테스트를 거쳤다. 생각지도 않았던 영어 인터뷰에 수험생 모두를 황당케 했으나 나는 무사히 끝낼 수 있었다.

합격 통지는 기쁨을 안고 날아왔다. 소집일에 가서 보니 각 학교에서 정확히 한 명씩 뽑힌 것이었다. 추천 의뢰한 인사로 학교마다 한 명씩 채용한 모양이었다.

졸업식은 2월이었지만 우리 합격자들은 1월부터 출근했다. 우리들 선발에 이어 공채가 있었다. 3월부터 근무하는 공채팀에 우리는 그 해년도 공채 입사 동기로 분류되었다. 공채 직원들 앞에서 우리가 선배라고 우쭐대며, 폼 잡고 농담을 주고받았다. 각 부서로 발령받은 우리에게 사장실 부속으로 특별한 임무가 부여되었다. 리포트 제목이 제시되면 리포트를 써서 제출하고 모여서 토론을 했다. 담당자는 기획담당 상무이사였다. 젊은 여성 상과대학 출신들로부터 참신하고 반짝이는 의견을 도출해내려는 사장님의 생각에서 나온 특별채용이었다. 상당한 자부심이 느껴지는 매력 넘치는 임무였다.

나는 4학년 때부터 유학의 꿈을 꾸었고 준비되는 대로 떠나려고 부지런히 서둘렀다. 유학 생활에 필요한 것들을 익히기에 여념이 없었다. 어학공부는 물론이고 간단한 미용이나 양재도 배웠다. 이 모든 것이 퇴근 후에 해야 할 일들이어서 시간을 쪼개 써야 했다.

그런데 얼마 지나지 않아 회사가 개인에게 팔려 민영화가 되었다. 개인 회사가 되다보니 근무 분위기가 달라졌고 공기업으로서의 자부심도 사라졌다. 또한 회사 내의 인사이동 등으로 상당한 혼란 속에 빠져버렸다. 어수선하고 뒤숭숭하던 때에 인사처로부터 나에게 호출이 왔다.

새로운 오너 측 사장실의 비서로 가라는 것이었다. 때가 때인지라 회사 일에 도움이 될 비서를 요청해 나를 추천했고 그렇게 결정이 났다는 것이다. 나는 원래 비서 일을 좋아하지 않았다. 뿐만 아니라 퇴근 후의 시간이 필요했기에 비서로 적합하지 않았다. 사정을 이야기하며 다른 사람으로 교체해달라고 정중히 요청했다. 필요한 시간에 언제든 나가도 좋으니 일단 근무부터 하라며 인사처에서 다시 연락이 왔다. 이쯤 되니 참으로 난감했다. 더는 버틸 수 없게 되었다. 유학 떠날 때까지만 다니려 했지만, 회사를 그만두지 않는 한 대안이 없었다. 조금만 더 제자리를 지킬 수 있게 견뎌주면 얼마나 좋았을까? 원망스러웠지만 피할 길이 없었다.

비서실 근무가 시작되었다. 근무시간에는 열심히 일했지만 약속한 대로 내가 필요할 때는 정확한 시간에 퇴근했다. 비서의 퇴근은 모시는 분의 퇴근 후가 정상이다. 회사를 인수한 초기라서 엄청난 업무량으로 정해진 퇴근시간이 없을 때였다. 서너 달을 그렇게 지내다 보니 염치가 없었다. 마음도 편하지 않았고 더는 견디기가 힘들었다. 회사에 소문이 분분했다. 한 비서가 사장이고 사장님은 한 비서의 비서라고. 사장님은 비웃음과 안쓰러움으로 입줄에 올랐고 나는 경우도 없는 몰염치한 비서가 되었다. 결국 퇴근을 조금씩 미루다 보니 내가 하는 일들에 차질이 생겼다.

그즈음 한 청년과 만나게 되었고 우리는 데이트를 시작했다. 서로 좋아지면서 교제에 불꽃이 일기 시작했다. 청혼을 받고 결혼과 유학 중 하나를 택해야 될 기로에 서서 여러 밤낮을 갈등과 고민 속을 헤맸다. 한순간은 미국의 유학생활이 삶속에 있다가 또 한순간은 사랑하는 이와 함께하고 싶은 마음이 정신을 흔들었다. 고민 끝에 두 눈 질끈 감고 유학의 꿈을 접었다. 진로를 바꾸게 한 청년은 나의 반려자가 되어 평생을 행복하게 해주었다. 유학을 가지 못한 보상을 받은 기분이었다.

여비서는 회사의 꽃이라고 생각하던 시절이었다. 나의 상사는 '한 선생'이라는 호칭으로 나를 불렀다. 특별한 존중이고 대우였다. 나의 앞길에 도움이 될 거라고 생각되는 분들에게 "똑똑하고 장래가 촉망되는 우리 한 선생 잘 좀 도와주세요"라며 부탁했다. 사회에 참여하여 한몫을 할 사람으로 기대하셨기 때문이었다. 나를 이해하고 도움을 주었던 진정 신사였던 그 어른도 지금 고령이 되셨을 터이다. 결혼이 일사천리로 진행되면서 얼마 모시지도 못했다. 그 어른은 나의 유학길을 막은 첫 번째 선의의 가해자인 셈이었다.

사람의 운명은 정해진 것일까? 아무리 꿈을 꾸고 그 길을 향해 열심히 달려가도 결과적으로는 예정된 길로 방향전환이 되는 것 같다. 왜 하필 그때에 회사가 민영화가 되고 나를 꼭 찍어 그 비서 자리에 앉혔을까? 내가 사양하면 다른 직원으로 대체될 것을 굳이 나를 고집한 이유는 무엇이었을까? 남편은 왜 하필 그때에 나타나서 나는 그토록 그에게 빠져버린 것일까? 곰곰 생각해보니 이 모든 것은 우연이 아니고 내가 가야 할 필연의 길이었다. 결혼하여 평탄하고 행복한 삶을 살았지만 유학을 포기한 아쉬움은 한평생 지워지지 않는 꺾인 꿈이 되어버렸다.

# 합리적 변혁

'충남 홍성군 금마면 신기리 선산'에 잘 생긴 용거북의 받침 위에
단아한 '해주오가지묘(海州吳家之墓)' 비석이 세워졌다. 천 년
후손들까지도 사용 가능하게 설계된 추모공원, 30세손의 공이
었다. 손부와 자부와 아내의 의견을 존중하고 사랑의 마음으로
받아들여서 개혁을 이루어주신 3대의 세 분 어른의 덕이 컸다.

# 일주일의 단식

낙엽이 구르는 싸늘한 1968년 가을 저녁, 퇴근 후에 가까운 친구를 만나러 광화문 자이언트 다방으로 나갔다. 친구는 이종사촌형의 딸인 조카와 함께 와 있었다. 그 조카는 자그마한 체격에 예쁘고 당찬 모습이었다. 금색 단추가 달린 카키색 투피스를 입은 그녀는 세련되었고 만만치 않은 도도함이 눈길을 끌었다. 친구는 나에게 인사를 시켰다. 이름이 '윤경'이라 했다.

다음날 데이트를 청하고, 만나는 횟수가 늘어갈수록 그녀의 매력에 빠져 들어갔다. 말도 못 붙이게 쌀쌀하고 도도한 아가씨가 생각보다 빨리 나에게 따뜻하게 대해주니 얼떨떨했다. 너무 황공하고 무엇엔가 홀린 기분이었다. 황홀한 이 기분을 평생 느끼며 살고 싶었다. 매일같이 만나면서 정신없이 그녀에게 빠져들었다. 좋아서 정신을 못 차리는 나를 어른들은 크게 염려했다. 너무 빨리 뜨거워지면 빨리 식는 법, 이상한 여자가 순진한 나를 홀린 것은 아닐까 하는 오해도 받았다. 퐁당 빠졌다고 '미스터 퐁당'이라고 사람들은 나를 놀려댔다. 데이트를 시작하고 두 달도 안 돼 청혼을 했고 결혼을 약속했다. 나는 꿈속을 걷는 기분이었다. 집에서는 윤경에 대해 집안, 학교, 직장으로 조회를 시작했다.

집안과 학교까지 일사천리로 잘 나가다가 아버지께서 느닷없이 이유를 불문하고 결혼을 못시키겠다고 하셨다. 아버지가 윤경이 직장에서 아는 분을 만나고 온 후에 떨어진 불호령이었다. 그분은 고모부의 친척으로 사돈 되는 사람인데 윤경이 회사의 상무라고 했다. 회사의 민영화 과정에서 그분이 부장에서 상무로 승진하면서 윤경이를 비서로 썼으면 했는데 냉정히 거절당했다 한다. 민영화 전 그가 부서의 부장인 때였다. 거만하고 무례할 정도의 고자세로 비호감을 주는 인물이어서 정의감에 취한 사회 초년생인 윤경이는 그를 무척 싫어했다. 인사처에서는 윤경이를 사장 비서실로 발령을 냈고 싫어도 그만둘 수 없어 근무하게 되었다. 그 사돈의 입장에서 보면 몹시 괘씸하여 좋은 대답을 할 리 없었다.

"그 규수의 품성과 직장에서의 생활은 어떤지요?"

아버지가 윤경에 대해 물으니 그는 아무 대답도 없이 몸을 돌려 다른 곳을 보더라는 것이다. 아버지의 망신스러움이 오죽했을까.

"그 애하고는 결혼하면 안 돼. 너무 똑똑한 며느리는 우리 집안에 어울리지 않는다."

나는 아버지께 납득할 수 있는 정당한 이유를 대라 했다. 할 말이 없으니 윤경이가 너무 똑똑하다며 탓했다. 똑똑하다는 것은 학교를 조회

할 때 얻은 정보인 듯했다. 이유도 없이 갑자기 반대하니 답답하고 막막해서 출근도 하지 않았다. 음식을 먹을 수도 없었지만 먹고 싶지도 않았다. 끝내 단식이 시작되었다. 그렇게 일주일이 흘렀고 나는 굶어 죽던지 아니면 절에 들어가 머리 깎고 평생 살 각오를 하며 버텼다. 그녀와 함께 하지 않는 삶은 살아도 의미가 없었다. 나를 지켜보던 아버지는 병원에 입원하셨고 할아버지는 장손 잡겠다고 불호령하며 식사를 거부했다. 집안은 금방 초상집이 되었다. 무단결근하니 회사에서는 윤경이 회사로 전화해 부탁했고, 아무것도 모른 채 윤경이는 퇴근 후 우리 집으로 찾아왔다. 연락두절인 일주일이 우리 경이에게도 무척 힘든 시간이었다고 했다. 내가 아버지를 뵈러 병원에 간 사이에 어머니는 윤경에게 벌어진 상황 설명과 함께 독한 말을 하셨다 한다.

"내 아들은 죽어도 너랑 결혼해야겠다니 네가 물러나거라."

옛날에 남자를 홀린 기생들에게나 했을 법한 말을 들으며 윤경이는 심한 모욕감과 충격을 받았다고 했다. 벌떡 일어나 박차고 나가고 싶은 충동과 현기증을 애써 눌러야 했다. 내가 일주일째 굶고 있다는 생각에 윤경은 정신을 가다듬고 어머니께 침착하게 말씀드렸다.

"양가에서 축복해주셨기에 앞만 보고 나갔습니다. 되돌아갈 준비를 하지 않아 돌아갈 길이 없습니다. 아드님이 최고라서 매달리는 게 아니고 서로 좋아서 결혼하려는 겁니다. 저는 지금이라도 최고 좋은 조건의 사람은 얼마든지 선택할 수 있습니다. 문제가 무엇인지 잘 풀어서 결혼을 도와주십시오. 이 상황을 저의 집에는 절대 비밀로 하겠습니다."

윤경이의 진솔한 말을 듣고 어머니는 오해가 풀려 감동받으며 자신을 한탄하셨다.

"어떻게 이렇게 구김 없고 티 없이 밝고 당당하게 잘 키우셨을까. 이렇게 곱고 귀한 남의 집 자식을 오해하는 것도 모자라 잔인한 말까지 했다. 내가 큰 죄를 지었구나."

다음날 우리는 일주일 만에 만났다. 일주일의 단식과 고통으로 완전히 다른 사람처럼 변한 나를 보며 내 사랑 경이의 눈물은 그칠 줄 몰랐다. 나는 결혼하면 다시는 윤경의 눈에서 눈물 흘리지 않게 하리라 결심했다.

며칠 후 어머니는 우리를 부르셨다.

"아버지가 무슨 망신살이 뻗쳐서 큰 실수를 했구나. 호사다마好事多魔라 하니 잊고 결혼을 서두르자. 잡음이 생길까 두렵구나. 너의 집에는 끝까지 비밀로 하자꾸나."

우리는 급히 약혼식을 치렀고 한 달 반 후에 결혼식을 올렸다. 한바탕 난리 끝에 결혼을 하고, 1년 후 동생 결혼식에 하객으로 온 그 사돈을 보고 어머니가 사연을 털어놓았다. 윤경이도 그 사람과의 관계를 밝히면서 일 년 만에 찜찜했던 오해가 말끔히 풀렸다. 윤경이는 어떤 이유로도 적을 만들어서는 안 된다는 뼈저린 교훈을 얻었다고 했다. 빨리 뜨거워진 방이었지만 빨리 식지 않았고 평생을 따뜻하고 행복하게 살았다.

우리가 다 하지 못한 남은 사랑은 천국에서 이어가리라 확신하며 먼저 천상으로 떠나간다. 그곳에서도 당신을 영원히 사랑하리라.

* 우리는 이 장면을 평생 함께 꺼내보며 사랑을 확인했다. 나에게는 행복했던 남편의 순애보적인 단식 이야기를 남편을 대신해서 썼다. 평소에 남편이 하던 표현과 감상을 그대로 대신 옮겼다. '윤경'은 내 어릴 때 집에서 불렸던 이름이다.

# 합리적 변혁

50년은 짧고도 긴 세월이다. 누군가의 살아온 흔적을 고스란히 담고 있으며 현실은 언제나 생소한 모습으로 다가온다. 1960년대는 유교 제례를 따라 제사를 지냈고 웬만한 종가는 4대 제사를 드렸다. 대부분의 가정에서는 자정을 넘어 오밤중에 모셨다. 제사에 참석한 자손들은 큰댁에서 자고 다음날 직장으로 곧장 출근했다. 큰집에서는 제사꾼들의 잠자리를 보고 셔츠와 속옷, 양말을 빨아서 입혀야 했다. 아침 밥상도 정성껏 보았다.

이런 시절에 나는 오 씨 가문 30세손 종손과 결혼을 했다. 종손부의 일을 감당하기에는 약해보였는지 시댁에서 많이 염려했다. 일 년이면 20여 차례 제사와 두 번의 명절 차례를 준비하다보니 이것은 종손부의 능력만으로 감당할 수 있는 일이 아니었다. 전통적으로 내려오는 피할 수 없는 영역이라지만 한 사람의 희생을 강요하는 악습이라 해도 과언이 아니었다. 몇 백 년을 이어온 제도를 산업화시대에 그대로 따르는 것은 효도도 미덕도 아니다. 나는 합리적인 변화와 개혁이 필요하다는 결론을 내렸다. 할머님과 어머님의 희생은 눈물겨웠고 그 노고는 과연 초인적이었다.

우선 밤 12시 넘어 지내는 오밤중 제사 시간을 초저녁으로 바꾸는 것이 시급했다. 나는 남편에게 어른들께 건의를 해보자고 부탁했다. 남편은 깜짝 놀라서 두 손을 번쩍 들어 손사래를 쳤다. 그런 불손한 말이 어디 있느냐며 절대로 못하겠다고 펄쩍 뛰었다.

300여 년을 지내온 관습이기에 신성불가침 분야인 제사를 개혁한다는 일은 어마어마한 사건이었다. 무엇보다도 이런 발상 자체가 불경스럽기 짝이 없는 민망한 일이었다. 더구나 종손들은 자기들의 운명이라고 충성스럽게 순종하고 있었기에 나의 건의에 남편이 펄쩍 뛴 일은 당연했다. 아버님도 할아버님도 똑같은 생각일 것은 명약관화明若觀火한 일이었다. 아무래도 이 일은 오 씨 가문 종손이 아닌 타성인 내가 할 수밖에 없다는 결론을 내리게 되었다. 생각들이 깨어 있고 세상을 읽을 줄 아는 어른들이니 합리적, 논리적, 현실적으로 말씀드리면 납득할 것이라는 자신감을 가졌다. 임전태세를 갖추어 우선 할아버지께 조신하게 말씀을 올렸다.

"지금은 형제들이 한 마을에 살던 농경시대가 아닌 산업화시대입니다. 그에 걸맞게 살아야 합니다. 자손들이 직장생활을 하니 자기 집에서 자고 출근해야 경쟁력 있는 사회인이 됩니다. 저녁식사 시간에 제사를 지내면 좋을 듯합니다."

할아버지는 준비하고 계셨던 듯 흔쾌히 허락하셨다.

"세태를 따라야지, 그렇게 하자꾸나."

너무나 선선한 허락에 아버님과 남편은 벌어진 입을 다물지 못했다. 제사를 모시고 난 후에 먹는 저녁식사가 너무 늦어서 시간을 앞당기다 보니 해 지기 전에 제사를 모시는 때도 종종 있었다.

"아가야, 해는 져야지, 조금만 기다렸다가 지내자."

그 어른 살아오신 세월을 생각하면 내 행동이 얼마나 안타까우셨을까. 받자 하니 도가 너무 넘는 건 아니냐는 할아버지의 온유하신 타이름이 가슴속에 따갑게 박혀왔다.

초저녁 제사로 어머니의 수고를 덜어드렸고 자손들도 저녁에 각자의 집에서 내일을 준비할 수 있게 되었다. 그동안 어머니와 나는 4대 봉제사와 명절과 어른들 생신 등으로 숨 돌릴 날이 없었고 행사가 끝나면 며칠씩 자리보존을 해야 했다. 나는 다시 아버지께 건의했다.

"아버님, 제사는 2대만 지내시죠. 얼굴을 기억하는 조부모님까지가 합리적이지 않을까요? 정부에서 정한 가정의례준칙도 그렇습니다."

"그래, 우리 정수 어미 힘들어 줄여야겠다. 돕는 이 한 놈 없이 혼자서 애쓰는 게 애처롭구나. 할아버지 돌아가시면 그때 조정하마."

차마 할아버지께 건의할 용기는 나지 않으셨던가 보다. 몇 년 후 할아버지 돌아가시고 가문회의에서 이 뜻을 발표하니 일가들이 크게 반대했다. 그때 아버님이 나섰다.

"제사 때 얼굴 한번 내밀지 않는 사람들이 무슨 권한으로 반대를 하느냐."

결국 묘제란 형식으로 조정하고 2대 제사로 줄였다.

이제 남은 과제는 묘지 관리였다. 7대조 묘소들이 앞산 뒷산에 모셔졌는데 벌초하는 일이 심각했다. 지금까지는 집성촌에서 벌초를 해왔고, 벌초대리업체에도 맡겨봤지만 유지가 안 되고 자손들이 늙어 더 이상 벌초는 불가능해졌다. 오랫동안 꼼꼼히 구상해오던 묘지개혁을 할 때가 되었다. 어른들의 화장에 대한 거부감 때문에 30년 넘게 때를 기다리고 있었다. 때가 되니 빠르게 화장문화가 확산되었다. 집안 어른들이 모인 자리에서 우리 의견을 내놓았다. 반대 없이 만장일치로 통과되었다. 큰집을 믿고 따라준 일가들의 결단과 용기가 고마웠다.

장의사, 조경회사, 석물회사와 상의하여 설계를 치밀하게 마쳤다. 공사를 할 때 파묘 후 유골을 하루 안에 땅으로 매장해드려야 한다는 불문율 때문에 포클레인을 여러 대 투입하고 동시다발로 파묘가 시작되었다. 시작 전에 술 한 잔 붓는 신고식에는 제주가 있어야 했다. 그런데 남편과 나, 단 둘뿐이었다. 서울에서도, 동네 집성촌에서도 한 사람도 오지 않았다. 우리는 날듯이 이리저리 뛰고 또 뛰었다. 장의회사에서 동원된 인부들로 파묘하는 즉시 화장장으로 실어 날랐다. 우리의 간절함이 하늘에 닿아 하루 안에 유택으로 평안히 모실 수 있었다. 조경공사는 그러고도 며칠 더 걸렸다.

'충남 홍성군 금마면 신기리 선산'에 잘 생긴 용 거북의 받침 위에 단아한 '해주오가지묘海州吳家之墓' 비석이 세워졌다. 500평 조경은 잘 단장된 정원이 되었다, 사철 푸르른 아름드리 소나무들과 어울리게 조경한 꽃나무들의 향기는 유택을 향기롭게 한다. 천 년 후손들까지도 사용 가능하게 설계된 추모공원, 30세손의 공이었다. 손부와 자부와 아내의 의견을 존중하고 사랑의 마음으로 받아들여서 개혁을 이루어주신 3대 세 분 어른의 덕이 컸음은 물론이다.

아름답고 합리적인 변혁이 이루어지기까지 50여 년이 흘러갔다. 자손대대 사랑과 섬김으로 존경받는 복된 가문과 후손들이 되기를 기원한다.

# 염치廉恥의 향기

"대추나무에 다닥다닥 붙은 쐐기들처럼, 많은 형제들이 우리에게 붙어서 빨아먹고 산답니다. 이젠 아주 지긋지긋해요."

아들이 유치원 다닐 때 어느 학부형이 자모들 모인 자리에서 화난 듯 외쳐댔다. 나는 놀라서 가슴이 두근거렸다. 그 자모가 말하기를 시댁 식구들이 염치가 없어도 너무 심하게 없다고 했다. 시시콜콜 목돈이 필요할 때마다 손 내미는 것은 어쩔 수 없다 하더라도 당장 급하지 않은 것, 여가생활에 쓰일 돈까지도 요구하는 뻔뻔함에 치가 떨린다는 것이다. 지쳐 있던 30대 젊은 엄마가 잊히질 않는다.

내가 겪은 지독히도 염치없는 한 사람이 생각이 난다. 십수 년 전에 선배들과 골프여행을 다닐 때 한 선배가 동네에 사는 교우 내외를 데리고 왔다. 연배는 우리와 비슷했고 어느 공직에서 퇴직했다고 했다. 식사시간이었다. 우리 일행이 20여 명이라 줄을 서 차례대로 접시에 음식을 담고 있었다. 나중에 들어선 그 사람은 맨 앞으로 당당하게 걸어가

65

음식을 쓸어 담았다. 접시가 넘치도록 수북이 담고, 과일은 접시를 대고 손으로 긁어모아 뒤에서 기다리던 이들이 먹을 음식까지 싹쓸이했다. 연배가 훨씬 위인 선배들이 줄 서 있는 옆을 지나서 새치기하는 것은 물론, 온 식당을 무뢰한처럼 종횡무진하며 휩쓸고 다녔다.

골프장에서 그는 우리 팀 뒤였다. 우리가 나가기도 전에 공을 미리 쳐서 몇 번이나 정중히 부탁을 했는데도 며칠 후 같은 실례를 반복했다. 네 사람이 공을 쳤으니 필드에 네 개의 공이 있어야 하는데 티샷을 하고 몇 발자국 걷기도 전에 공 한 개가 눈에 들어왔다. 분명히 우리가 티샷도 다 하기 전에 뒤 팀에서 함께 쳤다는 얘기였다. 그 공을 맞기라도 했으면 어쩔 뻔했나. 아무리 일행이고 체면을 차릴 사이라지만 무례한 행동에 화가 치밀어올랐다. 골프 매너에 있을 수 없는 망나니였다.

나는 그의 공을 집어서 멀리 던져버렸다. 순간적으로 강한 갈등이 왔지만 행동은 내 마음 앞에서 먼저 내달렸다. 선배는 속이 시원하다면서도 그 사람이 덤벼들면 어쩌느냐고 벌벌 떨었다. 못 봤다고 딱 잡아뗄 것이라고 선배를 안심시켰다. 예상대로 그 남자가 숨을 헐떡이며 뛰어와 자기 공 못 봤냐고 물었다. 우리는 모른다고 딱 잘라 말했다. 그게 벌써 몇 번째인지. 그 남자의 부인이 한 권사한테 실망했다고 뒷말을 하고 다닌다지만 물증이 없으니 어쩌겠는가. 몰염치한 자에겐 극약처방이 당연히 필요했다. 우리 남편들이 알면 한소리 할까 싶어 선배랑 둘만 알기로 했다. 조금도 미안하지 않고 서슴없이 통쾌한 행동을 취했던 그날의 용기는 생각할수록 짜릿하다.

나의 대학 동창은 경상도 사람인데 후덕한 가문에서 자라 넉넉하고 예절 바른 인품이었다. 평생을 시댁 뒷바라지를 하느라 맞벌이하면서도 항상 경제적으로 허덕였지만 그를 참을 수 없게 하는 것은 시댁 식구들의 뻔뻔함이었다고 했다. 시댁의 모든 멍에를 짊어졌던 친구는 정년퇴직을 했다. 이제 다 끝났구나 싶어 안심했지만 조카들이 이어서 손을 내밀었다. 끝날 것 같지 않은 고충으로 늘그막에 참았던 봇물이 터져버렸다. 친구들에게 형편을 털어놓고 하소연하며 자기 팔자라고 한탄했다.

다른 한 친구가 입을 열었다. 좋은 화장품을 쓰다가 친구들과 나누고 싶어서 큰맘 먹고 하나씩 선물했다. 한 친구가 너무 좋다며 하나 더 사 달라고 해 사다주었다. 돈 받기 야박해서 그만두라고 했더니 얼마 후에 여러 개를 또 부탁하더라는 것이다. 친구들에게 자문을 구하니 이구동성으로 사다주지 말라고 했다. 염치없는 친구라는 비난까지 곁들였다.

다른 친구가 거들었다. 자기 친구 중에 돈 많은 졸부가 있는데 엄청 인색하다고 열을 올렸다. 함께 다니며 수십 년간 커피 한 잔 사는 것을 본 적이 없다고 했다. 다른 사람이 살 때는 당당하게 비싼 것만 골라 먹는 구제불능 몰염치였다.

재산이 많은 사람을 우리는 부자라고 한다. 그러나 가진 돈이 많을지라도 쓰지 않으면 그건 부자가 아니다. 어느 역학자가 신문 칼럼에 올린 글에는 "가지고도 쓰지 않으면 돈이 없는 가난뱅이에 불과하다"고 적시했다.

친구들 이야기를 듣다보니 우리 집 현관에 걸려 있는 가훈이 생각났다. '근공염서勤恭廉恕'. 부지런하고 공경하고 섬기며 직분을 다하라. 검소하고 청렴하며 염치 있는 사람이 돼라. 헤아려 동정하고 용서하라. 가훈 중에 어느 것 하나도 소홀해선 안 될 덕목들이지만 제일 실천하기 어려운 것은 '용서'였다. 염치를 아는 후손들이 되기를 가훈으로 훈육하신 윗대 어른들이 존경스럽다.

사람이 양심에 한 톨 부끄러움 없이 살기란 쉽지 않다. 흔한 말로 '사람답게 살기가 어렵다'고 한다. 어울려 사는 사회에서 예의와 도리를 지키며 살아간다고 자신 있게 말할 수 있는 사람은 얼마나 될까. 내 편의와 이익보다 상대를 먼저 생각하는 사람이 되기까지는 부단한 훈련과 노력이 필요하다. 염치가 없어도 막무가내로 살아갈 수는 있겠지만 염치는 인간만이 누릴 수 있는 멋진 품성이고 특권인 데야. 염치 있는 사람이야말로 완벽한 인격을 갖춘 멋진 사람이다. 이 사회를 기름지게 하는 윤활유 역할을 하는 아름다운 향기와도 같다.

# 한가위 생각

　찌는 무더위에 지쳐갈 즈음, 아침저녁으로 조금 색다른 바람이 불기 시작한다. 막혔던 가슴속이 트여오는 기분이다. 가는 여름이 안타까워 몸부림치듯 쓰르라미와 매미들의 합창은 극을 달린다. 쓰르람, 쓰르람, 맴맴, 쓰르람, 쓰르람. 맴맴. 체면도 염치도 없이 모두들 나와 목청껏 노래를 불러댄다. 빨간 고추잠자리는 춤으로 합세한다. 푸르고 드높은 하늘에서 쏟아지는 따가운 햇살에 오곡백과가 여무는 축복의 계절이 멀지 않았다.

　추석이 다가오면 압박감과 책임감을 안고 살아온 50여 년의 힘들었던 세월이 주마등처럼 스쳐간다. 명절이 가까워올수록 큰일을 어찌 다 감당해야 하나 가슴이 먼저 답답하고 어깨가 무거워진다. 긴장감에 밤잠을 설치며 있는 힘을 다해 준비하던 명절 전날의 내 모습이 어제인 듯 선명하다. 일도 할 줄 모르고 체력도 달리는 내가 결혼하고 처음으로 제사 음식을 배웠으니 긴장의 연속은 당연한 일이다. 대식구여서 준비하는 양도 많다. 시간과 체력이 크게 소모된다. 젖 먹던 힘까지 다 쏟아서 열심히 배우며 일을 한다.

시댁의 제사는 모두 겨울에 몰려 있어서 하루 건너 한번이라 할 만큼 잦았다. 봄의 한식과 묘제를 끝으로 행사 없이 편하게 여름을 지내다가 추석을 맞으면 새삼스럽고 낯설어 시작도 하기 전에 멀리 도망치고 싶은 유혹을 수없이 떨쳐내야 했다. 어느 해인가 도우미조차 결혼해서 혼자 일을 하는데 어디서부터 손을 대야 할지 막막했다. 할 일은 태산이고 몸이 따라가지 못해 두 다리를 뻗고 앉아 엉엉 소리 내며 운 적도 있다.

기제사와 명절과 어른들 생신에 모이는 식구들이 보통 40여 명은 된다. 제사 음식도 손 가는 것들뿐인데 더 어려운 점은 40여 명의 식사를 동시에 차려내야 한다는 것이었다. 무조건 먹고 남을 만큼 넉넉히 준비하면 되겠지만 양이 많은 만큼 음식 만들기가 힘들었다. 그 양을 잘 측정해야 하는데 나에게는 모든 것이 막막하기만 했다. 차례나 제사가 끝나기 무섭게 신속하게 상차림을 시작했다. 보통 교자상 5~6개쯤 세팅하는데 차례 지내고 난 음식으로 상보기를 하려니 신속을 요할 수밖에 없었다. 노련하고 빠르게 움직였다.

다른 음식은 넉넉히 준비하면 되지만 국의 양은 특히 가늠하기가 어려웠다. 다른 음식과 달리 밥과 국은 한 사람씩 내야 하기 때문에 모자라면 말할 수 없게 민망하다. 국과 밥이 없는 식구는 김이 샌다. 분명히 넉넉히 준비했는데도 국을 뜰 때 뜨는 사람이 양을 조절하지 못하면 턱없이 부족하게 된다. 국이 너무 맛있게 끓여지면 추가로 내가야 한다.

그러니 뒷사람에게는 차례가 가지 않을 때도 있다. 내가 준비하는 엄청난 양의 국을 보고 평생을 경험한 시어머니조차 흉을 보셨다.

"정수엄마는 손도 크다. 저 국을 누가 다 먹는다니?"

어머니는 적으면 즉석에서 끓여내는 프로지만 나는 그럴 능력이 없었다. 급할 때 허둥거릴 체력이 없었다. 경험상 국 차례가 가지 않을 식구들을 위해 아예 많이 준비했다. 결국 그 많은 국은 금방 동이 났다. 어른들이 혀를 내두르며 놀라는 일이 비일비재했다. 국이 부족했던 그날 이후 국은 꼭 내가 담아냈다.

큰며느리는 하늘이 낸다는 말을 절감했다. 보통사람의 마음으로는 감당키 어려운 힘든 자리라고 생각한다. 행사 때 지차들이 돕는다고는 하지만 먹고 난 후 설거지를 하는 정도이니 모든 일은 온전히 큰며느리 몫이다. 똑같이 사랑받고 똑같은 자식인데 큰며느리만 책임을 다 떠맡는 부당한 점은 불공평하다. 이 때문에 집집마다 갈등과 불화가 일어나고 있다. 큰며느리들의 힘들고 공평치 않음에 따른 불편한 심사가 불화의 도화선이 되기도 한다. 여러 방법론이 나오다가 요즘에는 대부분의 가정에서 각자 배당된 음식을 만들어 가기에 이르렀다.

우리 어머니는 동서들이 음식을 만들어서 자동차 트렁크에 싣고 오는 것을 마뜩찮아 하셨다. 내가 집에서 정갈하게 정성껏 만들기를 원하셨다. 어머님이 평생 살아보고도 큰며느리는 으레 그래야 한다는 공식에 나까지 끌어들인 것이리라. 나는 고생했지만 며느리는 개선해줘야 한다는 생각보다, 할머니도 했고 나도 했으니 너도 당연히 그래야 한다는 생각이신 듯했다. 시모님의 교통정리가 절실히 필요한 때에 나온 결론이었다.

이러하니 나는 냉철하게 내 좌표를 정해야 했다. 평생을 억울한 마음으로 불만에 차 살고 싶지는 않았다. 그렇게 살기에는 내 자존감이 허락지 않았다. 어차피 나는 큰며느리의 책임이 있는데 도움이 없으면 조금 더 수고를 하면 될 것을, 억울한 마음을 버리고 넉넉하고 크게 베푸는 큰사람이 되어 화목하게 살아보자고 결심을 굳혔다. 이 결정은 내 정신과 영혼을 자유롭게 해방시켜주었다. 그때부터 모든 것을 사랑할 수 있었다.

다행히 평생 돕는 이들이 함께 해줘서 그 많은 일들을 치를 수 있게 되었다. 정성으로 음식 장만을 하다 보니 사랑받는 요리사가 되었다. 사랑의 양념이 최고의 맛을 냈던 것이다. 이만큼 노련한 솜씨를 갖춘 장손부가 되기까지 기대와 믿음으로 용기를 주고 지켜준 어른들의 사랑이 있었기에 가능한 일이었다. 50년 전 결혼식이 끝나고 신혼집으로 가기 전, 할아버지가 나를 부르시더니 누가 들을 새라 작은 목소리로 물으셨다.

"새 아기 밥은 할 줄 아네?"

희생 없는 사랑은 존재치 않는다고 했다. 가문과 동기간의 우애와 화목을 다져야 했기에 나를 온전히 내려놓을 수 있었다. 어른들의 기대에 실망 드리지 않은 것은 지금 생각해도 잘한 일이다. 내 뜻을 받아준 동기간들의 따뜻한 배려가 고맙다. 이제는 추억 속에나 남아 있는 옛날이야기가 되어버렸다.

●

# 도우미 시집살이

내일이 양력 설날이고 오늘은 올해 마지막 날, 양력으로 섣달그믐이다. 몇 년 전까지만 해도 며칠 전부터 장 보는 일로 이미 몸은 녹초가 돼 있었을 것이다. 그럼에도 지지고 볶고 끓이고 부치고 눈코 뜰 새 없이 분주하게 일에 파묻혔을 시간이다. 이제는 의무가 모두 끝났고 제도를 간소화했기에 가벼운 몸과 마음으로 섣달그믐을 맞는다. 돌이켜보니 일생을 힘들게 살았고 큰일을 많이도 해냈다. 새댁 시절의 잊을 수 없는 추억 한 토막이 떠오른다. 시댁 도우미에게 당한 아픈 시집살이다.

내가 결혼했을 때에는 양력설을 권장하고 연휴가 이삼 일씩 되었다. 우리 전통 설날은 연휴 없이 달랑 하루밖에 쉬지 않았다. 공무원 빼고는 대부분의 직장에서 편의상 며칠씩 설 휴일을 인정해주니 고향을 찾아가 명절을 쇨 수 있었다. 철도, 도로, 항공, 고속도로가 미어지도록 밤을 새우며 고향으로 달려갔다. 민족의 대이동으로 나라 전체가 온통 시끌벅적했다. 모두 고향으로 떠나고 난 서울은 유령도시처럼 적막강산이 되었다. 우리 시댁은 시아버님이 직장생활을 시작한 80여 년 전부터 편의상 양력설을 쇠기 시작했다.

설날은 설 같은 기분도 들고 좋은데 양력설은 설 같지는 않지만 설장을 보는 사람이 거의 없으니 싼 값으로 편히 장보기를 할 수 있었다. 또한 며느리들이 설날에 마음 편히 친정에 갈 수 있어서 좋았다. 양력설 쇠는 시댁의 며느리들에게는 설날이 커다란 보너스였다.

우리 시댁은 종가로 일이 많았다. 조부모님이 계시니 정초에 세배꾼도 많았고 제사와 설, 추석, 한식과 어른들 생신까지 일 년이면 이십여 차례 행사를 치러야 했다. 나는 결혼식 전날까지 출근해서 집안일은 아무것도 할 줄 몰랐다. 한번 모이면 40여 명이 족히 넘으니 겁이 났고 쥐구멍이라도 있으면 숨거나 도망치고 싶은 심정이었다. 이제 어쩌겠는가. 피할 수 있는 길이 아닌 것을. 어차피 해야 할 일이고 나라고 못할 일은 아니었다. 한번 해보자 하는 오기가 생겼다.

시댁에는 십 년 넘게 살림을 도맡아 하는 황소 같은 도우미가 있었다. 그녀는 대가족과 많은 행사를 감당해내는 탁월한 능력과 음식 솜씨까지 갖춘 유능한 일꾼이었다. 시댁에서 그녀의 위력은 대단했다. 시댁에 갈 때마다 내게 군림하는 자세는 그야말로 군주가 따로 없었다. 새댁이 할 줄 아는 게 없고 몸도 약하다고 깔보는 것도 같았다. 그런 내가 온가족들의 사랑까지 받으니 배가 아팠던 듯싶다. 새댁이라는 약자가 대책 없이 경우 없는 도우미의 갑질 때문에 속상하고 억울해서 보이지 않는 눈물을 많이도 흘렸다. 새색시가 집안에 불화를 일으킬 수가 없어 참다보니 나를 만만히 여겼던가 보다. 경우가 어긋나도 한참을 어긋나 정도를 벗어나는 일이 종종 일어났다. 도우미와 나 사이에 불화가 생겨 그녀가 집을 나가면 어머님이 큰살림을 어찌 감당하겠으며 내 입장은 어떻게 될까, 생각만으로도 끔찍했다.

도우미의 횡포가 거세질수록 남편이 원망스러웠다. 내가 밤잠을 못 자면서 힘들어하는데 어머니께라도 말씀드려줘야 했다. 말씀드렸다가 아내 편드는 쪼잔한 놈으로 흉잡힐까 겁나서였을까, 대단치 않은 일을 내가 너무 예민하게 받아들인다고 생각했을까, 꿈쩍도 하지 않았다. 나는 너무 섭섭하고 야속했다. 지금도 남편의 그런 태도가 이해되지 않는다.

첫아기 출산 후 산후조리를 하기 위해 시댁으로 들어갔다. 도우미의 까칠하고 서늘한 눈길과 언사가 무척 불편했다. 당시 나는 죽은 목숨이나 다름없었다. 어느 날 아침 어머니의 호통소리가 들렸다. 그것은 나에게 하는 질책이었다. 어제 빨아 널은 빨래를 걷지 않았다는 거였다. 재빨리 나가보니 내 이불 홑청 딱 한 개만 빨랫줄에 매달려 있었다. 빨래를 걷으면서 도우미는 내 것만 남겨놓았던 것이다. 야비하고 치사한 짓이었다. 사실 나는 그런 큰 빨래를 해본 적이 없었다. 그 무렵 TV 연속극에 나처럼 일할 줄 모르는 천방지축 며느리 이야기가 인기리에 방송 중이었다. 식구들은 같은 처지인 나를 아예 그 주인공 이름을 따, '꽃님'이라고 불렀다.

어느 날 그녀와 함께 동네 식품점에 갔다. 물건을 사는데 늘 하던 대로 나를 무시한 것도 모자라 아예 제쳐놓았다. 자기가 윗사람인 양 군림하며 결정하고 막무가내로 행동하는 것을 가게 주인이 보았고, 놀라서 어머니께 전화를 걸었다.

"도우미 버릇을 단단히 고치든지 내쫓든지 하셔야겠어요. 어찌 새댁한테 그리 함부로 대하는지 민망했습니다. 무슨 그런 경우가 있답니까? 모르셨습니까?"

어머니는 동네방네 이 무슨 망신이냐고 노발대발했고 도우미 시집살이는 이렇게 막을 내렸다. 일 잘하는 시댁 도우미에게 일 못하는 약자 며느리가 시집살이를 당한 것이었다. 그야말로 1년 남짓 눈물겨운 시집살이였다. 친정어머니의 애간장은 그때 다 녹았을 터이다. 시댁에 살고 있는 애지중지하던 딸을 바라만 보며 도울 길이 없어 안타까웠는데 도우미 박해까지 받았으니 그 심정이 오죽 했을까. 일 년 후에 우리는 다시 신혼집으로 돌아갔다. 흠집 난 상처에는 딱지가 앉았다.

세월이 흐르면서 일을 배우고 일에 대한 내성도 생겨서 조금씩 틀이 잡혀갔다. 애기들이 생겨나고 나도 어른이 돼갔다. 시어머님과 친정어머니의 격려와 도움이 컸다. 시어머님은 나에게 끊임없는 사랑과 용기를 주셨다.

"머리 좋은 사람은 살림도 잘할 수 있단다. 어려운 공부도 잘하는데 그까짓 살림은 아무것도 아니여. 엄마도 아무것도 할 줄 몰랐어. 너는 잘할 거다."

친정어머니도 나에게 힘이 되어주셨다.

"마음이 넉넉하고 덕과 사랑만 있으면 되는 거야. 체력이 달리면 도움 받으면 되지."

일을 하다 보니 어머니세대보다 능률적이고 합리적으로 불필요한 에너지를 줄이는 지혜를 터득했다. 힘이 들어도 가족들이 행복하면 그만이라는 생각을 했다. 사랑과 정성을 다해 부모님을 기쁘게 해드리고 싶었다. 뒤돌아보니 밤새워 울며 힘들어했던 새댁 때 도우미 시집살이는, 아프긴 했어도 나에게 사려 깊은 어른이 되기 위한 과정이었다는 것을 알게 되었다.

# 큰서방님과 동서

나의 남편은 육남매 중 첫째 맏아들이다. 두 명의 남동생과 세 명의 여동생에게는 형님과 오빠였다. 셋째, 다섯째가 남동생이니 8살, 13살 터울이 졌다. 동생들과 어울려 놀기는 나이 차이가 많았지만 육남매는 만날 때마다 시끌벅적 웃음판을 만들곤 했다. 세월이 흘러 모두 가정을 이루어 자손들을 두고 노년으로 들어섰다. 우리가 결혼하고 35년이 되었을 때, 나는 환갑을 맞았다. 큰서방님 내외는 맏며느리로 시집 와서 수고하고 애쓴 형수를 축하하는 조촐한 식사자리를 준비했다. 시누이들에게 연락했을 때 여러 가지 이유로 호응이 시원치 않자 서방님 내외는 실망하였다. 3년 전에 형님의 환갑잔치를 크게 했으니 덮어두자는 내 의견을 따라 계획은 중단되었다.

그래도 서방님 내외의 귀한 마음은 큰 위로가 되었다. 서방님 내외와 우리 부부는 우아한 식사자리를 마련했다.

"형수님, 형이 얼마나 좋아서 일 많은 우리 집에 시집 와 그 고생을 하셨습니까? 백조들이 유유히 떠다니는 잔잔한 호수 위의 평화로움은 수면 밑의 끊임없는 백조의 물갈퀴질 덕이라던데 형수님의 수많은 수고가 있었기에 우리 집의 화목이 가능했음을 압니다. 수고하셨습니다. 고맙습니다."

진정어린 감사의 말에 왈칵 눈물이 솟았다. 서방님의 속 깊은 사랑에 뭉클한 감동이 밀려오며 힘들었던 세월의 앙금이 모두 녹아내렸다.

"너, 시인 다 됐구나."

감동받고 고맙다는 표현을 이렇게밖에 표현 못하는 멋없는 형에게 서방님은 멋있는 동생이었다. 서방님은 마음이 무척 여린 성품이었다. 우리 첫아기 정수가 두 살 때쯤 남편은 해외연수를 갔었다. 그해 시댁의 온 가족이 대천으로 여름휴가를 떠났다. 남편이 없는 바다는 내게 심한 외로움과 그리움으로 감상에 빠져들게 했다. 그런 내 모습을 보며 가여운 생각을 한 도련님은 '형에게 절대로 형수 두고 혼자 가지 말래야지'라면서 안쓰러워했다. 그때 서방님의 모습을 나는 여직 기억하고 있다.

아버님 돌아가신 후 16년을 어머님은 우리와 함께 사시다가 소천하셨다. 가끔씩 지차와 막내아드님 집을 다니러갔지만 절대로 주무시지 않고 당일로 돌아오셨다. 본인이 혼자 왕래할 수 있을 때까지는 그렇게 하셨다. 그러나 80세가 넘어 거동이 불편해지고부터는 서방님 내외 말대로 며칠씩 묵고 가시게 했다. 며칠이라도 형수 수고를 덜어주고 싶은 서방님의 배려였다. 어머니를 설득하고 달래느라 매번 전쟁이었다. 큰

서방님 내외의 따뜻한 마음에 나는 큰 위안을 얻었다.

어머니가 자식들 집을 오가면서 형제간에 오해와 갈등이 생기고 우애가 흔들리는 경우를 종종 봐왔다. 우리 어머니는 서방님 집 현관에 들어설 때부터 목에 힘을 주고 내가 큰아들에게 얼마나 큰 섬김을 받는 어머니인가를 과시한다고 했다. 목에 힘을 너무 많이 줘서 뒤로 넘어갈 정도라고 전하면서 동서는 깔깔깔 웃어댔다. 인간의 욕심은 추해서 만족이 쉽지 않건만 우리 어머니는 좋은 이야기만 하셨던가 보다. 효자는 부모가 만든다 했던가. 본이 되시는 어머님의 깊은 사랑도 고마웠고 그런 어머니 모습이 자랑스러워 나에게 전하는 동서의 깊은 마음도 고맙고 예뻤다.

서방님은 무슨 일이 있어도 형님 뜻을 무조건 믿고 따랐다. 반듯한 형님과 반듯한 동생의 우애가 보기 좋았다. 형님의 노고를 안쓰러워하고 선함을 우러러보았다. 큰일 때마다 형님 옆엔 동생이 꼭 붙어 다닌다. 불도그처럼 형님을 지키는 모습은 남들도 부러워했다. 착하고 좋은 가정교육을 받은 동서의 덕도 컸다. 남편의 생각이 아무리 훌륭해도 아내가 싫어하면 그 뜻을 제대로 펴지 못한다. 동서는 나의 응원군이고 나의 좋은 일에 나보다 더 좋아하는 내 편이다. 좋은 것을 보면 형님 먼저 생각하는 동서, 부모님 섬기듯 알뜰히도 챙겨주는 귀한 사람이다. 재미도 있고 인건비도 줄인다고 페인트칠을 손수 하는 형님 내외의 건강을 염려하면서 여러 번 만류했다.

"형님 돈 떨어지면 제 돈 나눠쓸 테니 인건비 아끼지 말고 업자에게

시키서요."

신신당부하는 동서였다. 말 안 듣는 고집스러운 형님 때문에 두 손 들었다고 했다.

옛 말에 큰동서는 아랫동서를 보면 시앗 보듯 한다지만 나에게는 그냥 옛 말일 뿐이다. 동서가 들어와 형님이라 부를 때 기분이 좋았다. 막내동서까지 들어오니 천군만마를 얻은 듯했다. 동서들에게 편안하고 즐겁고 따뜻한 큰집이 돼주기로 결심할 정도였다. 행사 많은 큰집에 시집 와서 힘들어하는 동서들이 딱하고 안쓰러웠다. 행사에 빠짐없이 참석해야 하고 조금이라도 늦으면 어른들의 눈총이 만만치 않았다. 때마다 동서들이 오기 전에 음식 준비를 끝마치고 깨끗이 정리해놓았다. 모두 모였을 때 편안히 놀며 즐거웠으면 하는 나의 바람이었다.

큰형님을 무척이나 따르던 명민하고 총명했던 막내동서가 50을 조금 넘어 우리 곁을 허망하게 떠났다. 그 일로 우리들 가슴에 지워지지 않는 멍이 들었다. 짧았지만 세 동서가 그만하면 예쁘게 살았다고 자부한다. 세상에는 별별 동서지간도 많고 별별 사연도 많지 않던가.

큰서방님은 형이 소천한 후 집안일에 크게 책임감을 느꼈던가 보다. 당당한 큰어른이 되어 중심을 지켜주었다. 형수 나이 80을 바라보면서 부모님 추도식 준비로 수고하는 일을 그만 내려놓으라며 조심스럽게 제안했다. 자신이 주관할 테니 형수는 편히 쉬기를 권했다. 애정 어린 배려였다.

장손부로 시집 와 막막했던 시작이 장장 50년 세월을 거쳐 명예롭게 마무리를 짓게 되어 나 자신이 대견스럽다. 그것도 시동생, 큰서방님의 결단으로 명예퇴임을 하게 됐으니 이 어찌 아름답지 않겠는가. 후손들도 우리처럼 형제간에 아름다운 우애를 다져가기를 소망한다.

# 추모공원

맑고 푸르른 하늘 아래 찬란한 햇빛이 쏟아져 내리고, 푸른 소나무들 사이로 부는 바람결에 꽃향기가 코끝을 간질인다. 고요한 정적을 깨는 새소리는 맑고도 고와서 현악 사중주 연주보다 섬세하고 아름답다. 만개한 꽃들은 절정을 이루었다. 포근하고 아늑한 이곳은 정녕 이생의 천국이 아닐까. 빛나는 비단 조약돌이 깔려 있고 한 뼘 높이의 화강암 경계석으로 아늑하게 정비된 안식처에는 '海州吳家之墓(해주오가지묘)'라는 묘비명이 새겨졌다. 아담한 비석이 용 거북 위에 서 있다.

여기는 충남 홍성군 신기리 해주 오 씨 종손의 유택을 모신 추모공원이다. 나지막한 야산, 들판 건너 멀리 집성촌이 내려다보인다. 산자락을 돌아서 뺏뽀저수지의 지류가 흐르고 있어 명당이라 일컫는 풍수 좋은 산이다. 225년 전 7대조 할아버지 때(정조 18년) 이 땅을 명당으로 알아본 홍주목사가 할아버지께 여러 조건을 제시하며 팔기를 원했지만 절대 흔들리지 않았다고 했다. 그 덕분에 오늘날 어디서도 볼 수 없는 명당에서 평안히 잠들어계신다. 근처에 낚시터가 있어 우리 공원까지 어지럽혔는데 홍성군에서 이 둘레지역을 습지공원으로 조성하면서 조용하고 아름다운 명소가 되었다. 갈대숲과 연꽃을 품은 산책로는 언제 봐도 걷고 싶은 길이 되었다.

2005년 3월 말. 아직 추위가 남아 있어 쌀쌀하고 을씨년스러운 날씨 속에서 선산의 묘지 정비공사가 시작되었다. 공사의 의미도 공사의 규모 못지않게 뜻 깊은 일이었다. 이 산 저 산에 흩어져 있는 해주 오 씨 종손 24세손부터 29세손까지 모시게 되는 묘소 정비 공사였다. 묘소 관리, 벌초가 불가능한 현실에서 피할 수 없는 결정으로 모든 묘소를 파묘해서 유골을 화장하고 한 장소에 다시 안장해드리는 계획이었다. 6대손 부부 12기와 26대 할아버지의 상처로 다시 들이신 재취 할머니와 28대 종조할아버지가 절손하여 여기에 모시니 모두 15기의 대규모 행사였다. 이 공사를 착수하기까지 40년의 준비와 기다림이 있었다. 우리 대의 당면과제인 대역사이기도 했다.

산소를 옮기는 묘역공사는 결코 쉬운 일이 아니었다. 일가들과 지손支孫들의 의견이 만장일치가 되어야만 했다. 한 사람의 반대가 있어도 할 수 없는 것이 조상 묘역공사이다. 더구나 당시에는 화장에 대한 거부감이 강했던 터라 쉬운 일이 아니었다. 드디어 기다림의 때에 이르러 화장바람이 불기 시작했다. 여기에 편승하여 우리 계획을 실행하게 되었다. 오랜 세월을 거쳐 자료와 정보를 수집했고 그렇게 만든 천 년 후손까지 이용할 수 있는 추모공원 계획을 가문회의에 내놓았다. 만장일치로 통과되었음은 물론이고 자랑스러운 자긍심을 가지고 큰집에 박수갈채를 보내주었다. 모든 경비와 공사를 큰집에서 전담하기로 했다. 비용은 작은아버님 부자 분과 남편 형제들이 분담했다. 찬성과 응원을 해준 일가들이 없었다면 불가능한 일이었다.

서울 구파발의 조경회사가 공사를 맡았다. 대학에서 조경을 전공한 사장님은 우리와 함께 설계와 시공을 치밀하게 조율하였다. 모든 석물과 재료를 서울에서 실어가기로 했다. 운송과 공사의 규모는 엄청났다. 홍성호텔에 숙소를 정하고 작업팀이 일을 시작했다. 무거운 석물들을 현장까지 올리는 데 많은 위험이 따랐으나 탈 없이 진행되었다. 작업팀은 유택을 설계도 따라 꼼꼼하게 공사했다. 장의팀은 파묘하고 유골을 수습해서 정갈하고 정중하게 화장장으로 모셔 화장하는 작업을 착수했다. 파묘하는 당일에 새로운 유택으로 모셔야만 된다고 한다. 홍성 장의사장의 지혜로 포클레인을 여러 대 투입했고 직원 전부를 가동해 한 기씩 수습할 때마다 화장장으로 달려가 곧바로 화장하는 방안으로 진행되었다.

파묘하기 전에 술 한 잔을 올리는 의례식이 있다. 공사 현장에는 남편과 나, 오직 단 둘뿐이었다. 우리는 이 산 저 산을 날듯이 뛰어다니며 정신없이 일을 진행했다. 집성촌에 후손들이 많이 있건만 잠재된 산역에 대한 두려움이 그들을 집안에 묶어둔 것만 같았다. 오후부터는 여러 어른들이 동참했고 이후 여러 날을 조경이 끝날 때까지 모두 함께했다. 우리 부부의 빈틈없는 계획과 담대한 믿음을 따라 모든 일은 하루 안에 치러졌다. 드디어 새로 지은 유택에서 깨끗하고 평안하게 모실 수 있게 되었다.

장의회사와 조경회사 사장과 그 직원들은 우리를 도우러 온 천사와도 같았다. 비록 돈을 받고 하는 일이었지만, 마음을 다하지 않으면 불편한 일이 또 이 일이다. 그들은 안장 후에도 여러 날을 보태 깔끔하게 마무리했다. 조경 총 면적 500평 정도, 100평 정도는 묘역으로 꾸몄다. 그 중에서 30평 정도가 유택이다. 묘역을 제외한 400평은 정원을 꾸몄다. 본래부터 자리한 수려한 홍송과 어울리게 영산홍과 철쭉으로 조화를 이루었다. 둘레 산에서 산벗꽃나무와 각기 다른 향기를 품어내는 꽃들의 옹호를 받는 공원이 되었다. 비석에 새겨진 글씨는 30세손부인 내 글씨이고 비석 뒤편에 쓴 공원조성의 연유와 후손들에게 하는 당부의 글은 30세손인 남편의 글이다.

우리는 30세 종손으로 이 시대에 맞는 자손의 도리를 하였다. 선대들께 당연히 해 드려야 할 일이었고 후손들에게도 할 일을 한 것이다. 웃어른들이 얼마나 흐뭇해 하셨을까. 이 모든 일을 무사히 완성할 수 있었던 데에는 선대 조상님들의 자손들을 향한 기원의 힘이 컸기 때문이리라. 천국처럼 아름다운 공원유택에서 선대들께서 평안히 영면하시길 기원해본다. 공원으로 소풍 오듯 자주 놀러와 잘 살아가고 있음을 알리는 일도 후손들이 해야 할 일일 것이다.

# 남은 노년을 향한 출사표

70대 중반을 넘어선 이 시점은 나의 생애 어디쯤일까. 하루 24시간 중 몇 시쯤 될까. 후하게 쳐서 아마도 저녁 9시쯤은 될 것이다. 이미 어둠은 덮였고 한두 시간쯤 거리를 걸어서 집에 도착할 수 있는 여유가 있을 뿐이다. 나는 노년의 중앙에 깊이 들어와 있다.

일본 여류작가 소노 아야코는 『계로록戒老錄』(부제, 아름답게 늙는 지혜)이란 책에서 아름답게 늙어가는 다양하고 구체적인 행동지침을 제시했지만 나의 눈길을 붙잡은 구절은 '본인이 어디에 서 있는지를 기억하고 행동하면 추하지 않은 노년이다'는 내용이었다. 오종남 선생은 신문 칼럼에 '노후생활의 지혜는 주제파악과 분수를 지키는 것'이라 적고 있다.

나의 주제파악을 해보자. 내가 짊어진 의무는 끝이 났고 정리해야 할 모든 일이 마무리 지어졌다. 자녀들은 자기들의 삶을 열심히 살고 있다. 이제 내가 해야 할 일은 그들을 위해 쉼 없이 기도하는 일이다. 감사한 마음으로 몸과 마음을 평안히 지내는 것이 자손들에게 부담을 주지 않는 어머니의 길이다. 깔끔한 삶을 살아서 자녀들의 자랑스러운 엄마와 할머니가 되고 엄마의 삶을 롤모델 삼고 싶도록 멋진 노년을 보내고 싶다. 엄마를 생각하면 짠하고 애달픈 생각보다 행복하고 즐거웠던 모습이 떠올라 자녀들에게 영원히 기쁨과 힘이 샘솟게 하고 싶다.

그러려면 무엇보다도 건강해야 한다. 70여 년을 사용하였으니 몸에 노화가 오는 것은 당연한 일이다. 삐걱거릴 때마다 한탄하지 말고 당연한 이치로 받아들여야 하겠다. 정신적인 무장을 하고 이생을 떠나는 날까지, 처절한 전쟁터에 나선 장수처럼, 씩씩하고 굳세게 살아야 한다. 나의 남편은 내 도움을 받고 마지막을 잘 보내고 소천했지만 나는 나 혼자 감당해야 함은 물론, 자녀들의 신세를 저야 한다. 병들지 않게 최대한 노력하고 아픈 곳이 생기면 긍정적으로 대처하여 굳센 마음으로 밝고 환하게 살아가리라.

정해놓은 규칙을 하루도 빠짐없이 지킨다는 것은 결코 쉽지 않은 일이다. 중단하지 않고 꾸준히 지속하는 것이 무엇보다도 중요하다. 지금까지 30년 넘게 지속해온 여러 운동들이 아직은 건강을 유지시켜주는 비결이다. 아직 관절이 아프지 않으니 다행이다. 관절만 잘 버텨준다면 계속해서 운동할 수 있고 운동을 계속 하는 한 건강은 문제없을 것이다. 기氣는 움직임에서 나오는 것이니 움직임이 끝나면 살아가는 원동력도 끊긴다고 보면 되겠다.

아침에 눈을 뜨면 이불을 걷어 젖히고 침대에서 스트레칭을 한다. 한 시간 가량 소요되는 스트레칭은 잠자던 모든 신경과 몸의 구석구석을 잠 깨운다. 단전과 관절이 하루 동안 잘 살 준비를 끝낸다. 머릿속도 몸도 상쾌하게 맑아져서 가뿐하게 하루를 시작할 수 있다. 30대에 배운 요가가 평생의 건강지킴이가 돼주었다. 척추교정 요가SNPE도 꾸준히 하고 있다. 센터에 등록은 하였으되 월, 수, 금 삼 일 중 한번밖에 못 나가지만 꾸준히 명맥을 유지해나감으로써 요가의 덕을 보고 있다. 사람은 누구나 몸의 밸런스가 틀어져 있다고 한다. 바르지 못한 자세에 병이 따른다고 하니 바른 체형을 유지하는 것이 중요하다.

약골이던 내가 나이 들면서 건강이 좋아지는 데에는 오직 걷기에 전심을 다한 때문인 듯하다. 김영길의『누우면 죽고 걸으면 산다』는 책을 교과서 삼아 포기와 좌절이 올 때마다 저자의 말을 믿고 몇 십 년을 걷기에 매달렸다. 남편 퇴직 후 함께 걷기 시작한 60대부터는 하루 2시간 이상, 10㎞ 거리를 꾸준히 걸었다. 나에게는 걷기운동이 노년 건강의 대들보가 된 셈이다.

수지침 뜸뜨기를 하였다. 1990년대 초에 수지침 강좌 열풍이 불 때 친구와 초급반에 들어가 3개월을 배웠다. 뜸을 뜨면 소화도 잘 되고 잠도 잘 잔다. 무엇보다도 신경이 안정되어 마음이 평온해진다. 건강하고 힘이 좋은 사람은 효과를 느끼지 못한다지만 민감하고 약한 나에게는 즉각적인 반응이 와 믿음이 간다. 남편 퇴직 후 뜸의 매력을 공유하면서 옥상 뜸방에서 젊은 시절 즐겨 듣던 올드팝과 클래식을 함께 즐기며 뜸을 뜨곤 했다.

공직에 있었던 남편이 퇴직 후에야 골프를 시작했다. '늦게 배운 도둑질 날 새우는 줄 모른다'더니 남편은 골프에 입문하면서 오직 골프 생각뿐이었다. 기회만 되면 해외로 나갔고 태국의 치앙마이에서 교민들과 어울려 그곳 생활을 하기도 했다. 몇 년이 지난 후부터는 여러 곳으로 자유로이 골프여행을 다녔다. 직장동료, 학교 선후배, 친구들과 어울리며 여가와 건강을 함께 즐겼다.

남편이 소천하면서 나에게 커다란 즐거움을 선물해주었다. 걷기를 싫어하는 남편과는 꿈도 못 꿀 트레킹을 마니아인 동생네와 함께 즐기게 된 것이다. 나는 혼자서 길고 긴 끝도 없는 길 위에 서서 무념무상으로 오직 걷기만 하는 일이 참으로 행복하다. 하루 종일 걸어도 힘든 줄 모른다. 그리움도 외로움도 잡념도 모두 사라진다. 무릎관절이 언제까지 허락할지 모르겠으나 걸을 수 있을 때까지 걸으려 한다.

세상의 아름다움을 글로 써서 가족들과 공유하는 글쓰기의 기쁨도 누리고 있다. 등단하기 전에는 이런 신세계가 있는 줄도 몰랐다. 글쓰기야 말로 목숨이 다할 때까지 함께할 수 있는 동무라 하지 않던가. 무한한 상상의 나래를 원 없이 펼 수 있고, 나와 내 주변인들의 상처를 좀 더 특별하게 들여다볼 수 있는 마음의 눈을 키울 수 있다. 그냥 스치고 지나갔던 일들이 글을 씀으로써 과거도 현재도 미래도 자유로이 넘나들 수 있게 되었다. 내가 원하기만 하면 시간여행은 언제든 가능하다. 시간이 갈수록 작가가 되길 잘했다는 생각이 든다. 나는 가끔 나의 유년을 돌아보며 행복에 젖는다. 고 앙증맞은 꼬맹이가 나라는 사실이 아무래도 믿기지 않는다.

동기간이나 자녀들에게 폐가 되지 않겠다는 각오가 지나쳐서 그들의 배려를 냉정히 거절하게 된다. 나로선 그들에 대한 배려이고 나를 온전히 인정하고 싶은 마음에서였지만 그들은 나 정도면 보호받을 나이라며 섭섭하고 걱정이 된다고 했다. 그러나 나는 누군가 해주기를 바라는 염치없는 노인은 되기는 싫다. 꼬장꼬장하고 괴팍한 노인이라는 말을 들을망정 저들에게 아직은 폐가 되고 싶지 않다. 내가 새댁일 때 시할머니께 어깨 안마를 해드리려는데 버릇될까 무섭다고 사양하셨다. 그때의 할머님 마음이 내 마음이고 내가 벌써 그때의 할머님 연배가 되었다. 좋은 것은 따라가게 돼 있다는 것을 알게 되었다.

세상에서 회자되고 있는 '구구 팔팔 이삼사'는 생각할수록 훌륭하고 멋진 말이다. 구십구 세까지 팔팔하게 살다가 이삼 일 앓고 아름답게 갈 수 있는 노년을 향해 힘차게 출사표를 던져본다.

# 지압봉과 뜸

어렸을 때 할아버지 손에서는 언제나 또로록 또로록 소리가 났다. 그것은 할아버지가 항상 손에 가지고 있는 자주색 열매에서 나는 소리였다. 할아버지는 마치 손의 일부인 것처럼 자나 깨나 열매를 쥐고 있다가 가끔씩 또로록 또로록 굴리곤 했다. 그것은 호두와 비슷한 열매인 '가래'였고 호두보다 훨씬 단단한 껍질을 갖고 있었다. 그 대체물로 최근 지압봉이 생겨난 듯하다. 지압봉이란 손에 자극을 주기 위해 쥐기 좋은 크기로 만들어진 알루미늄 건강보조기구이다. 오톨도톨한 돌기를 손안에서 굴리면 소화도 돕고 손도 따뜻해지며 잠도 잘 잔다고 한다. 내 눈에는 지압봉이 신식 가래처럼 보였다.

나는 지압봉을 침대 베개 밑에 놓아두었다. 잠잘 때는 항상 양손에 꼭 쥐고 잠을 잤다. 잠옷은 못 챙겨도 지압봉은 반드시 챙겼다. 손에 쥐고 잠자리에 들면 오 분도 안 돼 잠에 빠지니 요술방망이가 따로 없었다. 그것이 무슨 역할과 작용을 하는지는 몰라도 손이 따뜻해지는 걸

보면 혈액순환에 도움이 되는 듯했다. 여행 갈 때는 뜨거운 물을 담는 고무주머니(유담프)와 같이 챙겨야 할 준비물이 되었다.

그런데 이 지압봉에 문제점이 있었다. 모양이 동그래서 방바닥으로 떨어질 때나 두 개가 부딪히는 소리가 신경을 상당히 자극한다는 것이다. 곤히 자고 있을 때 들으면 정말 고약했다. 이 소리를 남편은 유난히 싫어해서 자다가도 일어나 여지없이 짜증을 냈다. 웬만해서는 화를 내는 일이 거의 없는 무던한 사람인데 그렇게까지 예민하게 반응하는 것이 이상할 정도였다. 나는 조심스럽고 불안해서 지압봉 하나는 베개 왼쪽 밑에, 다른 하나는 베개 오른쪽 밑에 분산시켰다. 그러던 어느 날 남편이 뜬금없이 각 방을 썼으면 어떨까 제안을 했다.

나는 그때까지 각방을 쓴다는 생각을 해본 적이 없기 때문에 놀랍고 당황스러웠다. 지압봉 때문에 그런 것은 아니라고 했다. 남편은 한 침대를 쓰자니 예민한 나에게 불편을 줄까 하여 평생을 조심스럽게 지냈다며, 이제는 편하게 지내게 해주고 싶고 자기도 자유롭고 싶다고 했다. 노년에 자연스러운 일일 수 있지만 젊은 날에는 꿈조차 꾸지 못했던 우리가 각방 생활을 해야 한다니 갑자기 늙음이 서글퍼졌다. 자신의 건강상태가 심상치 않음을 느끼고 나를 배려했던 것이 확실했다. 남편은 화장실 가는 횟수도 늘어나고 뒤척임도 심해서 조심스러워서라고 했다.

남편 방을 꾸몄다. 자기 물건만으로 꾸며진 방을 무척이나 원했었다. 자고난 잠자리를 정리하고 주름 하나 없이 침대보도 예쁘게 정리해놓았다. 자기 물건에 손대는 걸 질색하며 싫어했다. 다소 얄미운 생각이 드는 날은 일부러 남편 방 청소를 건너뛰기도 했다.

"내 방 청소는 왜 안 해?"

그도 민감한 사람이라 용케 알아챘다. 우리는 서로의 얼굴을 보며 한바탕 웃곤 했다. 젊은 시절에는 바쁜 직장생활로 자기 방이 특별히 필요치 않으나 퇴직 후 혼자만의 시간이 많아짐에 따라 남편도 자기 방이 필요했을 것이다. 주변에서 대개의 남편들 요구사항이 자기 방을 갖는 것이라는 말을 들은 기억이 난다. 지금 생각해보면 먼저 떠나려고 홀로 서기를 연습시킨 것은 아니었나 싶기도 하다. 쓸쓸하고 서글픔이 가라앉지 않았지만 냉정하게 각방을 쓰게 된 것은 현실이었다. 남편은 잠 잘 시간이면 아주 예의 바르고 다정하게 인사한 후 자기 방으로 갔다.

"평안히 잘 자요. 이불 차버리지 말고, 잘 덮고. 낼 아침 만납시다."

자기 혼자 자는 게 그렇게 좋은가. 나는 내내 소박맞은 기분에 서글픈 생각만 들었다. 그때 이별과 외로움을 연습했기에 영원한 이별을 하고도 충격이 훨씬 줄었을 것이라 생각하니 이제야 남편의 깊은 사랑이 고맙고도 아프게 다가온다.


16년 전부터 우리 부부는 둘이 함께하는 취미생활이 있었다. 수지뜸 뜨기였다. 황토단자에 쑥을 얹어 손바닥에 놓고 불을 붙여서 태우는데, 쑥 냄새도 구수하고 손이 따뜻해서 오장육부가 따뜻해지는 효과가 있다고 했다. 나는 젊어서부터 소화력이 약해 자주 체하곤 했다. 뜸을 뜨면서 위장 기능이 좋아졌고 신경도 안정되어 마음에 평온이 왔다. 40대부터 탈이 날 때만 뜸을 떴는데 남편이 퇴직하고부터는 날마다 같이했다. 남편도 좋은 점을 느꼈고 깨달았기에 동참을 한 것이었다. 우리 부부가 16년을 꾸준히 즐기는 하루 일과 중 하나였다. 동양권으로 여행할 때 장기 체류를 하게 되면 수지뜸을 챙겨가 현지에서도 뜸을 뜨곤 했다.

우리 집은 단독주택이라 맨 꼭대기 층에 뜸방 하나를 만들고 라디오 주파수를 FM에 맞춰 흘러간 올드팝이나 클래식을 감상했다. 우리들의 학창시절과 젊은 시절에 듣고 부르던 노래를 함께 따라부르며 추억에 잠겼다. 연애시절에 들었던 노래가 나오면 그때로 돌아간 듯 가슴이 설렜다. 남편에게 병이 오고 수술 후 투병을 하면서도 우리들의 뜸뜨기 생활은 규칙적으로 계속되었다. 만보걷기와 뜸뜨기. 그 덕분이었는지 암이 왔음에도 통증이나 괴로움 없이 투병할 수 있었다. 암환자라는 것이 의심스러울 정도였다. 체중도 줄지 않고 머리도 빠지지 않고 준수한 모습 그대로, 우리 곁을 떠났다.

남편은 평생 잔병 없이 잘 먹고 잘 자고 건강하게 살아왔다. 노년까지 건강하게 살아온 참살이, 웰빙맨이었다. 추한 모습과 고통 없는 멋진 임종, 웰다잉well dying으로 근사한 삶을 마감했다. 지압봉은 싫어했지만 뜸을 사랑한 남편은 뜸의 보답을 받은 듯했다. 몸과 영혼의 평온함 속에서 천국으로 소천한, 복된 삶을 누렸던 남편의 뜸 사랑에 박수를 보낸다.

# Part III

# 그날의 노래

100세 운운하며 환갑잔치를 하지 않았더라면 어쩔 뻔했나. 그대
로 접었더라면 '남편의 사랑가'는 평생 듣지 못했을 것이다. 이제
남편이 곁에 없을지라도 그때 나에게 온 정성을 다해 열창했던
모습과 다정한 음성이 항상 내 곁을 지켜주고 있다. 내 귓가에서
맴도는 음성. "나는 다시 태어나도 당신만을 사랑하리라."

# 그날의 노래

　남편의 환갑은 2001년 10월 17일이었다. 회사에서 막 퇴직한 무렵이었다. 슬하의 두 남매는 결혼해 딸은 아들 둘을 두었고 아들은 신혼 중이었다. 언제부터인가 100세 시대를 바라보며 환갑잔치하는 사람이 거의 없어졌다. 나는 환갑잔치라기보다는 책임과 의무를 다하고 새로운 노년을 시작하는 의미로 남편 회갑을 핑계 삼아 축하하고 싶었다. 자녀들도 내 생각과 같았다. 아버지께서 젊고 건강하게 성공적인 삶을 사셨고 손주들까지 보았으니 축하연을 하는 것은 당연한 일이었다. 자녀들의 생각이 갸륵했다. 부모와 형제, 자녀와 손주들이 모여 즐거운 시간을 가질 거라 생각하니 이 또한 즐거운 일이었다. 아이들이 하자는 대로 따르기로 했다.

　아이들은 일사천리로 프로그램을 짜고, 호텔을 예약하고, 목사님께 예배인도를 부탁드렸다. 이제 갓 30대에 들어선 아들과 딸이 정성껏 행사를 추진하니 대견하고 자랑스러웠다. 웃어른들을 모시고 친가, 처가 형제들과 조카들만 모여도 백여 명은 족히 넘었다. 거기에 사돈들을 모시고보니 어느 잔칫집 못지않았다.

1부는 목사님의 인도로 감사예배를 드렸고, 식사 후 2부는 여흥시간이었다. 아들과 사위의 인사에 이어 남편이 인사말을 했다. 남편은 오늘이 있기까지 부모님의 은혜와, 조카를 유난히 사랑하신 작은아버지의 사랑에 감사하다고 했다. 우애 좋은 동생들과 잘 자라준 아들딸에게 고맙고, 훌륭한 딸을 주신 장인, 장모님께도 감사의 인사를 드렸다. 오늘날 이룩한 모든 것이 나와 함께였기에 가능했다면서 나에게도 칭송을 아끼지 않았다.

온 식구들이 호텔 한자리에 모이니 이런 행복도 있구나 싶었다. 자주 뵙지 못하는 어른들을 모시고 형제들과 조카들, 사돈어른들과 함께하니 이런 만남도 특별했다. 돌 지난 천방지축 둘째 손주와 신사복을 갖춰 입은 6살 큰손주의 의젓한 모습은 할아버지의 자랑이었다. 아들 며느리, 딸 사위는 그동안 남편에게 근사한 울타리가 되어주었다. 환갑을 맞은 내 남편이 정말 멋져보였다. 이 사람, 나이 들수록 중후한 멋이 풍겼다. 언제 어느 곳에 있어도 남편과 함께하면 그저 우쭐해지고 든든할 뿐이다.

식사를 마치고 여흥시간이 되었다. 진행을 맡은 아들이 먼저 테이프를 끊으며 분위기를 띄웠다. 이어서 사위와 딸, 동생, 조카들, 동서, 손주들이 마이크를 잡는데 그동안 보지 못했던 광경에 웃음소리가 끊이지 않았다. 빈자리는 노래 시킬까봐 겁먹고 피하는 낯가림이 심한 식구들의 자리였다. 어느 잔칫집에서나 쉽게 볼 수 있는 일이다. 그럼에도 불구하고 주인공을 축하하기 위해 최선을 다하는 그들의 모습에서 새삼 따뜻한 정을 느꼈다. 갓 시집온 며느리가 긴장한 탓에 음정을 낮게 잡아 평소 실력을 내지 못했다. 쑥스러워하는 며느리에게 진행자인 아들이 농담을 날려 웃음바다가 되었다.

"은쟁반에 옥 구르는 꾀꼬리 목소리였습니다."

주인공인 남편은 아들이 내미는 마이크를 잡고 일어섰다. 〈아내에게 바치는 노래〉의 반주가 남편을 무대 위로 서둘러 안내했다. 노래 부르는 걸 들어본 적이 없는데 웬일인가 싶었지만 그 실력이 무척 궁금했다.

그런데 노래를 제대로 부르는 것이었다. 평소 실력보다 훨씬 더 잘 뽑아낸 듯 그도 흥이 났다. 얼마나 열창을 하는지 자신이 노래의 주인공인 양 몰입하여 도취된 모습이었다. 나도 가슴 가득히 벅차오른 감동에 어찌할 바를 몰랐다. 흐르는 눈물이 주책이라 어른들 뵙기에 민망했다. 동서와 사촌 시동생이 내 곁으로 와서 같이 박수를 쳐주었다. 노래를 어찌 저리 잘 부를까? 내게 깜짝 선물을 주려고 많은 준비를 한 게 틀림없었다. 자기 감정을 잘 표현하지 않는 성격이라서 항상 나에게조차 할 말을 못하고 살아온 사람이다. 그 점을 안타깝게 여겨 평소에 표현하지 못했던 말을 이 노래로 대신 하는 것만 같았다. 30년 세월의 진심 어린 사랑이라 생각하니 마음이 숙연해졌다.


젖은 손이 애처로워 살며시 잡아본 순간

●

거칠어진 손마디가 너무나도 안타까웠소.

시린 손끝에 뜨거운 정성 고이접어 다져온 이 행복

여민 옷깃에 스미는 바람 땀방울로 씻어온 나날들,

나는 다시 태어나도 당신만을 사랑하리라.

미운 투정 고운 투정 말없이 웃어넘기고

거울처럼 마주보며 살아온 꿈같은 세월

가는 세월에 고운 얼굴은 잔주름이 하나둘 늘어도

내가 아니면 누가 살피랴 나 하나만 믿어온 당신을,

나는 다시 태어나도 당신만을 사랑하리라.


정성을 다해 부른 노래는 2절까지 완벽하게 끝났다. 한 여자와 한 남자가 결혼해서 해로하고 이만한 대접을 받으면 됐지 무엇을 더 바라겠는가. 그저 행복하고 감사해할 일이다. 쑥스럽고 번거롭기도 하여 잠시 망설였지만 시간이 갈수록 환갑잔치를 하길 잘했다는 생각이 들었다.

칠순잔치는 조촐하게 가족끼리 모여 식사하는 것으로 대신했다. 그리고 76세에 그 멋졌던 나의 남편은 하늘나라로 홀쩍 떠나갔다. 100세 운운하며 환갑잔치를 하지 않았더라면 어쩔 뻔했나. 촌스럽게 환갑잔치를 벌여서 바쁜 사람들 귀찮게 하는 것 같아 망설였을 때, 그대로 접었더라면 남편의 사랑가는 평생 듣지 못했을 것이다.

이제 남편이 곁에 없을지라도 그때 나에게 온 정성을 다해 열창했던 모습과 다정한 음성이 항상 내 곁을 지켜주고 있다. 지금도 내 귓가에서 맴도는 음성.

　"나는 다시 태어나도 당신만을 사랑하리라."

# 목왕리의 봄과 가을

남한강과 북한강의 두 줄기 강물이 합치는 곳이 두물머리다. 양수리라고도 불리는 이곳은 춘천 가는 길에 만나는 청정지역이다. 연꽃을 품은 듯 드넓은 세미원은 언제 봐도 가슴이 탁 트인다. 연꽃의 향연은 시원함과 함께 아름답고 평화롭다.

양수역을 왼쪽으로 끼고 가다보면 한가한 농촌마을을 만난다. 한참을 달리다가 계곡을 따라 올라가노라면 상당히 깊은 산길이 나온다. 산길 따라가다가 목왕리라 써놓은 이정표대로 올라가면 아담한 마을이 나타난다. '목왕리木旺里', 글 뜻대로 나무가 왕성하게 우거진 산으로 둘러싸인 아늑한 마을이다.

이 마을에 내 동생이 터 잡아 살고 있다. 30년 넘게 교직에 있다가 명예퇴직 후 여행하며 지내려던 때에 화가인 남편의 건강에 이상이 왔다. 치유를 위해 공기 좋고 운동하기 좋은 이곳에 잠시 살아보려고 왔다가 아예 집을 짓고 눌러앉았다. 그도 그럴 것이 집에서 바라다보이는 마을 전경은 어디라고 표현하기조차 힘들 정도로 그림 같다. 봄의 진달래, 여름의 녹음, 가을의 단풍, 겨울의 백설 덮인 산자락까지 변화하는 자연의 아름다움에 취하게 된다. 동서남북으로 펼쳐진 산과 숲을 보고 있노라면 집안에 앉은 채 산속을 걷는 기분이 든다. 잠에서 깬 이른 아침은 몸이 상쾌하고 개운하다. 맑은 공기가 코끝이 싸할 정도로 싱그럽다.

동생은 잔디밭 한편에 자그마한 텃밭을 만들어 무공해 채소를 키운다. 정겨운 이웃끼리 나눠먹는다. 농촌에서는 자잘한 일들이 많아 쉴 틈이 없이 바지런할 수밖에 없다. 동생은 남편 건강 때문에 날마다 함께 산에 간다. 잣나무 숲을 걸으면 고라니, 산토끼, 너구리, 다람쥐들이 친구가 된다고 한다. 제부의 건강이 눈에 띄게 좋아지고 생기 없던 동생도 홍조와 활기가 넘친다. 동생을 보면 알프스 소녀 하이디가 떠오른다. 목왕리는 동생 내외에게 건강도 챙겨주고 즐거움도 챙겨주는 복된 마을이었다.

우리 내외도 봄가을이면 그곳으로 가 며칠씩 지내다온다. 봄에는 쑥을 시작으로 산나물의 포로가 되어버린다. 어린 쑥은 애탕국과 전으로 쓰이고, 사월 말이 되면 큼직하게 자라서 쑥떡용으로 그만이다. 쑥절편과 송편, 쑥인절미, 쑥개떡, 쑥버무리뿐만 아니라 말려서 쑥차로도 즐길 수 있으니 봄이 주는 선물이 아닐 수 없다. 사월 초부터 보드라운 연두색 홑잎을 시작으로 고사리, 다래순, 두릅과 취나물이 뒤이어 얼굴을 내민다. 청정지역의 쑥과 산나물은 향과 맛이 빼어나고 겨우내 땅속에서 축적해놓은 대지의 기를 품은 귀한 보약이다. 홑잎나물과 다래순을 삶아서 된장 조금 넣고 들기름으로 버무리면 부드럽고 향긋한 것이 특별한 봄맛을 느끼게 한다. 우리는 쑥을 많이 넣어 만든 인절미와 송편의 쫄깃한 맛이 좋아 일 년 내내 저장해두고 즐긴다.

산나물이 끝날 때쯤이면 앵두와 버찌, 오디와 산딸기 등이 유혹한다. 산속을 누비며 맛있는 열매들을 입이 터져라 따먹다보면 어느새 다시 어린아이가 된 듯하다. 오디를 먹은 입은 까만 잉크를 발라놓은 것 같다. 남편은 자기 얼굴은 어떤지 모르고 내 까만 입술과 이를 보며 놀려댄다. 개구쟁이의 선한 웃음을 날리며 야생화 한 묶음을 살그머니 내 손에 쥐어주기도 한다. 산길을 걷다보면 선명한 색깔로 피어난 각종 꽃들의 신비한 아름다움으로 발걸음을 멈추게 한다.

가을이 되면 나무 밑에 떨어진 윤기 반지르르한 알밤과 탐스러운 잣송이가 지천이다. 숲을 걷고 있던 어느 날의 일이다. 잣나무 밑을 지나가는데 '툭' 하는 소리를 내며 잘생긴 잣송이 하나가 발 앞에 떨어졌다. 주우려고 몸을 굽히려는데 '찍 찍 찍' 하는 소리가 머리 위에서 들렸다. 청설모 한 마리가 나무 위에서 급히 내려오며 지르는 소리였다. 잘 익은 잣송이를 힘들게 따서 가지고 갈 참인데 난데없이 나타난 침입자에게 빼앗기게 된 것이었다.

"손대지 마! 내꺼야."

청설모가 다급하게 외치는 소리로 들렸다. 청설모는 겁도 없고 당돌한 놈이다. 언제부턴가 숲속의 파괴자라 하여 사람들에게 공공의 적이되었다. 귀엽고 사랑스러운 다람쥐들의 숫자를 줄어들게 하는 분노의 대상이기도 하다.

'나쁜 놈 혼 좀 나봐라' 하는 마음으로 버티고 서 있으니 기싸움하듯이 한참을 버티다가 포기하고 돌아갔다. 강자에게 질 수밖에 없는 자연법칙을 깨달았을까. 당하면 억울한 것도 알아야지. 역지사지易地思之의 교훈이 됐으면 하는 바람은 어불성설일까. 하기사 자연의 순리를 인간이라 하여 어길 수는 없다. 몇 년 전 고봉산 산책 중에도 밤나무 밑을 지날 때 머리 위에서 반질반질한 알밤 세 알을 품은 밤송이가 떨어졌다. 청설모가 나무를 타고 내려오다가 나를 보고 곧장 달아났다. 청설모 중에도 유순한 놈도 있는 모양이다.

목왕리 토박이들과의 만남이 신선하다. 동생이 다니는 교회 식구 세 사람이 동생 차 뒷좌석에 탔다. 타는 순간 나누는 인사부터 걸쭉했다.

"야 이년아, 빨리 오지. 이렇게 늦고 지랄이야."

싸움하는 줄 알고 깜짝 놀랐지만 그들에게는 일상적인 대화였다. 배꼽 친구였던 그들이 80대가 되었어도 어릴 적 말투를 그대로 쓰고 있었다. 세 여인의 파란만장하고 고달픈 삶의 항해가 끝나, 낳고 자란 고향땅으로 돌아와 그 품속에서 살고 있다. 기박한 삶을 살면서 저렇게 때 묻지 않고 순박할 수 있을까.

잣송이에서 잣을 털어낼 때 온 집안은 송진 냄새로 가득 찬다. 딱딱한 껍질을 깨고 나온 뽀얀 진주색 잣알이 신비한 빛과 향기를 내뿜는다. 삭풍 몰아치는 겨울밤 따뜻한 방안에 앉아 잣을 까며 누리는 평안은 행복이고 축복이다. 며칠 전 EBS 방송에서는 청설모가 숲속의 파괴

자라고도 불리지만 그들이 숲을 번성케 하는 데 공이 크다 했다. 잣과 밤과 도토리를 물어다 저장해놓고 찾지 못하면 싹이 트고 자라서 숲을 풍요롭게 한다는 내용이었다.

그렇다면 선과 악의 경계는 어디쯤이 될까. 다른 건 몰라도 자연에서 선악의 경계를 짓는 일은 인간이 할 수 있는 일은 아닌 것 같다.

# 지렁이 부자

우리 부부에게는 딸과 아들 '보물남매'가 있다. 첫째 딸은 몸이 약한 편이고 두 살 터울 아들은 우량아였다. 떡두꺼비 같은 증손을 보신 조부모님과 손주를 보신 부모님의 기쁨은 대단했다. 남매는 하루가 다르게 건강하고 예쁘게 무럭무럭 잘 자라갔다. 눈만 뜨면 머리를 맞대고 오순도순 알아서 잘 놀았다. 우리 아이들은 대학생이 돼서도 중년이 되어서도 사이좋게 지냈다.

아버님은 효창동의 아담한 연못과 그네가 있는 집에서 우리 네 식구가 살도록 해주셨다. 아이들이 유치원 가기 전 딸이 5~6세, 아들이 3~4세 때쯤이었다. 이 동네는 오래된 동네라서 나이든 사람들이 많고 젊은 이들은 적었다. 동네에 아이들이 몇 명밖에 없어 형제처럼 친하게 지냈다. 아랫집 손주인 큰아이는 초등학생이고 모두 우리 아이들보다 몸이 커서 어린 동생처럼 예뻐하며 잘 놀아주었다.

아이들이 한떼로 몰려다니며 뛰노는 소리가 쿵 쿵 쿵 동네를 울려댔다. 깔깔거리며 웃고 재잘거리는 소리가 고요하고 적막한 마을에 울려 퍼지면 생동감을 느꼈다. 큰 형을 따라다니며 실컷 놀다 돌아온 남매의 머리카락은 땀으로 흠뻑 젖었고 뺨은 복숭아색 연지를 찍은 듯 발갛게 상기되었다. 깨물어주고 싶게 예뻤다. 숨을 헐떡이며 아직도 뛰노는 중인 것 같았다. 아마도 이 아이들 평생에 이때처럼 즐거웠던 적은 없었으리라.

우리 집 대문을 밀고 나가면 앞집 담벼락에 바짝 붙여 지은 자그마한 구멍가게가 있었다. 연세 많은 할머니의 사업장이었다. 학교 가는 길목이라 아이들 주전부리가 주된 상품이었다. 가게 할머니는 우리 아이들이 대문 밖에서 놀 때 잘 보살펴주었다. 고맙고 친절한 분이셨다. 우리 아기는 100원을 내고 100원짜리 과자를 먹고는 거스름돈을 달라며 손을 내민다고 했다. 잔돈을 안 주면 줄 때까지 가질 않는다는 것이었다. 할머니는 떼를 쓰는 녀석을 보며, 애기가 크면 주모가 단단해서 부자가 될 거라고 덕담을 해주셨다.

시어머님은 우리 집에 오실 때마다 손주들에게 100원짜리 동전을 한 움큼씩 나누어주셨다. 누나는 돈을 잘 안 쓰는데 동생은 열심히 100원짜리 과자를 사먹고 돈이 줄어들면 "누나, 우리 돈 합치자"고 했다. 퍽 약은 녀석이었다. 누나가 "그래 그러자"고 돈을 합친 얼마 후에 정확히 반으로 나누어 동생에게 돌려주었다. 할머니가 그 비밀을 알아채셨다.

"정수야, 동생이 돈 합치자 하거든 합치지 마라. 네가 손해 보는 거야."

어머니는 단단히 교육을 시켰다. 착한 누나가 몰라서 속는 것이 아니고 동생이 더 써도 좋다고 나누어주는 것을 상상도 못하셨겠지만, 할머니의 손주들에게 향한 관심과 사랑은 언제나 머리를 숙이게 했다.

네 살짜리 개구쟁이 아들은 장난으로 하루 종일 분주했다. 어느 날 아침에 정원에 물을 주러 나가보니 연못의 붕어들이 물 위에 떠서 모두 죽어 있었다. 호스에서 나오는 수돗물이 연못으로 계속 흘러드는 중이었다. 밤새껏 수돗물 세례를 받고 금붕어, 잉어, 낚시에서 잡은 붕어와 새끼 붕어들이 몰살한 대참사였다. 아빠가 화가 나서 큰소리로 물었다.

"누가 연못에 수돗물을 틀었나?"

"아가가 물고기한테 물 줬어."

순진하고 정직한 대답에 기가 막혀 할 말을 잃었다. 하루는 김치를 담그려고 절인 배추를 양푼에 담아 부엌에 놓고는 손목시계가 고장나서 고치러 나갔다. 아저씨는 이리저리 살피더니 시계가 소금물에 빠진 것 같다고 했다. 혹시나 싶어서 아들에게 물어보았다.

"시계가 소금물에 왜 빠졌을까?"

"응, 엄마. 시계가 이케 이케 걸어서 물속으로 풍덩 들어가던데."

손가락으로 걸어가는 흉내를 내면서, 또 아무 잘못이 없다는 듯 해맑은 표정으로 자랑스럽게 대답했다. 분명히 시계가 걸어서 소금물에 들어가진 않았을 텐데. 정말 시계를 걷는 것처럼 이케 이케 걸려서 소금물에 풍덩 빠트려본 건 아니었을까. 아들은 새 장난감을 주면 가지고 놀지 않고 뜯어서 고치는 일만 반복했다.

"아가가 고쳐줄게."

그즈음 우리 동네에서는 그 '아가가'가 주어였다. 그 아가가 친척집 TV를 망가뜨렸고, 그 아가가 다녀간 후 TV 볼륨을 끝까지 키워놓아서 브라운관이 나갔다고 했다.

어느 날 아들은 오른쪽 왼쪽 신발을 바꿔 신고 바지는 앞뒤로 돌려 입었다. 개구쟁이가 마당에서 땀을 삐질삐질 흘리면서 무언가에 열중했다. 가만 보니 한손에 소금통을 들고 지렁이 위에 그것을 뿌리고 있었다. 동네 형들한테 배운 모양이었다. 지렁이가 따가워하는 모습을 지켜보느라 거의 무아지경으로 몰입하는 모습이 퍽이나 엄숙해보였다. 지렁이에게 못할 짓이라는 걸 아이는 모르고 있었다. 조금 커서 알게 되면 많이 미안할 텐데. 얼마나 열심이고 재미있는지 이모에게 자랑을 했다.

"이모, 우리 집 엄청 부자야. 잔디밭에 지렁이가 이따만큼 있어."

두 팔을 벌려 자랑하다가 입속에 맛있게 먹던 사탕이 튀어나와 땅에 떨어지니 울상이 되더라고 했다. 얼마나 사랑스런 모습이었던지.

아들은 호기심이 유난히도 많았다. 재미있고 건강하게, 말썽 부리며 보낸 유년시절의 개구쟁이가 감성과 창의성을 두루 갖춘 멋진 재목으로 성장했다. 그 시절이 아이의 성장에 원동력이 되었을 것이다. 어릴 적 말썽부리던 개구쟁이 아들의 추억은 나에게 늘 건강한 미소를 피워 주는 행복바이러스이다.

## 아빠, 바지가 뜯어졌어

어느 한가한 주말 오후, 따뜻하고 아늑한 집안에서 여섯 살과 네 살짜리 오누이는 즐거운 시간을 보내고 있었다. 나는 아이들이 집안에서 놀 때는 편안하게 내복을 입혔다. 그날도 내복차림이었는데 딸애가 아빠 앞으로 쪼르르 뛰어오더니 뜬금없이 말 했다.

"아빠, 바지가 뜯어졌어."

엄마가 아닌 아빠에게 아래 내복의 실밥 뜯어진 곳을 보여주며 하는 말이었다. 제법 많이 뜯어져 있는 것으로 보아 손으로 잡아 늘인 것 같았다.

"응, 그래. 아빠가 꿰매줄게."

대답과 함께 벌떡 일어난 남편은 반짇고리를 찾다가 바늘에 실을 꿰어 바느질을 시작했다. 둔하고 커다란 손으로 바늘귀 찾아 실을 꿰고 고개 숙인 채 열심히 바느질하는 모습이 어색하면서도 우스꽝스러웠다. 스마트한 30대 중반의 젊은 남자가 할머니처럼 딸아이 터진 내복을 꿰매고 있다. 엄마는 내복이 터졌는지도 모르는데 아빠가 말없이 아이들 터진 옷을 꿰매주었던 것이다. 나는 부끄럽기도 했고 부녀에게 소외당한 느낌도 들었다.

"꿰매긴 뭐하러 꿰매. 더 벌어지면 버리고 새로 사 입히지."

약이 오르고 자존심도 상해서 억지소리를 해보았다.

재미있게 놀던 아들이 통탕통탕 화장실로 뛰어가는 소리가 들리고 좀 있다가 큰소리로 아빠를 불렀다.

"아빠. 꿍가 다 했어."

"그래. 기다려, 아빠가 닦아줄게."

애들은 왜 모든 일에 아빠를 선택할까. 내가 엄마인데 아빠가 더 편안하고 신뢰가 가서일까. 저 쪼그만 어린 자식들 눈에 나는 믿고 의지하기에 연약해 보였던 모양이었다.

며칠 전 남편이 출장 갔을 때 일이다. 밤에 잠을 자다가 딸이 벌떡 일어나더니 장롱에 꽂혀 있는 열쇠를 딸깍 채운 후 뽑아서 감추는 게 아닌가. 자다 말고 도둑이 들까봐 단속하는 딸의 행동이었다. 아빠가 그랬듯 자기가 약한 엄마를 지켜야 한다는 책임감 때문이었다.

남편이 발딱 일어나 욕실로 갔다. 좀 있다가 찰싹, 찰싹 소리가 들렸다. 대야에 따뜻한 물을 받아 손바닥으로 물을 퍼올리며 쪼그려 앉힌 아이의 궁둥이를 닦아주는 소리였다. 남편은 아이들을 꼭 따뜻한 물로 씻겨주었다. 찰싹, 찰싹 아빠 사랑의 멜로디였다.

"욕실에 들어온 김에 목욕들 하자. 물 받고 부를 테니까 차례로 들어와라. 준비들하고 있어."

목욕할 때마다 들리는 레퍼토리였다. 곧이어 '쫘' 하고 물 트는 소리가 들리고 욕실 온도가 적당해졌는지 한 명씩 호명했다.

"1번 들어와."

아들이 들어갔다. 두런두런 이야기하면서 씻기는 소리가 들리고 풍덩풍덩 욕조 안에서 물장구치는 소리가 잦아들 즈음이다.

"아기 나간다."

남편이 말하면 나는 커다란 수건을 벌리고 문밖에서 기다리다가 아기를 담뿍 안아서 데려온다. 전 해에 아들이 세 살일 때 수건으로 감싸 안다가 팔이 빠졌다. 수건에 힘을 너무 주어 싸안는 바람에 아기 어깨가 탈골된 것이었다. 황소같이 힘센 도우미가 우악스럽게 힘을 너무 썼기 때문이었다. 접골원에서 빠진 팔을 제자리에 맞출 때까지 계속 울어대는 통에 정신을 차릴 수가 없었다.

"2번 들어와."

그 소리에 욕실 쪽을 바라보니 딸이 들어갔다. 두런두런, 깔깔 까르르, 간지럽다고 웃는 딸의 웃음소리가 낭랑하게 울려나왔다. 행복한 전경이었다.

"2번 나간다. 3번 들어와."

딸아이는 도우미가 데려가고 3번이 들어갔다. 두 아이 씻겨내고 마지막에 아내인 나까지 씻겨주는 자상한 아빠였고 남편이었다. 남편은 자신이 사랑하는 세 사람을 씻겨주면서 무척 행복해했다.

●

머리 감길 때 얼마나 편안케 해주는지 보석 다루듯 조심스럽고 부드러웠다. 세상에 더없을 자상한 가장이었다. 목욕 후 귀 속 청소 또한 일품이었다. 눕기 편하게 자세를 잡고는 여기 누우라고 자기 허벅지 위를 탁, 탁, 두 번 친다. 한 사람 끝나면 다음, 다음 하면서 순서대로 호명한다. 귀 청소와 소독을 아프지 않게 해준다. 아이들이 아빠를 좋아하는 것은 엄마처럼 짜증도 안 내고 여유롭고 부드럽게 애들을 감싸주기 때문이었다. 우리는 아빠에게 즐거움을 주는 가족이었다. 딸애가 5학년쯤 독립을 선언하였다.

"아빠, 이제 내가 혼자 씻을 수 있어."

남편은 대견해하면서도 섭섭한 표정을 감추지 못했다. 아들도 중학생이 되어 독립했다.

남매가 고등학교 시절에 야간자율학습으로 밤 늦게 귀가하면 학교 앞에서 기다리는 많은 엄마들 틈에 청일점 남자 하나, 우리 애들 아빠였다. E여고, H고교에서는 이미 유명인사였다. 픽업에 차질이 있을까 싶어 저녁 술자리도 피했던 사려 깊은 아버지였다.

시아버님은 아들의 지갑을 몰래 확인하여 부족한 용돈을 채워주며 자상한 사랑을 나눠주셨고, 남편은 아버지에게 받은 대로 아들딸을 정성으로 보살폈다. 우리 애들도 아버지에게 받은 대로 자녀들을 사랑으로 키우고 있다. 더없이 따뜻한 내리사랑이다. 그 사랑은 대를 이으며 따뜻하게 이어나갈 것이다.

# 엄마 선생님

1985년 봄에 딸이 E여고에 입학했다. S여중을 졸업했고, 학교가 보이는 바로 길 건너에 살고 있어 당연히 S여고에 가리라 생각했는데 한참 떨어진 E여고에 배정받았다. 딸아이는 기대에 어긋난 배정으로 한동안 울고불고 난리를 쳤다. 입학을 하고 학기가 시작되자 새 친구들과 어울리며 즐겁게 학교를 다녔다.

5월 들어서, 교육주간을 맞아 학교에서 행사를 했다. 그 중에 학부모를 일일교사로 초빙해서 아이들에게 도움이 되는 수업을 하는 시간이 있었다. 뜬금없이 딸아이의 담임선생님에게서 전화가 걸려왔다. 1학년 딸아이 반의 일일교사로 초빙한다는 내용이었다. 어떤 연유로 전업주부인 나를 택했는지 모르겠지만 당황스러웠다. 잠시 혼란스러웠지만 어렵게 선택하셨을 선생님 뜻을 받아 참석하기로 했다.

나는 당시, 대학 졸업하고 15년 넘어서 대학원 석사과정과 논문을 마치고 1980년대의 변화된 사회과학을 접한 시점이었다. 그 무렵 국무총

리실에 중고교생들의 인성교육을 강화하기 위한 특별부서가 생겼고 서울시 교육위원회에서 전직교사들에게 심성수련과 상담에 필요한 재교육을 시켰다. 나도 강남구 교육구청에 속한 중고생들의 심리상담사, 카운슬러로 임명받아 활동하고 있었다. 꽃봉오리 같은 여고 1학년 학생들에게 알려주고 들려줘야 할 사례나 이야깃거리가 많았다.

5월 16일, 학교에 도착하니 교정은 따사로운 햇살을 품어 포근했고 풋풋한 신록은 넘치는 생동감을 품어냈다. 여고생이 된 딸의 학부형으로 학교 행사에 참석하는 기분이 뿌듯했다. 강사들에게 임명장을 주고 45분 수업 후에 좌담회와 기념촬영을 한다는 일정을 설명 받았다. 담임 선생님과 함께 교실을 향하면서 가슴이 두근거렸다. 그때 마침 추억 한 장면이 떠올랐다.

교생실습 때에 나를 무척 따랐던 학생들의 예쁜 모습과, 첫아기 출산 직후 교생실습을 했던 학교의 요청으로 잠시 강사로 수업할 때의 총명했던 학생들의 모습이었다. 담임선생님은 엄마 선생님을 소개하며 나에게 잘 부탁한다는 인사를 하고 교실을 나갔다. 수업을 시작하기 전 아이들을 한번 훑어보니 초롱초롱한 눈망울들이 모두 내게 쏠렸다. 친구 엄마에 대한 호기심과, 엄마 선생님의 수업에 대한 기대감이었다. 차분하고 편안한 마음으로 수업을 시작했다.

20세기의 주역들에게 '경제와 여성의 역할'과, 최대의 관심사인 '사춘기의 이성교제'에 대해 강의했다. 우리나라 경제의 현시점은 개발도상국으로써, 외채에 의존하고 많은 빚을 지고 있다. 수입개방 정책 하에 외국 상품이 밀려들어오고 있다. 소비자들이 자발적으로 국산품을 애용해주는 것이 애국이다. 소비가 많아야 이윤이 늘고 공장이 잘 돌아갈 뿐만 아니라 노동력이 필요하게 되고 일자리도 늘게 되는 원리를 이야기했다. 독일 '라인강의 기적'은 국민들이 단합해서 근검절약을 했기에 이룬 기적이었다. 우리도 근검한 소비생활을 습관화하고, 저축에 힘쓰자. 사명감을 가지고 다 같이 노력해서 '한강의 기적'의 발판에 힘을 보태자고 설명했다.

다음은 사춘기의 이성교제였다. 이성교제의 세 가지 다른 사례를 읽어주고 분석과 비평을 했다. 남매간이나, 사촌, 삼촌, 친척들이라 해도 남자와 단 둘이 있는 환경을 절대 피해야 한다는 사실을 거듭 설명했다. 숨소리조차 안 들리는 교실에서 강사의 목소리만 적막을 깨치며 아이들의 가슴속으로 파고들었다. 어른들이 의례하는 잔소리라 생각하기보다 생생한 사례를 들면서 하는 강의 내용을 스펀지처럼 빨아들였다. 학생들의 경각심을 다 잡아줄 기회를 주신 담임선생님이 한없이 고마웠다.

건전한 이성교제를 위해 지켜야 할 몇 가지 원칙을 주지시켰다. 이성교제로 부모를 속여서는 안 된다. 훌륭하게 성장했을 때 최고의 멋진 모습을 생각하며 후회 없는 교제가 필요하다. 돈을 낭비해선 안 된다. 교제비 마련 때문에 거짓말이나 도벽을 저지를 수 있기 때문이다. 성적이 떨어져서도 안 된다. 학생은 학창생활을 알차게 해야 할 의무가 있기 때문이다. 분명하고 뚜렷한 주제와 명분이 있어야 한다. 남녀 간의 예절을 깍듯이 지켜야 한다. 성인을 흉내내는 것은 금물이며, 저녁시간 호젓한 곳, 어두운 곳을 피해야 한다. 어려운 일이 생기면 기탄없이 부모님과 선생님께 의논하라. 부모님은 자녀를 사랑하고 있음을 항상 기억하라.

수업이 끝났다. 우레 같은 박수 소리는 뿌듯한 보람으로 내 마음을 울렸다. 오늘의 강의가 저들의 성장과정에 큰 도움이 되는 겨자씨가 되기를 바랐다.

이제 그 여고 1학년생들이 51세가 되었다. 그들은 어떤 모습으로 사회 곳곳에서, 가정에서 훌륭한 주역이 돼 있을까? 그때 나의 강의가 아이들 삶에 조금이나마 도움이 되고 영향을 주기는 했을까. 손녀딸 반에서 지금 이 내용을 그대로 강의한다면 아이들은 어떻게 받아들일까? 딸 세대를 거치고 3세대 손녀세대에게 웃음거리가 될지 모르지만, 나는 기회가 주어진다면 또다시 이 이야기를 할 것이다. 이는 동서고금을 통해 그들이 꼭 지켜야 할 생활수칙이기 때문이다.

●

# 비밀궁전의 비밀

　시원스런 바람 한 겹이 숲속 도토리나무들을 훑으며 지나간다. 투둑, 투두둑. 바람을 이기지 못하고 도토리가 땅바닥으로 떨어지는 소리다. 방금 나무에서 떨어진 알이 굵은 도토리들은 뽀얗게 윤기가 흐르고 동글동글하다. 바닥에 푸짐하게 떨어진 것들을 줍노라면 가슴이 두근거린다. 온전히 나 혼자만을 위해 차려진 잔칫상을 받는 기분이다. 다른 사람이 볼까봐 숨도 쉬지 않고 주워 담는다. 다람쥐는 주식으로 도토리를 먹고 사람들은 그 도토리로 묵을 쑨다. 이때쯤이면 배낭을 메고 전문적으로 도토리를 줍는 사람들이 많아진다.

　고봉산 둘레길과 습지공원은 일 년 열두 달 변함없이 22년을 누비며 걸어온 내 집 같은 산책길이다. 이른 봄부터 시작하여 갖가지 아름다운 꽃을 피우며 여름을 거쳐 가을이 되기까지 쉴 틈 없이 새로움으로 옷을 갈아입는다. 하루만 지나도 다른 풍경으로 바뀌니 산책을 거를 수가 없다. 이처럼 고봉산은 숨이 차도록 변화무쌍함을 자랑한다. 산에서 내려오는 실개천의 맑은 물소리와 청둥오리 가족들의 한가한 나들이는 평안함과 안식을 건네준다. 하얗게 눈 덮인 겨울 풍경은 꽃과 열매가 만발했던 다른 계절들과 달리 순결의 아름다움을 펼친다.

우리 집에서는 고봉산 자태를 한눈에 내다볼 수 있다. 문밖으로 나서면 5분도 안 되어 산자락과 습지공원에 닿는다. 인적이 드물어 사람의 모습이 거의 보이지 않는 고요하고 고즈넉한 이곳은 오직 나를 위해 조성해놓은 것 같은 비밀의 궁전이다. 이곳에 들어서면 50여 년 같이 했던 옆지기가 함께인 것처럼 평안하다. 어느 날 갑자기 내 곁을 떠난 그와의 시간들이 한 자락 추억으로 되살아난다.

해마다 겨울이 되면 고봉산의 짐승들 먹거리가 걱정된다. 숲의 모든 유실수들은 꽃을 피우고 열매를 맺어 산짐승들의 먹이를 만들어내지만 때로 그 열매들은 사람들 차지가 되곤 한다. 생각이 미치지 못한 사람들이 동물들의 먹이를 가져가니 녀석들이 먹이를 찾아 민가로 내려오는 슬픈 일이 벌어진다.

우리 부부는 땅에 떨어진 열매들을 부지런히 주워서 집에 모아두었다가 한겨울이면 고봉산에 가져다가 뿌려주었다. 다른 사람들에게 질세라 마음이 바빠졌다. 열매가 풍성한 양수리 것을 주워 모아 보태기도 했다. 그런데 3년 전부터 고봉산 입구에 '도토리 수집함'이 생겼다. 십시일반이랄까, 그 큰 함이 금방 가득 채워졌다. 남편과 나는 따뜻한 사람들의 마음에 박수를 보냈다. 올해도 수집함이 가득 채워지길 간절히 빌었다.

우리가 50대 중반일 때부터 이 동네에 터를 잡고 살아왔으니 20여 년이 넘었다. 어느 가을날 이사 오기 전 이 동네를 지날 때였다. 차속에서 바라본 단풍 든 고봉산은 곱고도 아름다웠다. 나는 무심결에 저 산자락에 집을 짓고 퇴직 후 노년을 살았으면 하는 생각을 했다. 남편도 같은 생각이었다. 서울의 자손들과도, 나의 활동무대와도 멀지 않았고 생활권도 그만하면 좋았다. 거기에 청정공기를 품은 듯한 고봉산을 내 집 정원 삼아 살 수 있으니 금상첨화였다. 우리들의 꿈은 차곡차곡 진행되었고 남편의 퇴직 전에 집은 완공되었다. 생애 단 한번 짓는 집이기에 경험 많고 성실한 업자에게 위탁했다. 대물림할 수 있도록 탄탄하고 꼼꼼하게 정성을 다했다.

고봉산 둘레길을 걷고 산을 오르내리며 우리의 발걸음이 닿지 않는 곳이 없다. 걷기의 시작은 습지공원부터다. 갈대숲 사이로 나 있는 다리와 둑길을 걷고 밤나무, 잣나무 밑을 지나 야생화 화원을 돌아서 습지공원을 벗어난다. 둘레길, 코스모스와 벚꽃나무 숲을 지나고 고구마밭과 야채밭을 지나서 고봉산에 닿는다. 울창한 소나무가 하늘을 가린 고봉산은 초입부터 오르막이다. 깔딱고개를 넘어 영천사를 지나 능선을 따라 걷다보면 솔향을 맡을 수 있다. 일산시가지와 멀리 한강을 건너다보며 완만한 내리막길로 하산한다. 오르막이 힘들 때는 습지공원과 둘레길 위주로 걷는다. 어느 길로도 2시간이면 충분하다.

습지공원이 조성되면서 산책은 활기를 찾았다. 계절 따라 숨 가쁘게 변화하는 산책로는 언제 어느 때이든 걷는 즐거움을 준다. 이 길 위에

만 서면 마음은 평온해지고 온갖 잡념이 사라진다. 하얀 도화지처럼 걱정, 근심, 욕심이 없다. 인적이 뜸해서 걷다보면 나만의 세상이다. 그래서인지 20년 동안 산책하면서 안면 튼 사람이 없다. 남편과 나란히 걸을 때도 각자의 감상에 취해 우리는 완전히 다른 사람이었다.

남편이 떠나고 홀로 산책을 하다가 한 부인과 인사를 나누게 되었다. 조용한 분위기의 말수가 적은 노부인이었다. 오래 전부터 우리 부부가 함께 걷는 모습을 보아왔다고 했다. 부인은 요즘 왜 혼자 다니느냐며 나에게 남편의 안부를 물었다. 나는 그저 빙긋이 웃어주었다. 부인은 자신이 현역 화가이고 남편은 퇴직 교수라며 소개했다. 그녀의 80대 남편은 운동기구에 찔려 패혈증에 걸렸고 중환자실에서 위기를 맞았으나 30일 만에 소생하여, 지금은 산을 오를 수 있다고 했다. 듣고 보니 우리 남편이 세상을 떠난 시기에 일어난 사고였다.

나처럼 산책 중 방해받기 싫어하는 사람을 만나게 된 일은 행운이었다. 걷다가 그녀와 우연히 만나게 되면 그날의 길동무가 되었다. 아주 가끔씩 만나도 늘 그랬던 것처럼 반가웠다. 약속으로 얽매이지 않은 자유로운 인연은 언제라도 부담이 없다.

청량한 공기와 새소리, 물소리가 어우러지고 향기로운 꽃들을 품고 있는 나의 비밀화원은 내가 꿈꾸었던 정원이다. 나에게는 이곳에 있다는 것만으로도 더없는 호사이다. 호수에는 부들과 억새들이 바람에 흔들리고 저녁을 준비하는 청둥오리의 자맥질이 잦아진다. 만찬시간이리라.

나는 겨울 다람쥐 먹이를 찾아 두 눈을 크게 뜨고 비밀궁전의 정원을 거닌다. 아무도 모르는, 나만이 누릴 수 있는 호화로운 사치. 늘 함께였던 옆지기가 없어 허전하긴 해도 그와의 추억을 생각하면 그는 여전히 내 곁에서 함께 걷는 사람이었다. 투두두둑, 툭툭. 개구쟁이 바람이 한바탕 도토리를 간질이고 도망친다.

그 남자의 편지

## 1. 사월이 오면

敬!

벌써 3월이다. 뒷산에 눈이 녹고 양지에는 진달래가 핀다는 3月!

그런데 왜 이리 춥기만 한지. 오늘은 괴로운 하루가 지났어. 지금은 휴식의 시간. 온누리는 검은 장막이 쳐져 있는데 작약도의 등대불이 깜박거리고 인천시와 월미도의 휘황한 불빛이며 화물선은 낮에 보면 아주 보기 싫은데 밤에는 너무도 아름답네. 더욱이 바닷물에 전등 빛이 반사하여서 물 위에 뜬 요정 같기도 하고…. 나처럼 멋없는 뚝보도 보면 아, 하는 탄성이 절로 나고 사진을 한 장 찍고 싶은 충동이 생긴다. 바다의 아름다움은 특히 인천에서는 밤이 아름답다고 정의를 내리고 싶다.

지금 敬은 무엇을 하는지, 지금쯤 꿈속에서 나와 데이트를 즐기고 있겠지.

敬! 몸조심하여 다음에 만날 때 기쁘게 만나자. 내 걱정은 조금도 하지 마. 나는 오히려 敬의 걱정이 앞선다. 거리로는 꼭 百里밖에 안 되는데 너무도 멀구나. 이제는 敬이 없는 生活이란 무미건조한 아무런 의미도 뜻도 없는 生活이다. 敬만이 나의 전부가 된 것 같다. 四月이 오면…. 무정하게도 시간은 빨리 가주질 않는구나. 내게 힘이 있다면 오늘을 4月1日로 만들어놓겠다.

나는 힘차게 부르짖고 싶다. 나의 永遠한 사랑을 찾았다고, 외롭지 않고 서글프지도 않다고. 이제 보헤미안의 時代는 갔다고. 敬! 걱정이 된다. 건강하게 언제나 영원히 내 곁에 있기를 빌고 있다. 요즈음은 바닷물에 비치는, 내가 바다의 요정이라 이름지었었지, 배의 불빛 속에 敬의 얼굴이 보이는 것 같아 한참 동안 넋을 잃고 보곤 한다. 이제 나도 자야 할 시간이다. 잘자. 다음 토요일에 올라갈게.

1969년 3월1일 成이가.


추신 : 필히 잠자기 직전에 볼 것. 저녁 9~11시 사이에 效力이 이때만 有效함.

## 2. 너와 함께라면

Dear Baby!

그대를 생각하면 가슴이 벅차고 기쁘기만 하다.

오늘은 일요일. 집에서 편히 있겠지. 現場이란 휴일도 없이

고달프기만 한가. 아침 먹고 10리 밖 현장에 가서 현장을

돌아볼 예정. 그동안 밀린 사무처리하고 나도 한가함을

즐겨볼까? 國土開發과 建設에 이바지하는 役軍이 되기에는

너무도 외롭고 힘에 겨웁기도 하지만, 자부심과 敬의 사랑과

우리의 사랑이 열매를 맺을 그날을 고대하면서 즐겁게 일하련다.


Baby!

그대를 이 땅에 있게 하여준 모든 것에 감사드리고

또 감사드리네. 敬아, 너무도 귀엽고 사랑스러워….

나의 사랑은 永遠하리라. 가장 숭고한 그 어느 것도

나는 내 사랑보다는 못하리라고 자부해. 그립고 또 보고 싶고.

앞으로 40일 후엔 모두의 축복 속에서 우리의 새 생활 보금자리가

열리지 않나. 40일 후엔.


敬!

그 어느 누구보다도 나는 너를 사랑한다.

그 어느 무엇보다도 나는 너를 사랑한다. 우리의 사랑은 永遠히 빛날 것이다. 사랑, 사랑이란 말이 어찌 춘향이와 이 도령만의 것이랴.

기나긴 방랑 속에서 끝없는 갈구 속에서 나의 영원한 사랑을 찾았구나. 나의 영원한 안식처를 찾았구나. 이제는 어떠한 고난도 이겨낼 수 있다. 어떠한 시련도 극복할 수 있다. 너와 함께라면…. Good night.

1969년 3월 10일 成이가.


시간이 지날수록 남편의 얼굴은 선명하게 떠오른다. 내 가슴 깊숙한 곳에 그를 담아뒀기 때문이리라. 그의 사랑이 그랬듯 내 마음도 그와 다르지 않았기에 쓸쓸함이 몰려올 때면 자연스럽게 남편한테 받은 편지로 손이 가는가 보다.

---

\* 1969년 2월 약혼하고 4월 결혼을 앞두고 현장에서 쓴 약혼자의 편지.
\* 한윤경은 한인자의 아명임.

끈

## 1. 남편의 편지

여보,

당신이 7월 20, 21일 부친 편지 오늘 받았소. 어찌나 반가운지 눈물이 나는구려. 당신이 감기가 들었다니 걱정이오. 이곳의 아빠는 건강히 잘 지내고 日語는 시원찮아도 굳센 뱃장과 의지로 잘 감당하고 있다오. 이제는 지리도 생활방식도 조금 익숙해져서 시간 나면 시내 명소 구경도 다닌다오.

당신은 요사이 어떻게 지내는지 무척 궁금하오. 너무 무리하지 않는지, 정수는 잘 노는지. 잘 있겠지 하면서도 염려가 된다오. 여보, 서울은 무척 더울 거요. 냉장고 못 사준 것이 마음에 항상 걸려요. 엄마, 정수 건강하길 빌겠소. 여보, 당신 몸은 당신 것이 아닌 것이오. 정수도 나도 그 일부분인 걸 잊지 마오.

●

130

언젠가 나도 여기 사람들보다 더 잘 살 수 있고 인간미가 풍기는 낭만적인 사람이 될 거요. 일주일도 긴 세월이요. 이제 다시는 연수는 안 갈 거요. 부부가 관광하는 것은 좋지만 무엇 때문에 홀애비 노릇을 한단 말이요. 그리고 혼자서는 너무 외로워서 못 살겠소.

우리는 이제부터 돈을 모아서 관광여행 할 준비를 합시다. 여보, 밖은 어둠이 깃들고 멀리 아파트들의 불빛이 찬란하오. 서울서 퇴근 시에 우리 집의 불을 보고 찾던 생각이 불현듯 스치오. 여보, 멀리서 당신의 안녕을 비오. 뜨거운 사랑을 보내면서 오늘은 이만 줄이겠소. 당신을 가장 사랑하는 아빠. Good night.

1971년 7월 30일 아빠

## 2. 남편에게 쓴 편지

그리운 여보!

해풍이 억세게 불어와 파도소리가 높습니다. 제가 좋아하는 바다에 왔는데 당신 향한 그리움 때문에 쓸쓸한 마음뿐입니다. 여기는 대천에 있는 아버님 은행 별장입니다. 어머님, 큰삼촌, 성숙, 성선 고모가 와 있고 내일 아버님께서 오신답니다. 우리 또래의 가족들을 볼 때마다 부러운 마음을 어쩔 수 없네요. 정수는 어찌나 좋아하는지 감사할 정도로 건강하고 잘 먹네요. 고속버스를 타고 오는 도중 버스가 너무 털털거리니까 엄마 가슴에 얼굴을 파묻어서 땀띠가 굉장한데 괜찮아지겠지요. 지금 막 할머니 등에 업혀 밖에 나갔어요. 겁이 없어서 파도 속으로 마구 들어가서 특별히 감시해야 된답니다.

여보! 굉장히 덥죠? 그럭저럭 한 달만 더 지나면 그땐 우리 실컷 볼 수 있네요.

바다! 파도가 밀려와서 하얀 포말을 남기면서 꺼져버리고 다시 한 겹의 파도가 밀려와요. 정수의 손을 잡고 바닷가를 걷곤 합니다. 아름답고 평화로운 이곳에 당신과 함께라면 얼마나 좋을까, 그저 아쉽기만 합니다. 한순간의 기쁨은 한 가닥의 그리움을, 한 가지의 즐거움은 또 한 줄기의 외로움을 만듭니다.

여보! 보고 싶어요. 당신을 영원히 사랑하리다.

1971년 8월 5일 당신의 敬


## 3. 남편의 답장

여보,

대천에서 부친 글 오늘 돌아와서 받았소. 8시간의 긴 여행을 끝내고 오니 당신의 글이 와 있군. 뜯어서 읽으니 감상어린 글월마다 더욱더 당신과 정수가 보고파 이 감정을 주체할 수가 없어 답을 쓰다 찢고 쓰다 찢고 했소.

우리 정수만한 꼬마가 마마짱 파파짱 할 때면 내 자신이 무척 초라해지는구려. 왜 이렇게 떨어져서 이들 나라에서 선진기술을 배우지 않으면 안 되는가 하고 생각할 때 왜 우리나라는 좀 더 일찍 과학에 눈을 뜨지 못했나, 우리 정수와 당신이 더욱 가련하게 생각이 드오. 내가 여기 온 지 꼭 한 달, 이 한 달이 10년 같은 생각이 든다오. 나머지를 보낼 생각을 하니 미칠 지경이오. 해수욕 잘했는지 궁금하군. 정수 얼굴 얼마나 탔는지.

아빠는 잘 있고 동경 외숙댁에서 어제 외숙모 묘지에 참배하러 가기에 여행 겸해서 따라갔다가 오늘 아침 일찍 특급 타고 8시간 만에 대판 왔어요. 외삼촌도 요사이 건강이 나빠져서 많이 늙었습디다.

정수가 많이 컸겠지. 아빠가 갈 때엔 말도 많이 하겠지.

"정수 이쁘지. 엄마 말 잘 들어요, 엄마가 더위에 지쳐서 짜증내면 어이 무서워, 그렇지?"

자, 오늘은 이만, 안녕. 땀 좀 씻고 당신의 글 품고 자겠소. 잘 자요.

1971년 8월 14일 아빠.

---

\* 첫 아기가 2살 때 일본에 연수 중인 남편과 주고받은 편지.

# 시공을 넘어온 사랑의 기쁨

이목이 수려한 나의 남편은 76세에 우리 곁을 떠나갔다. 3년 전쯤, 신장의 관에 조그마한 암이 발견되어 복강경으로 신장을 떼내는 수술을 했다. 가볍게 수술하고 정상생활이 가능해졌다. 2년 가깝게 건강을 유지하며 세계를 돌아다녔고 그때마다 운동을 겸했다. 하지만 정기검진에서 이상이 잡히기 시작하여 1년 반 정도 병원을 다니며 항암주사를 몇 차례 맞았다. 항암을 더는 않기로 하고 집에서 편안하게 가족과 지내다 호스피스병원에 본인이 걸어서 입원했고 10일 만에 소천하였다.

2016년 3월 18일, 금요일 저녁 8시 40분이었다. 담당의사는 전날 영양제 주사를 중단했고 나는 두 다리가 꺾이며 절망감에 가슴 깊은 곳으로부터 통곡의 울음이 치밀어 올라왔다. 회오리바람처럼 공포감이 밀려왔다. 군복무 중인 손주가 휴가 나와서 할아버지 손을 잡으니 기다렸던 듯 반가운 눈빛과 조용히 건네는 말은 애지중지하던 할아버지의 사랑의 몸짓이었다.

●

손주를 보고 난 직후부터 남편의 몸에 연결한 계기판 숫자가 갑자기 내려가고 의료진들의 발걸음들이 빨라지며 긴장이 흐르더니, 순식간에 허망하게 눈을 감았다. 잠시 쉬다가 다시 눈을 뜰 것만 같았는데 의사가 사망을 선고하니 순간에 이생의 사람이 아니게 된 것이었다. 생과 사의 갈림길이 그렇게 순식간에 벌어지다니. 망연자실이란 단어는 이럴 때 쓰는 말이었다. 고단할 때 잠들듯이 아들딸의 손을 잡고 촛불이 꺼지듯이 곱고 평안하게 소천하였다.

좋은 부모님의 아들로 유복한 가정에서 성장한 남편은 한 직장에서 정년퇴임까지 성실히 직장생활을 마쳤다. 결혼생활도 행복했고 자녀들은 남편의 기쁨이고 자랑이었다. 본가 형제 6남매와 처가 형제 4남매의 울타리가 넉넉한데다가 아들딸 남매에게서 4명의 손주를 보았다.

금요일에 소천하였기에 주일이 끼어 장례식은 월요일에 치르는 4일장이 되었다.

"아빠가 좀 일찍 가서서 안타깝기는 하지만 훌륭한 가장으로서 아버지, 할아버지 역할을 충분히 다 하셨고, 가문의 종손으로도 한 사회인으로서도 존경받을 만한 사명을 다하고 가셨으니, 가장 정중하게 아빠의 인품에 누가 되지 않도록 장례식에 정성을 다하자. 문상객들께도 품위와 예를 갖춰서 맞이하자. 각자 조신하게 처신하자."

자녀들과 결의를 다짐하였다.

교회 경조부의 사랑 담긴 염습과, 경조월조 권사님들의 찬양과, 지극한 사랑과 정성을 담은 목사님의 예배인도는 우리의 마음에 평안을 심어주었다. 함께 봉사하고 예배드리던 경복35회 동기, 신복회원 30여 명의 위로예배는 감동의 전율이었다. 우렁찬 동창들의 찬양은 천국까지 울려 퍼졌으리라. 교회 경조부의 주관 아래 장례식은 차분히 진행되었다. 특히 어린 줄로만 알았던 손주손녀들의 활약이 든든하고 대견하였다. 외아들의 상주 노릇이 무척이나 힘들어보였다. 4일장이 그를 더욱 힘들게 했다. 장례식 날 아침 발인예배를 영결식장에서 드렸다. 동창과 직장동료, 일가친척, 지인들이 함께 발인예배를 드리기에는 빈소가 협소하여 영결식장을 택했고 영결식은 엄숙하고도 아름다웠다.

목사님과 경조팀을 태운 교회차와 버스 두 대가 원지동에 있는 서울 추모공원으로 불리는 장재장에 들렀다. 남편은 육신을 한 시간 삼십 분 만에 벗어버리고 유골가루로 변했다. 이생에서의 삶의 마지막 흔적은 유골 한 줌이 전부였다. 극한상황에 처하면 감정이 굳어버리는 걸까. 이 기막힌 현실에서 장례식 절차를 챙기는 내 모습이 내가 아닌 다른 사람으로 보였다.

남편의 유골함을 안고 홍성 선영 장지로 향했다. 우리는 십여 년 전, 선영에 아름다운 추모공원을 조성해놓았다.

공원에 도착하여 하관예배를 드렸다. 자손과 형제들이 흙으로 보내드리며 장례를 마쳤다. 남편이 남에게 대접하기를 좋아했기에 좋은 식당에서 좋은 음식으로 사랑하는 이들을 맞았다. 늦추위로 걱정했는데 햇살은 따뜻했고 바람 한 점 없는 쾌청한 날씨였다. 백여 명이 넘는 분들이 먼 길을 걸음해서 남편의 천국길을 배웅했다. 특히 80세가 넘은 형님들과 처형들, 권사님, 장로님들, 몸이 불편한 사돈 장로님의 장거리 동행은 고인에 대한 특별한 사랑이었다.

남편의 신앙심은 천국에 대한 소망이 분명했고 구원의 확신이 있었기에 담담히 임종을 맞아들였다. 통증 없이 그림 같은 임종을 맞았다. 우리 부부는 함께 기도하고 찬양하며 말씀으로 무장하면서 새롭게 가야 할 길을 준비했다.

"당신, 나 없이 혼자서 어떻게 살래?"

어느 날 남편은 눈물을 글썽이며 떨리는 목소리로 나에게 물었다. 나는 복받치는 오열을 삼키며 씩씩하게 대답했다.

"하나님 말씀 붙잡고 씩씩하게 살 테니 걱정 마세요."

남편은 안심하며 안도의 숨을 내쉬었다. 임종 전날부터 나는 기도와, 찬송과, 시편 23편을 읽어주었다. '여호와는 나의 목자시니 내게 부족함이 없으리로다.' 혼자 가는 천국길이 외롭지 않도록 조용하고 평안하게 천국 문 앞까지 배웅하였다.

장례를 마치고 집에 돌아와 현관문을 열었을 때, 계단 위에서부터 따뜻하고 부드러운 공기가 마치 사우나에서 느꼈던 훈훈함처럼 연신 쏟아져 내려왔다.

"어? 이게 뭐지?"

놀라면서 계단을 올라가 거실 문을 여니, 아아, 집안 공기가 더욱 따뜻했다. 막 피어오르는 기운은 목화솜처럼 폭신하고 가벼워서 몸이 부웅, 떠오르는 듯했다. 밝고 환한, 아주 특별한 기운이었다. 순간 천국시민이 된 남편이 거실에 들어와 있다는 확신이 들었다. 이 기운은 한번도 접해본 적 없는, 절대로 세상의 것이 아닌 천국의 기운과 공기임에 틀림없었다. 그야말로 천국시민에게서 풍기는 천국의 기운이었다.

"아하, 당신이 천국에 입성해 천국시민이 된 기쁜 소식을 전하려 오셨군요. 축하합니다. 고맙습니다, 감사합니다. 평안히 돌아가십시오."

잠시 후 그 특별한 기운은 거짓말처럼 사라졌다. 시공을 뛰어넘은 천국 입성의 기쁜 소식을 전하기 위해 달려온 남편의 사랑에 감동과 감격의 눈물이 줄줄 흘러내렸다. 사랑하는 가족들에게 기쁜 소식을 전해주려는 간절함으로 남편은 잠시나마 집에 들러 알리고 돌아갔을 것이다. 두 사람이 한 성령 안에서 한 영혼으로 살아왔기에 교통이 가능했으리라. 시공을 넘어 천국 입성의 기쁨을 함께 누리게 해주신 분께 감사드린다.

# 토론토의 정원사와
# 페인트공

○

지금 생각해봐도 우리 부부의 결단이 기특하기만 했다. 그 많은 힘든 일을 하고도 병이 나지 않은 것만으로도 놀라웠다. 그때 그 호소를 외면했더라면 지금처럼 편안한 마음으로 회상할 수 있었을까? 지구 반대편에서 아마추어 정원사와 페인트공을 그리워하는 사람이 있다는 생각만으로도 마음이 뿌듯하다.

# 토론토의 정원사와 페인트공

조용한 토론토의 부촌에 있는 아름다운 저택, 이 집은 내 남편 대학 동창의 집이다. 잘 지어진 집 앞에는 넓은 정원과 풀장이 있어 바라보는 것만으로도 속이 시원하게 트인다. 정원의 경계를 짓는 울타리 문을 열고 나가면 시원하게 펼쳐지는 토론토국립공원이 이 집의 정원인 셈이다. 이 집을 살 때 얼마나 가슴이 설레었을까. 건축전문가였던 남편의 동창은 탁월한 안목으로 이렇게 좋은 집을 마련해놓고 훌쩍 하늘나라로 떠나버렸다. 그들 부부는 큰딸이 마음에 둔 대학에 불합격되자 미국으로 유학을 보내고, 중고생 남매를 데리고 캐나다로 이민을 왔다. 작은 아이들의 대학 진학에 대한 부담 때문인 듯했다. 이곳에 와서 아이들은 학교에 잘 적응했고, 어른들은 슈퍼마켓을 운영했는데, 장사도 잘 되었다. 정작 이 집의 가장만 적응을 못하고 고국을 그리워했다.

그는 서울의 유명 빌딩들을 세운 유능한 건축사였다. 고등학교 때부터 취미로 불어온 클라리넷 연주가 프로급인 멋쟁이 음악애호가이기도 했다. 그런 그가 직장을 그만둔 것은 간 기능이 좋지 않아서였다. 그 무렵에 이민을 왔지 싶다. 하지만 이민생활의 외로움과 향수를 견디다 못해 혼자 귀국하여 투병생활을 했다. 동창들은 가족과 떨어져 지내는 친구가 안쓰러워서 이민을 고집한 부인을 원망하기도 했다. 결국 그는 오래지 않아 간 기능 악화로 하늘나라로 떠났다. 그로부터 이삼 년쯤 지났을까. 그의 부인에게서 전화가 왔다. 남편들은 동창이지만 그 부인은 나보다 세 살 아래라서 나를 형님이라고 불렀다.

"형님, 나 좀 살려주세요. 살아가기가 너무 힘들어요. 나 좀 보러 와주세요. 보고 싶어요."

갑자기 전화해서 하는 말치고는 뜬금없었다. 남편과 친구는 한 달에 한번씩 하는 동창모임 외에는 특별히 가까운 사이도 아니었다. 다만 우리는 그 집과 한 아파트단지에 살았다. 그 부인이 내게 이사 오라고 적극 권유해서 그 아파트로 오게 된 사연이 있었다. 이번 그녀가 부른 곳은 이웃도 아닌 캐나다인데 이런 부탁을 하다니, 심상치 않은 일임에 틀림없었다. 친정 언니오빠와 가깝게 지내는 걸 알고 있는데, 왜 하필 나에게 전화를 했을까.

우리 부부는 심히 혼란스러웠고 날이 갈수록 고민에 빠졌다. 갈 수도 안 갈 수도 없는 기로에 서 있는 꼴이었다. 그 집 남편이 회사를 그만두고 부인이 숙녀복 집을 개업했을 때, 내가 세일즈에 적극적으로 나서준 적이 있었다. 그 생각이 나서 도움을 청했을까? 그녀의 말대로 너무나 외롭고 그리워서였을까? 얼마나 절박하면 염치불구하고 그런 전화까지 했을까? 마음 약한 우리 부부는 결단을 내렸다. 마침 남편이 퇴직하여 시간적 여유도 있었고 여행을 다닐 때라서 캐나다 일주를 하고 토론토에 남아서 만나보기로 한 후 서둘러 여행길에 올랐다.

여행을 마치고 토론토에 도착했다. 가장이 없는 집안 분위기는 생각보다 심각했다. 여리고 남편의존형인 부인은 중심을 잃고 비틀거리며 심한 무력증에 빠져 있었다. 아무 의욕이 없고 일상을 유지하는 것도 힘겨워 보였다. 집이 워낙 커서 집 관리가 당장 시급했다. 캐나다는 인건비가 비싸 이러지도 저러지도 못하는 눈치였다. 아무것도 할 줄 모르는 어린 고등학생 아들만 원망하는 것을 보니 딱하고 안쓰러웠다.

우리 내외는 급한 대로 직접 일을 하기로 했다. 작업복을 입고 나섰다. 목조로 된 베란다며 계단이며 문짝들이 칠이 벗겨져 썩어가고 있었다. 나는 페인트를 사다가 칠을 하기 시작했다. 칠할 곳이 너무 많아서 해도 해도 끝이 보이지 않았다. 허리와 팔이 아파도 죽을힘을 다했다. 나중에는 손이 부어서 붓조차 잡을 수가 없었다. 남편은 몇 년 동안 방치되었던 정원의 나무들을 손질하고 풀장을 청소하고 고장난 문짝과 의자 등을 수리했다. 정원수를 톱으로 잘라낸 가지들이 어마어마하게 컸다. 그것들을 또 잘게 잘라서 처리해야 했다. 문짝과 의자에 못을 박고 고치는 일 또한 만만치 않았다. 우리 부부는 집에서도 이런 일을 해본 적이 없는 아마추어였다. 미숙했지만 최선을 다했고 일주일쯤 하다 보니 웬만큼 모양이 잡혔다.

다음은 그녀의 외로움을 덜어주기 위해 뭔가를 해줘야 했다. 일을 어느 정도 마치고 셋이서 골프를 쳤다. 남편은 그 집 남편 골프채를 가지고 나갔다. 부인은 오랜만에 운동을 한다며 좋아했다. 그 모습에서 먼저 간 남편에 대한 절절한 그리움을 읽을 수 있었다. 우리는 유명한 캐나다 레드크랩을 먹으러 맛집을 찾아갔고, 국경을 넘어 미국으로 쇼핑도 다녀왔다. 대문 밖 공원 산책도 즐겼다. 그렇게 지내는 사이 그녀의 표정이 점차 밝아졌다. 아직은 조금 걱정이 되었지만 잘 지낼 것이라 안심하고 귀국했다.

얼마 후 그녀가 귀국해서 나를 찾아왔다. 어느 정도 안정을 찾았다며, 그때 우리 도움이 없었더라면 우울증에서 벗어나기 힘들었을 것이라고 했다. 자신도 앞으로 형님처럼 살겠다는 말도 덧붙였다. 말수가 적고 자존감이 강한 그녀가 그런 말을 하리라고는 생각지 못했다. 나는 밀려오는 감동으로 가슴이 울렁거렸다. 지금 생각해봐도 우리 부부의 결단이 기특하기만 했다. 그 많은 힘든 일을 하고도 병이 나지 않은 것만으로도 놀라웠다. 그때 그 호소를 외면했더라면 지금처럼 편안한 마음으로 회상할 수 있었을까? 지구 반대편에서 아마추어 정원사와 페인트공을 그리워하는 사람이 있다는 생각만으로도 마음이 뿌듯하다. 덕을 본 것은 외려 우리 부부가 아니었을까. 그러고 보면 세상에 일방적인 도움이란 없다. 도움이란 서로 주고받는 관계에서 비롯되기 때문이다.

# 스승의 사랑

모란꽃이 만발하고 신록이 어우러지는 오월이 오면 어린이날과 어버이날로 거리는 북적인다. 덩달아 발걸음도 바빠진다. 스승의 날은 언젠가부터 변질되어 카네이션 한 송이 드리는 마음마저 사라져가고 있다. 오월이 오니 사랑으로 키워주신 나의 스승님들이 그립다.

옛 스승들은 제자들을 바르게 훈육하고 사랑으로 가르쳐 훌륭한 재목으로 키우는 일을 천직으로 여기며 사명을 다하셨다. 제자들은 스승의 그림자도 밟지 않는다는 말을 믿으며 존경과 순종으로 가르침을 받았다. 작금의 교권은 땅바닥에 떨어졌고 일부 교수라는 사람들이 학생들에게 폭언을 하고 학점을 빌미로 갑질을 하는가 하면, 학생들은 가르침과 훈계를 뒤로한 채 교사들을 폭행하고 희롱의 글을 공개적으로 올리는 지경에 이르렀다. 가정교육의 부재와 학부형들의 잘못된 처신이 한몫을 했다고 본다.

나는 스승님들로부터 염치없을 정도로 많은 사랑을 받고 성장해왔다. 초등학교 때의 선생님은 체격이 크고, 눈이 부리부리한데, 앞머리가 구불구불해서 베토벤 같았다. 목소리가 크고 성질이 불같이 급했고 열정이 넘쳐났다. 음악시간에 연습에 연습을 거듭했음에도 학생들이 잘 따라하지 못하면 급기야 오르간 건반을 콰광, 치며 얼굴을 건반 위로 파묻곤 했다. 내가 선생님의 질문에 답하면 신통하고 대견해서 칭찬을 아끼지 않았다. 나에게 총명하고 똑똑한 아이라며 자긍심을 심어주셨다. 그때부터 선생님의 열정을 배우게 된 것 같다. 내 손을 잡고 다녀서 창피하긴 했지만 선생님의 따뜻한 사랑만은 싫지 않았다. 50년도 넘은 세월 후에 우리들은 병상의 선생님을 뵈었다. 각자 열심히들 사느라 선생님을 잊고 지낸 세월이 회한으로 다가왔다.

고등학교 때 영어선생님을 좋아했다. 새로 부임한 영어선생님이 인사를 하는데 천사처럼 우아한 모습과 옥구슬 구르는 듯한 음성은 그냥 들어도 그저 편안했다. 말하는 모습, 표정, 손짓, 모두 나를 반하게 했다. 평생 동안 그때의 선생님처럼 나를 반하게 한 사람은 거의 없을 것이다. 나는 영어를 좋아했고, 아낌없는 아버지의 후원으로 평생을 써먹을 수 있는 탄탄한 실력을 쌓아갔다. 수업시간에 손을 들어 발표할 때 약간 코맹맹이 같은 비음이 섞인 예쁜 목소리로 '인자'하고 호명하는데 그 또한 매력만점이었다. 아무도 손을 안 들면 친구들이 합창으로 '인자'라고 선생님 목소리로 호명한 적도 있다. 선생님은 너무 티나게 나를 아끼셨다. 친구들이 편애한다며 입을 삐죽거릴 정도였다.

문예부에서 시화전을 할 때였다. 선생님은 영시로 찬조해주자며 에

드거 앨런 포의 「애너벨 리」를 낭송토록 지도해주셨다. 함께 연습하며 지도해주실 때의 정겹던 순간들이 어제인 듯 선명하다. 결혼 후 두 친구와 셋이서 선생님을 뵈러 댁으로 찾아갔다. 주부이고 엄마였지만 여전히 아름다우셨다. 선생님은 여학생 때 내 얼굴이 하얗다고 기억하셨다.

"인자 얼굴이 하얬었는데 까매졌네."

"선생님, 인자 얼굴 원래 까무스름했어요."

친구들이 반색하며 바른말을 했다.

"아니야, 하얬어."

까맣던 얼굴이 하얗다고 기억하는 걸 보면 선생님도 나에게 콩깍지가 씌었었나 보다.

점심시간에 운동장 가장자리 플라타너스 그늘 벤치에 앉아 친구들과 쉬고 있었다. 선생님은 교무실에서 창밖을 내다보다가 내 모습을 알아보셨고 멋있고 아름답더라, 며 칭찬해주셨다. 여고시절을 관심과 기대로 지켜주신 선생님의 사랑을 잊을 수가 없다.

대학생활 또한 나에게 신나는 시절이었다. 2학년부터 학교 신문사 주간이며 학과장으로 지도교수가 되신 교수님은 나의 평생을 스승으로, 보호자를 겸하여 아버지 노릇까지 해주었다. 과대표인 나는 교수님을 가까이서 뵙게 되어 스스럼이 없었다. 3학년 2학기가 됐을 때 학생회장 선거가 있었다. 나가기 싫다고 했다가 책임감 없다고 호되게 꾸중을 듣고 결국 출마했다. 교수님의 지시로 과 친구들과 4학년 선배들까지 합세하여 정경대학 학생회장은 우리 과의 승리로 결정되었다. 학생회장 때 경험은 나에게 엄청난 변화와 발전을 실감케 했다. 세상을 보는 시야가 넓어졌음은 물론, 타인을 배려하는 여유 있는 마음도 갖게 되었다.

교수님은 틈틈이 공부할 것과 읽어야 할 책을 건네주셨다. 자상한 아버지 같은 사랑이었다. 졸업을 앞두고 아버지가 갑자기 돌아가셨다. 교수님은 엄청 크게 충격을 받으신 듯했다.

"내가 아버지 노릇을 할 테니 걱정 말거라."

사모님을 먼저 떠나보낸 교수님은 자녀들과 함께 살면서 어머니 노릇까지 하셨기에 자식을 대하듯 나를 걱정하셨던 것 같다.

나는 교수님 추천으로 들어간 국영기업에 입사하여 2년 만에 결혼과 함께 퇴사했다. 우리 부부는 명절 때 세배 드리고, 가끔씩 학교로 찾아갔다. 학교 근처 효창동 집에 살 때는 교수님께 점심 진지도 지어드렸다. 나를 사랑해주셨던 문리과대의 S교수님과 두 분 교수님을 모시면 얼마나 나를 자랑스러워하시는지 뵙는 것만으로도 뿌듯했다. 시아버님 소주회사에서 만드는 주정이 필요하시다 하여 가져다드리면 엄청 좋아하셨다. 밑에 동생은 다른 대학을 갔는데 막내 동생은 우리 학교에 보내라고 하셨다.

"우리 과에 보내라. 내가 취직시키련다."

말씀에 따라서 동생은 우리 학교 내 후배가 되었고 좋은 외국인 회사에 취직했다. 물론 공부를 잘하는 우등생이기도 했지만 교수님의 정신적인 지주 역할이 큰 힘이 되었다.

내가 졸업하고 15년이 되어 첫아이가 중학교에 입학했다. 교수님은 나에게 공부를 더 하라며 채근하셨다. 아버지가 돌아가셔서 공부를 계속 못했다고 안타까워하셨던 참이었다. 그 말씀에 힘입어 두 아이의 엄마로 봉제사 접빈객의 종손부 노릇에 진이 빠진 주부 경력 13년 만에 석사과정에 도전했다. 경영학과 마케팅 전공이었다. 고등학교 때 쌓은 영어 실력으로 석사과정을 무리 없이 4학기에 마쳤다. 아이들 뒷바라지 때문에 박사과정은 포기했다. 그때 교수님의 아쉽고 애석해하던 표정은 잊을 수가 없다.

아버지같이 평생을 자상하게 보살펴주고 아껴주신 나의 스승님, 항상 대견하고 자랑스러워하던 나의 선생님, 이 험한 세상에서 본보기가 될 교수님의 제자 사랑이 지금의 나로 있게 했음은 의심의 여지가 없다. 내 남은 삶도 스승님이 기뻐하실 의미 있는 삶으로 살아갈 것이다.

# 생각 한번 달리하면

1988년 서울올림픽을 마친 후 선수들 숙소였던 올림픽패밀리아파트를 일반에게 분양했다. 우리도 그 아파트에 살게 되었다. 아이들이 중고등, 대학을 그곳에서 다 마쳤다. 단지가 크다보니 같은 교회에 다니는 교인이 많았다. 매주 금요일이면 구역예배를 드렸다. 집집마다 돌아가며 예배드리고 끝난 후에는 간소하게 점심식사나 다과를 나누며 친교를 다졌다. 구역예배 때면 모처럼 집안을 깨끗이 쓸고 닦았다. 다과나 음식도 정성껏 준비해두었다가 예배가 끝나면 오래 기다리지 않게 내놓았다. 나는 믿음이 깊지 않아 상대방의 잘못을 사랑의 눈으로 곱게 보기보다는, 옳고 그름과 좋고 싫음을 따지는 풋과일이었다.

우리 구역에는 나와 동갑이고 믿음이 좋아 봉사와 섬김으로 충성하는 김 집사가 있었다. 남편은 교회에서 모범 장로로 인정받은 분으로 시 공무원이었다. 장로님은 집안일과 가족은 안중에 없고 오직 교회와 예수, 직장이 전부였다. 집안 대소사와 살림, 자녀교육, 모든 것이 김 집사의 몫이었다. 김 집사는 누구에게나 잘해주고 싶어했지만 능력에 비해 일을 많이 벌이고 맺고 끊음과 마무리가 깔끔치 않았다. 대인관계에서는 실없는 사람 취급받았다.

구역예배를 드리러 김 집사 집 현관에 들어서면 강아지 두 마리가 싸놓은 배설물을 피해 지뢰밭을 지나듯이 잔뜩 긴장하고 깨금발이로 걸어야 했다. 사람들에게 덤비고 집안을 난장판으로 만들었던 강아지들이 예배가 시작되면 신기하게도 조용히 자기들 집으로 들어갔다. 예배가 생활화된 장로님 댁의 신앙생활과 연결돼 보였다. 구역예배가 끝나면 "다들 부엌으로 나온나, 장 봐다놨으니 맛있그루 만들어 묵자"는 경상도 사투리가 들려온다. 그렇게 밉살스러울 수가 없다. 모두들 부엌으로 가 재료 다듬기부터 시작하여 점심을 해먹자니, 한두 번도 아니고 건디기 힘들었다. 나의 잣대로는 무례하다는 생각이 들었다.

주일예배는 가족끼리 가지만 새벽기도회, 수요예배, 여전도회, 성경공부를 할 때는 구역식구들이 한차로 묶어서 다녔다. 몇 시에 어디서 만나자고 약속을 하지만 김 집사는 한번도 제시간에 나온 적이 없었다. 전화를 걸면 아직도 집안이었다.

"우리 집 앞으로 온나."

다들 발을 동동 구르다가 예배시간에 늦는 날이 많았다. 그러던 어느 날 김 집사는 뜬금없이 엉뚱한 제안을 했다.

"우리 남편들이랑 다 같이 한번 만나자. 우리 집에서 만나자."

그 말을 듣는 순간 기절할 것 같았다. 감당치도 못할 일을 또 벌여놓고 무슨 망신을 당하려는지 겁이 덜컥 났다.

"뭐하러 그래요. 난 하고 싶지 않아요. 다음 기회에 봅시다."

나도 모르게 빠르고, 큰소리로, 단호하게, 무 자르듯 반대의사를 밝혔다. 남편들까지 모아놓고 어쩌자는 말인가. 결과가 빤히 눈에 보였다. 며칠이 지났을까. 구역 유 집사님에게서 전화가 왔다. 같은 구역원이면서 내 여동생의 손위 시누이로 사돈지간이었다. 김 집사가 전화로 한 집사님 욕을 얼마나 하는지 민망하고 괴롭다고 했다. 전화를 끊었다가 또 하고, 또 끊었다가 또 해대니 자기도 견디기 힘들다는 것이다. 또한 모든 구역 식구에게도 내 욕을 해댄다고 했다. 때리는 시어머니보다 말리는 시누이가 더 밉다는 옛 말이 생각났다. 그 말을 들으며 너무 창피하고, 부끄럽고 머릿속이 어지러웠다. 막된 계집애들이 하듯 행패를 부리고 있으니 이 일을 어찌 수습한단 말인가. 기가 막혔다.

그런데 짧은 순간 한 생각이 떠오르며 빠르게 회전되었다. 혹시 단호한 표정으로 주장한 내 말에 자존심이 상해서 상처를 입은 것일까, 그것이 아니라면 저런 난동을 부릴 일이 아니잖은가. 사람들로부터 무시당하고 하시下視를 경험한 사람들은 엄청난 피해의식을 갖고 있다는 글을 어디선가 읽은 기억이 났다. 김 집사도 이런 경우가 아니었을까. 그렇다면 내가 김 집사에게 큰 죄를 지었다는 생각이 들었다. 무방비인 나에게 등 뒤에서 비수를 꽂듯이 맹공격을 해댄 것을 조금은 이해할 수 있었다.

의도치 않게 상처를 입혀 너무 미안했다. 나는 책임감 없고 맺고 끊음이 분명치 않은 태도가 마음에 안 들었기에 매몰차고 냉정하게 잘라 말했던 것이다. 무심히 연못에 던진 돌멩이로 개구리의 생명을 위협한 꼴이 되었다. 나와 다르면 틀렸다는 그릇된 생각을 크게 반성했고 다른 사람의 삶의 방식을 비판할 권리가 나에게는 없음을 알게 되었다. 내 모습을 되돌아보고 참회했다. 하나의 생각을 달리하고 나니 분노가 사랑이 되고 미움의 구속에서 벗어나 마음이 자유로울 수 있었다. 오른뺨을 맞고 왼뺨을 내놓는 원리를 깨달았다. 김 집사에게 전화를 걸었다.

"집사님, 나 때문에 속 많이 상했나 봐요. 힘들까봐 고만두자 했는데, 불쾌하셨다면 미안합니다. 이젠 화 풀고 내게 욕 좀 그만하세요."

김 집사는 언제 욕을 퍼부으며 이성 잃었던 사람이었나 싶게 나긋하고 공손한 사람이 되었다. 그 후 김 집사는 무조건 나를 신뢰했다. 나도 집사의 편이 되어 그의 방패막이가 돼주었고 그가 벌이는 일에 응원하며 지원했다. 여전히 경우에 맞지 않는 일이 많았지만 그의 선한 마음을 생각하며 결과를 따지지 않았다. 오랜 세월이 흘러 선하고 정 많은 김 집사님은 하느님 일에 충성하다가 70세 즈음에 천국으로 가셨다. 그분은 내 기준과 다르면 틀렸다는 공식으로 다름을 인정하지 못한 나를 반성하게 했고 오른뺨을 맞고 왼뺨을 내미는 용서와 사랑의 진리를 깨닫게 해준 고마운 은인이었다.

# 복이

우리가 효창동 큰집에 살 때였다. 가까운 곳에 사는 친구가 대문 열어주는 일이라도 시키라며 초등학교를 막 졸업한 여자아이를 데리고 왔다. 그 친구의 아버지가 고아원을 운영하고 있었다. 고아원에서는 초등학교를 졸업하면 상급학교를 가든지 거처를 옮겨야 했다. 시골서 막 올라온 복이는 맨발에 까만 고무신을 신었고 머리는 새집처럼 헝클어져 입성마저 딱해보였다. 또래보다 말라서 얼굴만 뎅그러니 목 위에 얹힌 것이 꼭 ET 같았다. 주름 가득한 목은 조로증 환자처럼 보였다.

머리를 들쳐보니 이가 기어 다녔다. 표정은 납치돼온 아이처럼 잔뜩 겁을 먹어 긴장된 얼굴이었다. 우선 욕실로 데려가 목욕을 시켰다. 머리 깎고 서캐 뽑고 새 옷으로 갈아 입혔다. 내 몸이 다 개운했다. 외모가 바뀐 아이는 마음의 문을 굳게 닫은 채 다른 사람의 말을 듣지 않았다. 거기에 거짓말을 일삼았다. 중학교에 보내주겠다고 하자 손사래를 치며 공부는 죽어도 싫다 했다. 사회성이 없고 공격적이라 마땅히 시킬

일도 없었다. 서울 밥이 맛있다 하여 부엌살림 돕는 사람과 어울리게 했다. 잘 먹으니 쑥쑥 자랐다. 이 년쯤 지나 생리도 시작했다. 여러 가지 말썽과 속을 썩이면서 세월이 흘렀다.

속이 틀리면 몇 시간이고 꼼짝도 안 하고 화장실도 가지 않고 밥도 거부한 채 그 자리에 그대로 서 있었다. 거실 한가운데라도 개의치 않고 고장난 로봇처럼 작동 중지상태가 되었다. 화를 다스리지 못해 입술이 푸르스름하더니 독기가 흘렀다. 보는 사람 속이 다 무너졌다. 목이 쉬도록 설득하고 야단을 쳐봐도 스스로 풀려야 자세를 풀었다. 한 발자국도 움직이지 않고 하루 종일 서 있을 때도 많았다. 제 성질을 못 이겨 막 짜온 큰 정종병에 든 참기름을 박살낸 적도 있었다. 먹을 것이 지천인데도 음식을 싸서 이불 속에 감췄다. 목숨 걸고 거짓말을 해댔다. 스스로를 지키며 살아가려는 몸부림 같았지만 함께 살아가기에는 힘이 너무 들었다.

고아원 친구들과 전화를 걸어 쏙닥이다가 몰래 가출하여 가슴 떨리게 한 적도 있다. 이런저런 걱정으로 밤잠을 설치게 한 적도 여러 번이다. 며칠 지나 슬그머니 들어와서 다시는 그러지 않겠다고 같이 살게 해달라며 애원했다. 함께 살던 사람이 말없이 사라졌을 때 놀람과 배신감, 허탈감은 말로 다하지 못한다. 세상살이에 부족하고 미숙한 아이이기에 걱정이 더 되었다. 이유 불문하고 탈 없이 들어온 것이 고마워서 아이를 끌어안았지만 그 후로도 여러 번 나갔다 들어오기를 반복했다. 남편은 싹수없는 애를 포기하지 못하는 나를 이해할 수 없다며 안타까

위했지만, 성질 안 좋고 사리판단이 부족한 복이가 불쌍하여 내칠 수는 없었다. 내 이마의 주름은 복이를 키우며 속 끓이고 고생한 훈장이다.

복이에게 혼기가 다가왔다. 마침 도농 처녀총각 맺어주기 운동이 일어났다. 그 클럽에 등록하여 원주의 잘생긴 총각과 결혼하게 되었다. 혼수도 결혼식도 남부럽지 않게 잘 치러주었다. 원주에서 신혼살림이 시작되고 두 달쯤 지난 어느 날, 신랑 혼자서 들이닥치며 복이가 가출했음을 알렸다. 제 버릇 개 못 준다는 속담이 이처럼 맞아떨어질 줄 몰랐다. 결혼하면 성실하게 잘살아야 한다고 그렇게 신신당부했건만 소용없었다. 복이는 잠적하여 한 달이 지나도록 우리 집에도 연락을 하지 않았다. 신랑은 한 달 넘게 우리 집에 죽치고 앉아 복이를 기다렸다. 남편이 신랑을 타일렀다.

"집에 가서 기다려라. 연락 오는 대로 네게 전화하마."

신랑은 집으로 갔고 얼마 후에 복이에게서 전화가 왔다. 시댁으로 돌아가라고 설득했지만 절대로 그 남자와 안 살겠다고 했다. 한참 후 복이 친구에게서 전화가 왔고 복이가 자기 집에 있다고 했다.

"그동안 그 애가 거짓말을 해서 그 애 말만 듣고 어머니를 오해했던 거 용서해주세요. 그 애 말이 모두 꾸며댄 거짓이었음을 이제야 알았어요. 여기 와서 하는 짓을 보니 어머니 속 많이 썩혔겠어요. 고생 많이 하셨어요. 죄송합니다."

때가 되면 진실은 밝혀지게 돼 있다. 복이의 거짓말로 친구들이 나를 오해한다는 걸 알면서도 하나님께선 알고 계신다는 믿음으로 살아왔

●

다. 친구가 몇 달 함께 지내면서 복이의 실체를 알았고 복이는 그에게서 쫓겨나고 말았다.

쌓였던 체증이 모두 풀렸다. 괘씸하지만 측은한 생각에 가슴이 아파왔다. 도대체 복이는 어디를 헤매고 있을까. 결혼을 장난처럼 여기고 시댁 가족을 농락하고 신랑에게 절망을 안겨준 못된 짓을 한 복이를 도저히 용서할 수 없었다. 하지만 용서의 마음이 생길 때까지 지인 집에서 보호를 받게 해주었다. 거기서도 재미가 없었는지 나갔다는 연락이 왔다. 반 년쯤 지나 신랑에게서 전화가 왔다. 법원에서 이혼재판을 하는데 증인이 돼달라는 것이었다. 원주법원으로 가 전후 사정을 설명하여 이혼 허가를 받았다. 신랑에게 너무 큰 죄를 지었다고 사죄하며, 복이 혼수가 괜찮고 쓸 만하니 좋은 신부 만나면 그것들을 쓰며 행복하게 살라고 했다. 그날 신랑과 우리 부부는 눈물로 헤어졌다.

부족한 사람을 키워서 사람답게 만들어주는 일은 결코 쉽지 않았다. 노년까지 탈 없이 살아가도록 물심으로 채비하기까지 오직 측은지심 하나로 인내하며 견뎌왔다. 복이는 산 넘어 있는 유토피아인 낙원의 허망을 찾아 헤매는 방랑자였다.

복이를 집 가까운 곳에 분가를 시켰다. 여전히 걱정되었지만 정상생활이 가능한 당당한 세대주로 독립했다 생각하니 마음이 다 뿌듯했다. 참뜻을 알고 하는 말인지는 모르겠으나 자기 머리카락으로 짚신을 삼아 엄마께 드려도 부족할 것이라고 했다. 웬만한 생활대책도 세워졌으니 제발 파랑새를 따르는 유혹에만 속지 말기를 기원한다.

●

지금까지 복이의 손을 꼭 잡고 놓지 않았던 나에게 고마움을 전한다. 복이를 맡긴 친구의 믿음에 실망을 주지 않겠다는 나와의 약속을 지켜 얼마나 다행인가. 복이는 내 생애를 거쳐 가장 큰 공을 들인 내 가슴으로 낳은 사랑의 작품이다.

## 시암 골프장의 성구와 상아

우리나라 골퍼들이 해외 원정골프를 나가기 시작하면서 태국 시암 골프장에 많은 사람들이 몰렸다고 한다. 대부분의 골프장은 부도로 어수선하던 때였다. 이 골프장은 다행스럽게도 불상사 없이 회원권에 명시한 기한을 다 채우고도 지금까지 잘 운영되고 있다. 운영에 따른 수많은 시행착오와 회원들의 불평불만이 하늘에 닿을 만도 했지만 계속해서 운영이 된 데에는 회원들을 끌어당기는 어떤 매력 포인트가 있었던가 보다.

공항에서부터 버스를 타고 서너 시간을 끝도 없이 달려갔다. 어두운 밤이라 밖은 보이지 않았다. 도착한 곳은 산속에 있는 시암골프리조트였다. 오래된 건물이라 심한 냄새가 났다. 벌레도 많아 몸과 마음이 불편했다. 하지만 이곳은 올 때는 멀고 외지고 무서워서 울고, 갈 때는 너무 좋아서 가기 싫어 운다는 말이 있다. 필요한 물품들을 사려면 교통비를 내고 정해진 날에만 나갈 수 있다. 리조트 상가에서는 물건도 갖

●

취지지 않았을 뿐더러 지나치게 비싼 바가지요금으로 불편하기 짝이 없었다.

다음날부터 라운딩을 하는데 공기가 쨍하고 맑고 깨끗한 반면, 골프장은 산만하고 관리가 열악했다. 공이 잘 깎인 잔디에 떨어져도 풀을 깎지 않아 가장자리로 굴러가면 찾을 수가 없었다. 카트 길은 파여서 위험천만이었다. 조악하고 질 낮은 골프장이었다. 특히 답답한 점은 골프장에 유배되어 감옥살이하듯 외부와 차단되어 살아야 한다는 것이었다. 이러한 악조건에서 리조트를 새로 짓고 여러 문제점을 개선하면서 골프장에 정이 들었다. 회원들 간에 친교가 돈독해지나 했더니 계약된 10여 년이 훌쩍 지나갔다. 시암골프장은 깨끗한 공기와 환경이 최고의 매력이었다.

저녁 식사 후 풀장 주위에 놓인 의자에 삼삼오오 앉아 담소를 나눴다. 흔들리는 그네에 앉아 친교를 다지기도 하고, 풀장에서 수영도 하며 각자 한가로운 시간을 즐겼다. 또 어떤 이들은 사탕수수밭이 넓게 펼쳐진 들녘 가운데로 난 사이 길을 걸어 앞 동네까지 일주하기도 했다. 돌아오는 길에 앞 동네 개들이 짖어대니 앞장선 대장이 몽둥이를 어깨에 메고 걸었다. 벤치에 앉아서 하늘을 보면 달과 별이 손에 잡힐 듯 머리 위 가까이에 떠 있다. 어떻게 이토록 가까이 떠 있을 수 있을까. 별무리는 곧 나에게로 쏟아질듯 하늘에 가득했다.

새 리조트를 짓기 전인 초반 몇 년에는 골프장과 식당에서 20분쯤 되는 숙소까지 가끔씩 걸어다녔다. 우리는 선후배 내외 네 쌍으로 여덟

명이었다. 나의 대학선배들이었다. '청맥회'라는 이름의 절친 학연으로 모든 이들의 부러움을 사는 형제들이었다. 함께 노래하며 이야기하며 걸었다. '60세에 날 데리러 오거든'이란 노래를 둘째형부가 불렀다. 셋째선배의 '충청도서 어제 온 낫 놓고 기역 자도 모르는지 여유'라는 노래로 배꼽 빠지게 웃고, 큰형부는 '물어물어 이가 물어'를 구성지게 불렀다. 길 양옆으로 피어 있는 예쁜 꽃들이 우리를 시샘하는 것 같았다.

리조트 옆 예쁜 집에는 방콕대학의 퇴직 교수인 부인과 무역센터 근무로 한국을 잘 아는 남편이 살고 있었다. 우리 남편 친구인 임 교수와 친분이 있어서 우리 부부까지 함께 초대해주어 태국 정통요리를 대접받았다. 그 퇴직 교수는 완전한 농군이 되어 소를 키우며 막노동을 했다. 본받고 싶은 모습이었다.

골프장 사장 내외에겐 우리 손주와 동갑인 네 살 된, 우량아 아들이 있었다. 성구라는 그 아이는 친구 하나 없이 개들과 놀거나 혼자 놀았다. 측은한 마음에 같이 놀아주었더니, 이 아기가 우리만 좋아하며 따랐다. 많은 사람들이 귀여워하며 말을 걸어도 거들떠보지도 않았다. 성구 친할머니가 왔을 때 성구가 '할머니' 하고 부르면서 달려왔다. 그런데 자기를 지나쳐 내게 와 안겨 섭섭해 했던 적도 있었다.

우리가 라운딩 나가면 마지막 홀에 나와서 기다리다가 늦어지면 '할머니'를 목이 터져라 부르며 대성통곡을 한다며 보는 사람마다 전해주었다.

"우리 할머니는 왜 안 오는 거야. 할머니, 할머니."

이렇게 기다렸다가 같이 샤워하고, 냉장고를 열었다 닫았다 하며 간식 꺼내 먹고, 내 품에서 잠이 들곤 했다. 사람들은 내 손주도 귀찮은데 쫓아버리라고 했지만 그때 성구는 우리에게 집을 떠난 외국생활의 외로움에서 많은 위로와 기쁨을 주었다.

우리에게 행복을 준 또 한 사람이 있다. 상아라는 성실하고 똑똑한 캐디였다. 처음에 태국 말을 한마디도 모를 때 이 아이는 영어를 제법 알아서 의사소통이 가능했다. 상아와 라운딩 할 기회가 몇 번 있었는데 특별하게 우리를 잘 따랐다. 엄마라 불러도 되겠느냐고 물었다. 당혹스러웠지만 그러라고 했는데, 중국계 혼혈인 위씨엔이라 부르는 성실한 남편과 고등학생, 중학생 두 아들을 데려와서 우리에게 인사를 시켰다. 태국 시암에 성실하고 행복한 딸 가족이 생긴 것이다.

남편도 좋아하면서 사위, 두 손주, 상아에게 줄 선물로 시계를 정성껏 챙겼다. 챙겨가서 반길 사람이 있다는 것만으로도 충분히 따뜻하였다. 멀리에서라도 모습이 보이면 뛰어와서 한번 안아보고 돌아가는 상아를 보며 따뜻한 정이 느껴졌다. 그 아이 남편도 파파, 마미를 얼마나 반겨 좋아하는지. 상아 내외는 여러 과일과 옥수수, 수수부꾸미 비슷한 달콤한 찹쌀떡을 챙겨 라운딩 중인 우리를 찾아와 급히 전하고 뛰어갔다. 그 정성과 사랑을 무엇으로 보답하겠는가. 거기 있는 동안 너무나 따뜻한 사랑을 받았다. 이제 상아도 많이 늙었겠네. 친부모처럼 우리를 따르던 태국에 있는 딸 상아가 보고 싶다. 성구도 이제 늠름한 고등학생이 되어 서울에 있다고 한다.

나의 남편은 하늘나라로 떠났고 선배들도 연세가 높아 골프에 시들해지니 해외 골프 를 나가지 않게 되었다. 청맥회도 그 수명이 다 되어 서글플 뿐이다. 나도 그렇게 좋던 골프가 이젠 재미없어졌다. 아름답던 그날들의 추억만 남아 그 속으로 다시 돌아가고 싶을 따름이다.

# 따사로운 아침 햇살

날씨가 제법 쌀쌀해졌다. 거실 창으로 비치는 아침 햇살이 싱그럽고 따사롭다. 외출 계획이 없으니 한가롭게 신문을 뒤적이며 마냥 게으름을 피웠다. 갑자기 김장을 해야겠다는 생각이 번쩍 들었다. 달력을 들여다보았다. 오늘 내일이 제일 한가할 것 같았다. 내일 점심 약속이 있지만 오늘 절이고 내일 약속에 다녀와서 오후에 버무리면 되겠다는 계산이 섰다. 벌떡 일어나 배추를 사와 다듬고 절였다.

아침 일찍 일어나 찹쌀죽 쑤고, 고춧가루, 젓국, 마늘, 생강 등 마련해 둔 양념들을 준비했다. 고춧가루와 젓국을 개어서 고춧가루 색이 고와지도록 불려놓았다. 아침식사를 하고 시장 문 열기를 기다려 김장에 필요한 재료들을 구입했다. 김치 속에 넣을 무, 알타리, 갓, 쪽파, 양파, 생새우, 생굴 등이었다. 점심에는 이사한 동생이 집들이 한다고 초대해 장보기 발걸음이 조급해졌다. 빠듯한 시간을 두고 머리 감고 샤워하는데, 핸드폰으로 전화가 걸려왔다. 이 시점에 전화를 받기에는 시간이 너무 빠듯한데, 짜증나는 심정으로 전화를 받았다.

"여보세요. 오랜만이에요."

지인의 착 가라앉은 목소리는 힘이 없고 지쳐 있어서 말하는 게 무척이나 힘들어보였다. 듣는 사람도 답답하고 맥이 풀렸다.

"형님, 평안하시지요?"

"평안치 못해서 전화했어요."

탈진한 목소리로 이야기가 두서없이 길어지기 시작했다. 이 부인 내외는 우리 부부와 같은 골프연습장 회원으로 자별하게 지냈으며 운동을 함께 했던 사이였다. 8년 전에 멋진 신사 남편은 돌아가셨다. 부인은 의식이 아주 세련되어 배울 바가 많은 분이었다. 오늘은 횡설수설 무슨 말을 하려는지 의도를 알지 못할 정도로 뒤엉켜서 혼란스러웠다.

8개월 만에 하는 통화인데, 그간에 많이 힘이 들었다고 했다. 대충 정리된 이야기의 요점은 오 년 전에 담석 수술할 때 꿰맨 자리가 터져 탈장된 걸 모르고 여러 해를 지나는 동안 영양섭취가 안 돼서 영양부족으로 쓰러졌고 갈비뼈마저 부러졌다고 했다. 지난 달에 재수술한 곳이 또 터져 다시 수술을 해야 하는데, 간병인을 구할 수 없다며 내 도움이 필요하다고 했다. 언뜻 생각에 어째서 내게 간병인 이야기를 하실까? 수술하는 병원에도 간병인을 쓸 수 있도록 준비가 돼 있을 텐데 의아한 생각이 들었다. 더는 길게 이야기할 시간이 없어 죄송한 마음으로 사정을 말씀 드렸다.

"형님, 정말 죄송합니다만, 점심 약속 때문에 일단 끊고 제가 전화할

게요. 그때 자세히 이야기하시지요."

"아이구, 그럽시다."

이렇게 전화를 끊고 동생 집에 늦게 도착했다. 이야기꽃을 피우다보니 일어날 생각들을 하지 않았다. 다 함께 끝나고 집으로 와 여섯 시가 되어 김장이 시작되었다. 동생은 나보다 아홉 살 아래인 막냇동생이다. 우리 집에서 김치를 담아가라고 데리고 왔다. 돕는 사람이 있어서 함께 하니 김장이 후딱 끝이 났다. 정성들여 절이고 오랜 경륜의 노하우가 맛있는 김치를 만들어냈다. 김치통을 차에 싣고는 염치없이 얻어먹기만 한다며 난처해하는 동생의 표정은 무척 행복해 보였다.

다 씻고 개운한 마음으로 못 다한 통화를 계속 하기 위해 전화를 걸었다. 형님은 아침에 했던 이야기의 연속으로 한탄이 이어졌다. 힘없이 작고 낮은 목소리에, 발음도 정확치 않은데 끊임없이 중얼거렸다. 듣고만 있는데도 엄청 힘이 들었다.

한편 화통하고 목소리도 크며, 깔끔하고 긍정적인 그분이 왜 이렇게 됐을까 생각하게 됐다. 내게 부탁을 왜 했을까를 생각하니 지금까지 가깝게 지내 믿음이 쌓여 의지가 되어서가 아니었을까 싶었다. 몸은 쇠약해지고, 친절하고 자상했던 남편도 곁에 없어 허전하고 외로웠으리란 생각에 미치자 측은하고 짠하여 마음이 울컥했다. 효성스런 자녀들이 있어도 또래 벗이 임의로운가 보다.

열심히 여기저기 수소문해서 괜찮은 곳을 찾았다. 간병인소개소의 이름과 전화번호, 수술 일정이 확실히 잡히면 연락해서 도움받으라는 메시지를 보냈다. 곧바로 메시지를 읽었다면서 전화가 왔다. 아까의 그 힘 빠진 목소리는 간데없고 밝고, 명랑하고, 또렷한 목소리였다.

"고맙습니다. 어찌 이렇게 저를 사랑해주나요? 어려운 형편이 되어보니 도움을 청해도 진정으로 돕는 사람은 없습디다. 모두 건성이에요. 세상에 정말 이렇게 따뜻한 사람은 없어요. 내 마음의 상처가 다 녹았어요. 힘내서 수술 잘하고 빨리 회복돼서 전화할게요. 문병이요? 절대 사절입니다."

생기 넘치는 쌩쌩한 대답이었다. 예전 그 멋진 모습을 되찾은 것 같았다. 얼마나 외롭고 사랑이 고팠으면 이처럼 하찮은 도움에 힘을 얻고 생기가 돋아난단 말인가? 젊은이들 못지않게 깔끔한 의식을 가진 분인데도 나이 들면 외로움과 서글픔이 짙어지는가 보다.

인간은 누구를 막론하고 외로움과 싸우며 살아간다. 우리가 좀 더 따뜻함으로 서로 보듬고 사는 것이 서로에게 득이 되리란 생각을 하게 되었다. 늘 하는 아주 작은 관심과 배려가 큰 힘이 될 수 있다는 사실에 나도 놀라는 중이다.

창으로 비처드는 아침 햇살의 따스함처럼 퍼내도 마르지 않는 따뜻한 사랑을 나누고 싶다. 또한 외로운 마음을 덥혀주는 사람으로 늙어가기를 소망해본다.

# 마이 뺀 라이

20여 년 전 남편의 정년퇴직과 함께 우리 부부는 노년을 재미있게 살자고 다짐했다. 재취업 기회가 왔지만 '놀자'를 고수했다. 일반적으로 남편의 퇴직은 부인들에게 삼식이의 스트레스로 부담을 준다고 하지만 우리는 함께 노는 것이 훨씬 좋았다. 젊고 건강하고 힘이 있을 때 여행도 운동도 해야 한다는 생각이었다.

기후 좋고 살기 좋은 치앙마이에서 교민들과 어울려 여러 해를 지냈다. 언제부터인가 우리나라의 많은 은퇴자들이 환경 좋은 외국에서 노년을 즐기고 있다. 좋은 여행상품이 나오고 노년을, 인생을 즐기자는 폭넓은 의식변화와 나아진 경제력 덕분인 듯하다. 십수 년 전만 해도 여행은 유럽이나 선진국 사람들의 전용으로 알고 있었다. 이제는 휴양지 어느 곳에서도 우리나라 사람들의 여유로운 삶을 쉽게 만날 수 있다.

태국 중북부 칸차나부리의 한 골프장이다. 주말은 현지인들의 주말 골프를 빼면 거의 한국사람 전용이다. 일 년 이상 장기체류하는 노부부들이 많다. 이들을 이곳에 살게 하는 매력은 무엇일까? 한 달 이상 외국에 체류하면 국내 건강보험료가 면제된다. 회원권을 구입하면 현지 체류비도 크게 부담이 없다. 한국인 전용이니 외국생활에서 느낄 수 있는 외로움과 낯섦도 없다. 골프장 설계는 싫증나지 않을 만큼 매력 있다. 생활권이 좋아 쇼핑과 외식으로 장기체류가 가능하다. 무엇을 먹을까 끼니 걱정에서 해방되고, 빨래와 청소도 해결해준다. 노화로 시원찮은 육신은 마사지로 도움받고 푹신한 잔디밭에서 골프를 치며 실컷 걷는다. 가끔 동네에 나가 현지인들이 즐기는 생활과 식사를 체험한다. 싼 물가는 이 모든 것을 부담 없이 가능케 한다.

따뜻한 날씨와 안전한 치안, 태국민들의 심성과 넉넉한 인심에 실버들이 안심하고 지낼 수 있는 천국이라 할 수 있다. 각양각색의 아름다운 꽃은 만발하고 뜨거운 태양과 불어오는 바람이 상쾌하다. 키 큰 나무 가득한 숲속의 우리 집은 다람쥐나 산새들을 자주 만날 수 있어 하루를 일찍 시작한다. 멀리서 보면 나무 사이에 지어진 요정들의 궁전 같다. 창문을 열면 집과 사람은 숲과 일체가 되고 깊은 숲속까지 내리쬐는 햇빛은 마냥 찬란하다. 5월이 되면 망고와 입안에서 사르르 녹아내리는 과일의 제왕으로 알려진 두리안이 있어 애호가들을 환호케 한다.

겨울이 오면 한국 추위를 피해 많은 골퍼들이 몰려온다. 회원뿐 아니라 패키지골퍼들까지 가세하니 그 수는 엄청나다. 혼란을 막기 위해 추첨으로 티업, 제1타를 치는 순서를 정했다. 방법은 뺑뺑이통에 티업 시간이 적힌 공들이 들어 있고 직원이 손잡이를 돌리면 공 하나가 밖으로 튀어나온다. 거기 적힌 번호가 각자의 티업 시간이다. 질서가 잡히고 혼란은 줄었지만, 빽과 로비 같은 저열한 방법을 쓰고 있어 나에게는 눈엣가시였다. 일부이기는 하나 미꾸라지 몇 마리가 웅덩이를 진흙탕으로 만들어놓는 격이었다. 추첨 현장은 경직되고 살벌하기까지 했다. 불신과 불만으로 큰소리치는 사람, 눈에 띄게 직원에게 잘 보이려는 사람들을 보며 부끄럽고 역겨웠다.

직원이 시달리고 있는 모습이 딱하고 안쓰러웠다. 내 순서가 되면 조용히 표를 뽑고 기다렸다. 그러나 나도 좋은 시간에 뽑히고 싶은 마음이 간절했다. 직원이 뺑뺑이통을 돌릴라치면, 나는 양손으로 권총 쏘는 자세를 하고 있다가 타이밍에 맞춰 통을 향해 '파방!' 하고 큰소리로 기합을 넣었다. 좋은 번호가 나오라고 기합을 넣으니 그 직원도 어린애처럼 웃어줬다. 무겁고 침침했던 분위기가 순간 밝고 환해졌다. 좋은 번호가 나오면 나와 그는 신이 나서 하이파이브로 손바닥을 힘차게 부딪쳤다.

그런데 이상한 것은 나의 좋은 시간 당첨 확률이 너무 높다는 것이었다. 그것도 두 달 동안 내내. 처음에는 우연히 재수가 좋은 줄 알았고 주위에서도 권사님의 기도 응답인 것이라고 축하해주었다. 그런데 그 직원이 무언가를 해주고 있다는 생각이 번뜩 들었다. 더럭 겁이 났다. 한편 그가 무슨 재주로 뺑뺑이통을 마음대로 하겠는가 하면서도, 우연이 아닌 것 같은 생각은 덜어지지 않았다. 나에게 숨은 친절을 베풀 이유가 없으니 더욱 혼란스러웠다.

내가 태국민의 정직한 국민성을 사랑하고 존중하는 것을 알아서일까? 태국어로 자기들과 의사소통이 되니 친근감이 들어서일까? 그것도 아니면 나의 행동이 밝고 재미있어서일까? 태국사람들은 자기 나라 말이 통하는 나를 아주 좋아하긴 했었다. 그 즈음 일부 한국 사람들의 속보이는 행동에 실망해 지친 그가 규율을 지키고 예의 바른 내 모습을 좀 다르게 본 듯했다. 오랜 태국생활에서 정직하고 고지식한 태국인들이 무례한 사람을 경멸하는 모습을 여러 번 목격했기 때문에 그 느낌을 감지할 수 있었다.

귀국하기 전날, 그 청년에게 베풀어준 사랑에 감사한다고 정중히 인사를 하니 얼굴 가득 활짝 웃으며 행복한 표정으로 겸손하게 대답했다.

"마이 뺀 라이(별 말씀을요)."

백화점 나간 길에 작은 선물을 하나 사서 감사의 표시로 건네니 당황하며 사양했지만 진정으로 고마워하는 나의 마음을 알고는 감사해하며 받았다. 자기의 조건 없는 배려로 아무것도 모른 채 좋아하는 내 모습을 보며 그는 흐뭇하고 행복했던 것 같다. 참으로 따뜻한 마음이었고 어찌 이런 아름다운 일이 있을 수 있는지 믿기지 않았다.

국가와 연령과 성별을 떠나 조건 없는 사랑으로 숨은 선행을 한 그 청년의 아름다운 섬김과 용기 있는 실천이 이 세상을 윤택하게 하는 원동력이 될 것을 확신한다. 아무 조건 없이 내가 좋아하며 웃을 수 있는 행복을 주기 위해 그는 얼마나 수고하고 힘이 들었을까. 귀국하는 날 나에게 다가와서 다정하게 말했다.

"마미, 코리아 갔다가 빨리 오세요."

나에게는 태국에서 보고 싶어하며 기다리는 착하고 따뜻한 아들 한 명이 더 늘어났다.

# 나 그대 믿고 떠나리

여보! 2년 만에 불러보는, 너무나 불러보고 싶었던 그리운 호칭입니다. 당신이 떠난 후 주인 없는 호칭이었죠. 1주기 추도식 때 당신께 의젓한 편지를 보냈지요. 그때만 해도 당신과 했던 약속대로 씩씩하게 잘 이겨내려고 노력했는데 점점 노력과는 정반대로 속으로만 쌓여가는 그리움은 우울증이란 앙금이 되어 켜켜이 쌓여가고 전의는 상실되어 갑니다.

여보! 장영희 작가가 아버지 장왕록 교수에게 보낸 '천국으로 띄운 편지'를 읽었습니다. 이 세상에서 이별의 슬픔과 상처를 입은 사람들에게 도움이 되기를 바란다는 작가의 당부대로 이 글을 통해서 위로와 힘을 얻었습니다. 여기에서 '내일 봐요'란 말에 마음이 갑니다. 당신이 내 곁을 떠난 상실감 속에 갇혀 있느라 당신을 다시 볼 수 있다는 소망을 잠시 잊고 있었습니다. '나 그대 믿고 떠나리'라는 말은 나에게 깨우침을 주었습니다. 당신 떠나기 전, '당신 씩씩하게 살아가겠다는 말 믿어도 되지'라며 되묻던 생각이 납니다. 이 두 마디 말이 깊은 우물 속으로 내려온 치유의 두레박이 되었습니다. 내게 힘이 된 작가의 글 일부를 적어봅니다.

영화 속의 미혼모 조디 포스터가 일곱 살 난 천재 아들의 장래를 위해 양육권을 포기하고 아이를 먼 곳에 있는 영재학교로 보내게 됩니다. 어쩌면 이제는 다시 보지 못할지도 모르는 아들을 보내며 그녀는 평상시에 하룻밤 친구 집에 놀러가는 아들에게 하듯 "그래, 내일 보자See you tomorrow"라고 말합니다. 삶과 죽음이 끊임없이 이어지는 영겁 속에서 하루는, 일년은, 아니 한 사람의 생애는 너무나 짧은데, 그럼에도 우리는 이 세상을 먼저 떠나는 사람들에게 '내일 봐요'라고 말할 수 없는지요.

공원묘지 입구에는 아주 커다란 바윗돌에 '나 그대 믿고 떠나리'라고 쓰여 있습니다. 그렇습니다. 우리가 사랑하는 사람들이 이곳의 삶을 마무리하고 떠날 때 그들은 우리에게 믿음을 주는 것입니다. 자기들이 못 다한 사랑을 해주리라는 믿음, 우리도 그들의 뒤를 따라갈 때까지 이곳에서의 귀중한 시간을 헛되이 보내지 않으리라는 믿음. 그리고 그 믿음에 걸맞게 살아가는 것은 아직 이곳에 남아 있는 우리들의 몫입니다.

여보! 당신이 떠난 후 봄, 여름, 가을, 겨울이 두 바퀴나 돌아갔습니다. 그동안 나는 숨 쉴 틈 없이 바삐 움직였습니다. 트레킹하기에는 과한 나이를 아랑곳하지 않았고 여행과 운동도 쉬지 않았습니다. 모임도 인사치례도 빠지지 않았습니다. 잠 잘 시간이 부족할 정도로 살았지만 시간이 갈수록 당신 향한 그리움은 더욱 날카롭게 파고들었습니다. 결국 딸 정수에게 꼬리를 잡혔고 병원에서 항우울증 처방을 받았지요. 인간이면 겪어야 할 순서인데 늠름히 이겨나가지 못하는 나의 모습이 부끄럽고 자존심도 무척이나 상했습니다. 그러나 나도 모르게 깊어지는 이 일을 어찌합니까. 위의 글에서 다른 사람이 슬픔에 대처하는 모습을 보면서 나를 돌아볼 수 있는 조금의 틈을 얻었습니다.

여보! 지금은 양수리에 와 있습니다. 며칠 전 태국 리버콰이골프장에서 돌아왔어요. 2년 전 가을엔 당신과 함께 잣나무, 밤나무 숲에서 잣과 밤을 갈무리하느라 신이 났었지요. 저쪽 편에서 당신이 부르던 소리가 들리는 듯합니다.

"여보, 여기 잣송이가 더 큰데 이쪽으로 와봐요."

아침에 잠 깨고 마시던 상쾌한 산 속 공기도 여전하네요. 전지가위를 들고 나무들을 돌보던 모습도 이곳저곳에서 보이는 듯합니다. 다시는 현실에서 기대할 수 없는 추억일 뿐입니다.

당신은 봄에도, 가을에도 들꽃들을 한 묶음 꺾어 소년처럼 해맑게 웃으며 건네곤 했습니다. 보석을 선물받을 때보다 행복한 순간들이었습니다. 어제는 후배로부터 조그마하고 예쁜 영지버섯을 뿌리째 말려서 화초영지라 이름붙인 예쁜 선물을 받았습니다.

"선배님, 선물입니다."

'고마워요'라는 인사를 하려는 그 순간 하마터면 눈물을 왈칵 쏟을 뻔했습니다. 그 예쁜 화초영지를 제게 주려고 가지고 온 순수함이 동기간의 따뜻한 마음 같았습니다. 오랜만에 마음이 밝아지고 기뻤습니다. 위의 글에 위로와 힘을 얻었고 공감도 했습니다. 당신은 떠나기 전에 진지하게 내게 묻고 다짐토록 했었습니다.

"당신 나 없이 어떻게 살래? 당신은 씩씩하니까 잘 견뎌낼 거야. 믿어도 되겠지?"

그런데 당신과의 약속을 잠시 잊었습니다. 당신의 믿음에 실망을 주었고 걱정시켰습니다. 하지만 이제는 정말 당신이 염려와 걱정을 하지 않도록 밝고 즐겁게 살아야겠습니다. 당신을 닮은 자녀 손들의 효성이 대단합니다. 엄마가 나이를 잊고 활동범위를 위태롭게 넓혀가니 그것이 자녀들의 근심거리라고 합니다. 트레킹도, 위험한 여행지도, 도가 넘는 운동시간도, 지나치다 싶은 사회 참여도 모두 자녀들의 염려를 산답니다.

삼종지도三從之道라 했던가요. 자손들 뜻을 잘 따라서 무리 없이 살겠습니다. 아버지, 할아버지의 빈자리가 쓸쓸하지 않게 잘 버텨보겠습니다. 찬송과 기도 속에 한 호흡 한 영혼으로 살아온 우리였음을 잊지 않겠습니다. 한 성령 안에서 언제나 함께이기에 외로워하지 않겠습니다. 세월이 흐르고 너무 오래지 않은 시간에 당신과 만날 것을 생각하면서 늘 힘을 내겠습니다.

# 잔소리꾼 교감 선생님

고등학교 1학년 때 아버지의 현장근무지로 이사를 하게 되었다. 대학입시도 있으니 할아버지 댁에 둘까 했지만 내가 따라가겠다고 고집을 부려 데리고 내려갔다. 전학 가는 날, 엄마와 함께 학교에 갔다. 그때 처음 만난 분이 C여고 교감선생님이셨다. 인자하고 푸근한 교감선생님, 복실복실한 판다처럼 듬직한 그분의 풍채에 믿음이 갔다. 학교에 등교를 하고 영어시간이 되었다. 그런데 교감선생님이 영어선생님을 대신해 들어오셨다. 무척 반가웠다. 발음은 썩 좋지 않았지만 문법을 잘 가르쳐주셨다. 또박또박한 말투는 안정감을 주었다. 수업할 때 검지손가락을 구부린 묘한 손표정이 선명하게 기억이 난다.

학년이 올라가고 졸업할 때까지 특별한 관심과 사랑을 주셨던 교감선생님. 교정에서 선생님과 마주치면 웃음 띤 얼굴로 고개를 끄덕이며 반겨주셨다. 그때마다 나는 마음이 따뜻해짐을 느꼈다. 왜 그렇게 예뻐하셨는지 알 수 없다. 교감선생님은 학생들과 대면할 기회가 없으니 그나마 알고 있는 학생이 반가웠을까. 그것이 아니라면 엄마랑 같이 만난 기억이 인연이 된 게 아닌가 생각된다. 친구들 앞에서 표를 내지 않으려고 내게만 보이는 사인을 주셨다. 마치 큰아버지 같았다. 선생님은 내 마음에 따뜻한 분으로 새겨졌고 든든한 언덕이었다.

대학에서 교직과목을 이수하고 교생실습을 나갔다. 실습하는 동안 교감선생님의 역할을 대충 알게 되었다. 교장선생님이 아버지라면 교감선생님은 어머니인 셈이었다. 대외적으로 학교를 대표하는 일은 교장선생님의 몫이었고, 학교 행정과 선생님들의 관리지도는 교감선생님의 몫이었다. 경우에 따라 수업도 들어가야 했다. 교감선생님은 엄격한 시어머니와 같고 무서운 분이라고 생각을 했다. 잔소리도 많이 할 수밖에 없는 자리였다. 교감선생님을 한마디로 줄이면 '잔소리꾼'이었다. 허나 내가 좋아했던 교감선생님은 그런 분이 아니었다.

아이들이 중학생이 될 즈음부터 남편은 나를 뜬금없이 교감선생이라 부르기 시작했다. 아이들이 사춘기를 맞을 무렵이었다. 나는 철저한 원칙주의로 아이들 교육에 전심전력을 다했다. 아이들도 엄마 뜻을 따라 모범적이고 바르게 잘 자랐다. 사춘기도 탈 없이 넘어갔다. 남편이 내게 교감선생이라 부르는 것은 엄마노릇을 잘해서 아이들을 잘 키운다고 칭찬하는 줄로 알고 기분이 좋았다. 나에게 교감선생님이란 좋은 별칭이었고 남편은 내가 하는 일은 무조건 잘한다고 인정해주는 팬이었기에 믿고 있었다. 부를 때 뉘앙스가 좀 묘하긴 했어도 좋은 소리로 들렸다.

남편은 마음이 넉넉하고 부드러운 사람이었다. 자기 자신에게도 마음이 넉넉해서 자기관리가 조금 허술한 편이었다.

"지금 못하면 다음에 하지. 좀 있다가 쉬어서 하지."

규칙이 없고 움직이기를 싫어하는 사람이었다. 예를 들어 가장 기본적인 외출 후 손발 닦기, 식후 양치질, 자기 전 샤워를 슬쩍슬쩍 뒤로 미루는 버릇이 있었다. 아기들도 하는 걸 매번 힘들게 하는 남편이 얄미웠다. 아내의 잔소리가 성가시고 따라가자니 귀찮고 짜증이 났을 터이다. 정해진 시간에 규칙대로 꼭 해야 하는 나와는 정반대이니 피차 피곤하긴 마찬가지였다.

"발 닦으세요. 양치질합시다."

나는 포기하지 않고 계속 외쳐댔다. 얼마나 귀찮고 자존심이 상했으면 그 별명을 붙여 불렀을까. 나에게 '교감선생'하고 부를 때 남편 표정은 행복해 보였었다. 우리가 흔히 잔소리 많은 사람을 보면 교감선생이라고 한다는 걸 내가 깜빡 잊었다. 잔소리꾼 교감선생이라 불리며 꽤 많은 시간이 흘렀다. 그것은 남편이 계속해서 게으름을 피우며 계속해서 채근을 당했다는 증거였다. 내가 원하는 일은 다 들어주는 사람이, 나와 결혼 못하면 죽겠다고 단식투쟁까지 한 사람이, 이제는 내 말을 잘 들으려 하지 않는다. 많이 변했다. 알 수 없는 것이 인간의 마음이라더니, 남편이 나에게는 딱 그런 사람이었다.

딸아이가 대학을 졸업하고 그해 겨울에 결혼을 했다. 신랑 어머님인 안사돈이 초등학교 교감선생님이었다. 이 무슨 우연의 일치란 말인가.

●

신부 어머니는 잔소리꾼 교감선생이고, 신랑어머니는 현직 교감선생님이라니. 교감선생님과는 특별한 인연이 닿은 운명인가라는 생각이 들었다. 손주들이 태어나고부터 교감선생이라 부르던 빈도가 점점 줄어들더니 어느 때인지 슬그머니 끝이 났다. 나에게 그렇게 불러댄 일들이 미안해서 반성하며 개과천선한 것인지, 놀리는 게 재미가 없어져서인지 그것이 궁금하다. 교감선생님이신 사부인의 아들인 사위 앞에서 잔소리꾼이라고 교감선생님을 하대하기가 미안해 그랬는지도 모르겠다.

아무튼 훌륭한 교감선생님의 본래의 명예를 되찾게 되어 다행이었다. 나 또한 잔소리꾼 교감선생으로 십수 년 미움 받으며 살아온 세월에서 명예를 되찾았다. 철난 남편의 변화와 사돈 덕분에 소리 없이 생겼던 별명이 소리도 없이 사라졌다.

이제 와 생각하니 자기 생긴 대로 살도록 둘 것을 남편을 내 방식대로 만들려 했던 내 태도에 후회가 된다. 사랑하기 때문이라기에는 너무 욕심을 부렸던 것에 미안한 생각마저 든다. 얼마나 귀찮았으면 교감선생이라 했을까. 그래도 아옹다옹 놀리며 부대끼며 살았던 젊은 날이 아름다웠다. 그때가 생생한 삶의 현장이었다.

# Part V

# 홀인원과 이글

홀인원과 이글은 본인의 컨디션이 최상일 때 일어날 수 있는 행운이라고 한다. 노년까지 걸어서 골프를 칠 수 있는 건강과, 평생을 보호자로, 친구로 곁을 지켜주었던 남편에게 고맙다. 홀인원과 이글의 감격을 품고 있는 트로피가 행복의 미소로 나를 바라보고 있다.

# 홀인원과 이글

얼마 전까지만 해도 골프는 사치스러운 운동으로 치부되었다. 많은 이들이 거부감을 가졌고 화제에 올리기를 금기시하기도 했다. 박세리 골퍼의 쾌거 이후 골프가 자연스럽게 공동화제가 되었다. 골프를 치는 이들은 홀인원과 이글을 향해 꿈을 키워간다. 세 번에 넣을 공을 한번에 넣는 홀인원은 특별한 행운이 아니고는 거의 불가능한 일이다.

2003년 5월, 우리 부부는 태국의 왕실 휴양지가 있는 후아힌의 임페리얼 레이크뷰 컨트리클럽에 골프를 치러 갔다. 한 교회에 다니는 정, 유 권사님 내외와 함께였다. 두 권사님과 나는 함께 볼링도 치러 다녔다. 제일 선배인 정 권사님이 골프를 시작하면서 우리를 이끌었고 그때부터 여자들의 골프가 시작되었다. 마침 그 무렵, 사촌 시동생이 우리 부부에게 좋은 골프채와 백을 선물해주어 쉽사리 골프를 접할 수 있었다.

볼링을 칠 때 유 권사는 힘이 넘쳤다. 빠바바박! 유 권사가 던진 볼이 초고속으로 달려가 스트라이크로 핀을 쓰러뜨리는 통쾌한 소리. 거기에 비해 내 볼은 달달달달, 저속으로 볼품없이 기어갔다. 그런데 골프 연습장에서 레슨을 받으며 나는 칭찬을 들었고 힘센 유 권사는 고전했다. 연습을 맹렬히 하던 유 권사는 갈비뼈에 금이 가면서 스트레스를 많이 받았다. 음지가 양지가 되는 것이 세상 순리였다.

후아힌에 갈 무렵의 나는 스윙이 완전히 틀에 잡히지 않아 기복이 심했다. 운동신경이 둔한 건지 집중을 안 해서인지 되다 안 되다가 널뛰듯 했다. 두 번째 날에는 공이 너무 안 맞아 처음 보는 동반자에게 창피할 정도였다. 스윙을 까먹은 듯 이렇게 안 되는 날은 처음이었다. 남편도 창피했던지 화를 내며 겁을 주었다.

"집중해서 잘 좀 쳐요. 그렇게 성의 없이 치려면 집으로 돌아갑시다."

안 그래도 내 속은 금방이라도 터질 지경이었다. 다른 사람들 앞에서 큰소리로 야단을 치면 동반자들한테 창피하다는 것을 모를 리 없는 이가 왜 저런단 말인가. 나는 남편에게 화가 났지만 대꾸도 못하고 '당신이나 잘 치셔' 하며 속으로만 중얼거렸다.

다음날 첫 티업을 하는데 공이 뜻밖으로 잘 맞았다. 스윗스팟, 드라이버 헤드의 정중앙을 맞는 느낌이 손으로 전해올 때 짜릿한 전율을 느낄 정도였다. 6번 홀까지 버디와 파로 무엇엔가 홀린 듯 줄줄이 잘 맞았다. 이제 7번 홀이다. 파3홀로 거리는 136m. 길이 100m 가까운 호수를 넘겨야 했다. 그린은 경사가 심해 안착한 듯하다가도 굴러내려가 연못으로 빠지는, 그야말로 난이도 최상 코스였다. 온 신경을 집중해 우드 5번을 잡았고 그것이 잘 맞아 그린에 안전하게 안착할 수 있었다. 그런데 공이 굴러내려오기 시작했다. 곧 연못으로 풍당 빠질 기세로 속도를 내며 굴러내려오던 공은 홀 속으로 쏙 들어가버렸다. 내 눈을 의심했다. 동반자들 입에서는 "홀인원이다. 홀인원!" 외침이 연이어 튀어나왔다. 유 권사가 카트를 몰고 황급히 달려가 홀 속의 공을 확인했다. 나는 머릿속이 멍해졌다. 온 골프장 안에 홀인원 소문이 순식간에 퍼졌다. 고요한 골프장에서 '홀인원'이란 외침은 멀리까지 메아리쳤다. 개장한 지 몇 십 년 된 골프장인데 이 홀에서는 홀인원이 처음이라며 더욱 난리였다.

"서울서 온 자그마한 부인이 홀인원을 했대."

수군거리는 소리를 들으며 쑥스럽고 부끄러웠지만 어저께 함께 라운딩할 때 깔보던 동반자 부부에게 체면을 유지한 것 같아 기분이 좋았다. 보란 듯이 명예회복이 된 셈이었다. 속이 통쾌하고 시원하였다.

골프장 측과 우리 여행사와 상의해서 골프장에 나무 심는 것은 생략하고 그날 저녁시간에 식당에 있는 모든 사람들에게 '노니주스'를 대접하기로 했다. 그 무렵 몸에 좋다고 노니주스 인기가 최고였다. 큰 식당 안의 많은 사람들이 축배를 들 때 소리가 떠나갈 듯 우렁찼다.

나를 위한 축배 소리를 영원히 잊을 수가 없다. 지금도 그날 그 소리가 기억날 때마다 황홀감이 오롯이 되살아난다. 골프장 사장은 상금과 선물, 트로피로 축하해주었다. 특별상으로는 평생 무료로 골프장 이용이 가능한 평생 무료 사용권이 주어졌다. 그날 비용이 만만치 않았지만 나는 구름 위에 둥실 떠 있는 듯 기분이 좋고 마냥 행복했다. 홀인원이면 5년 행운이 따른다는 속설도 듣기 좋았다. 남편은 축하 인사를 받으면 겸손해하면서도 쑥스럽게 꼭꼭 요렇게 대답을 했다.

"장님이 문고리 잡은 격이지요."

"소가 뒷걸음질하다가 쥐 잡은 격이지요."

노니 값으로 거금을 쓴 게 억울하기도 했을 터였다.

그로부터 11년 후인 2014년에 샷 이글을 했다. 칸차나부리 리버콰이 컨트리클럽 15번 홀 파4에서 첫 번째 샷을 하고 두 번째 샷은 우드4번으로 남은 거리 130m를 쳤다. 공은 잘 맞았는데 눈에 보이지 않았다. 갑자기 남편이 뒤에서 소리쳤다.

"공이 홀 안에서 환히 빛을 발하고 있어. 이거 이글 아닌가. 그것도 샷 이글."

우리는 하이파이브를 하면서 신났다. 남편이 이번에는 장님 문고리를 찾지 않는 걸 보니 11년 전에 입에 달았던 말이 조금은 미안했던가 보다. 이글 소식은 골프장에는 비밀로 하고 청맥회 모임인 식구끼리 조용히 자축했다.

홀인원과 이글은 본인의 컨디션이 최상일 때 일어날 수 있는 행운이라고 한다. 노년까지 걸어서 골프를 칠 수 있는 건강과, 평생을 보호자로, 친구로 곁을 지켜주었던 남편에게 고맙다. 홀인원과 이글의 감격을 품고 있는 트로피가 행복의 미소로 나를 바라보고 있다.

# 후쿠시마 애로레이크의 작은 지진

후쿠시마에 지진 쓰나미가 일어나고 원자력발전소가 폭발했다. 1,000명 이상이 사망한 대재앙, 2011년 4월 18일 일이었다. 폭발이 있기 불과 얼마 전에 늘 동행하는 후배 내외와 우리는 후쿠시마 애로레이크 골프장으로 골프를 치러갔다. 6년을 함께 오간 길로 우리나라에서 그곳 공항까지는 한 시간이 걸렸다. 제주도보다 가까우니 왕래하는 데 부담이 없고 수월했다. 조그마한 공항으로, 일주일에 두 번 인천공항으로 하늘길이 열린다. 하지만 입국수속 방법은 마음에 들지 않았다. 게이트 하나에 한 줄로 세우는 이유는 무엇일까? 자기들 고집인지는 모르겠으나 국제공항 예법에 맞지 않는다는 생각이었다. 공항을 벗어나면서 평안한 분위기로 맞이해준 아늑하고 조용한 농촌 풍경이 다소 위로가 되었다.

우리가 2005년쯤 태국 치앙마이를 오가며 지낼 때 우리나라에도 골프 인구가 급증하고 있었다. 그러나 높은 골프 비용으로 부담이 만만치 않아 동남아나 중국, 일본, 캐나다, 뉴질랜드 등으로 해외원정을 가는 것이 유행처럼 번져나갔다. 특히 거리가 가깝고 물가가 싼 동남아 골프여행은 각 여행사의 인기상품이었다. 우리도 태국의 시암골프장에 발을 붙이고 열심일 때 일본 후쿠시마의 애로레이크 골프장 사용권을 저렴하게 구입하게 되었다. 청맥회 일행과 남편 직장 후배팀과 함께였다.

일본의 경제가 심한 불황이라 문 닫는 골프장이 수두룩하고 가격은 완전히 바닥인데다 환율 또한 우리에게 유리하니 많은 사람들이 일본 골프장 사용권을 구매했다. 덤핑처럼 팔리고 구입하는 사람들이 많으니 골프장 혼잡이 예상되었다. 각오를 하고 후쿠시마로 출발했다. 호텔에 도착하니 아기자기하고 올망졸망한 구조가 다소 답답한 면이 없지 않았으나, 깨끗하고 조용한 분위기가 우리의 마음을 붙잡았다. 조그마한 소도시의 단아함과 정갈함은 어릴 적 외갓집에 다니러온 것처럼 편안했다. 긴장감을 내려놓으니 아늑한 느낌마저 들었다.

아침저녁 식사는 호텔에서, 점심은 클럽하우스에서 해결하기로 돼 있다. 18홀을 돌고 점심식사를 마치면 오후에 9홀을 더 치도록 스케줄이 짜여 있었다. 호텔에서의 식사는 자기들 식단대로라서 선택의 여지가 없지만, 점심은 다양하게 선택할 수가 있어 골라 먹는 재미 한 가지가 더 주어졌다. 저녁식사 후에는 산책을 했다. 하루 일과를 마치고 하는 여유로운 산책은 가볍고 한가로웠다. 조용한 마을의 집들은 어느 쪽을 봐도 정리가 잘 되었다. 예쁜 꽃밭과 조그마한 채마밭을 가꾸며 정갈하게 생활하는 그들의 정서가 좋아보였다. 어릴 때 우리 엄마의 꽃밭과 거기 심긴 꽃들의 종류나 화단 분위기가 닮아 더욱 정감이 갔다.

정해준 시간에 맞춰 라운딩이 시작되었다. 공을 치는데 순조롭게 진행이 되었다. 여유롭고 매끈한 진행이었다. 9홀을 마치고 이동하니 관리인 마샬이 두 팔을 높이 들고 교통경찰이 신호하듯이 우리가 가야 할 방향을 가리키며 안내했다. 이 골프장은 동. 서. 남 세 코스로 27홀이었다. 막힘없이 라운딩을 마치고 나니 그 많은 회원들은 다 어디에 있을까 궁금할 정도로 진행이 일사천리였다. 같은 비행기를 타고 온 친구들도 같은 조 4명이 아니면 호텔방으로 일부러 찾아가지 않는 한 얼굴을 볼 수 없었다. 식당에서도 마찬가지였다. 우리가 일본에 갖는 개념과는 별개로 그들의 관리능력이 놀라웠다.

일본 골프장은 특별히 요청하지 않는 한 캐디가 없다. 캐디는 카트를 몰아주고 채를 뽑아주고 공이 날아가는 것을 보고 찾아주는 것과, 그린의 기울기나 높낮음과 거리를 안내해주는 이로 무척 도움이 되는 역할을 한다. 하지만 그들에게 신경 쓰기 싫어 나는 캐디를 원치 않는다. 이 나라의 노 캐디주의가 마음에 들었다. 호텔에서 자고 나면 에티켓 팁이라 해서 1달러의 팁을 놓는다. 세계 어느 곳을 가도 불문율로 상식화되어 있는데 일본에서만은 팁을 받지 않았다.

저녁에 동네에 있는 마켓에 들러 필요한 소품들을 한두 개 사는 재미도 쏠쏠했다. 동네를 걷다가 작은 가게에서 과일과 간식거리를 사고, 북 치며 행진하는 거대한 민속행사도 구경했다. 골프 후의 온천욕이 일품이었다. 우리나라 사우나는 섭씨 43도가 되어 살이 따가울 정도여야

만족하는데, 일본 온천은 순하게 따듯한 온도이지만 온천욕만으로도 피로가 말끔히 풀린다. 클럽하우스 골프숍을 한국인 교포부부가 운영했다. 내 나라 사람이어서인지 더욱 친근감이 느껴졌다. 작은 티 꽃이 하나도 아기자기하게 만들어 쇼핑이 즐거웠다.

이 조용하고 고즈넉한 곳에 지진과 쓰나미가 일어 도시는 파괴되고 그곳에서 쌓아온 추억까지도 앗아간 듯했다. 그곳에 사는 우리나라 사람들은 타격이 얼마나 클까. 삶의 터전을 잃고 절망에 빠져 있을 현지인들의 고통도 마음 아프다. 천재지변 앞에 미약한 인간의 존재가 한없이 초라하게 느껴졌다. 이 환란이 있기 불과 얼마 전, 남편 후배 내외와 공을 치던 중 무서운 공포를 경험했다. 라운딩 중반쯤 티샷하려고 서 있는데 갑자기 발바닥 밑으로 뱀이 지나가듯 꿈틀댔다. 전율과 공포감이 전류에 감전된 듯했다. 비명을 지르며 비켜섰지만 흔들림은 계속되었고 무서웠다. 평생 처음 느끼는 이상스런 공포감이었다. 남편과 후배의 굳은 표정이 잊히질 않는다. 리듬이 깨져 공이 맞질 않았다.

그 일이 있고 얼마 후에 대참사가 일어난 것이다. 이미 땅속에서 용트림이 진행되고 있었던 것이리라. 다행히 골프장은 화를 면했다고 한다. 발밑의 꿈틀거림에 떨었던 공포가 잊히지 않지만 고즈넉하고 평화롭던 후쿠시마가 나는 그립다. 사고 후 8년이 흘렀으니 괜찮겠지 싶어 후배네와 가보려고 비행기 표를 샀다가 가족들의 맹렬한 반대로 취소할 수밖에 없었다. 후쿠시마가 예전 모습을 되찾아갈 날이 오기를 손꼽아 기원한다.

# 고국이 그리운 친구들

　LA공항에 내려서 입국수속을 마치고 나오니 보고 싶던 아들 내외와 손주손녀 등 그립던 얼굴들이 눈에 가득 들어왔다. 2011년 아들 가족이 샌디에이고로 온 지 일 년여 만이었다. 샌디에이고 집에 도착하니 꿈만 같았다. 이 동네는 아이들 키우기에 적합한 밝고 안전한 주택단지였다. 화단에 가꾸어놓은 형형색색의 꽃들은 맑은 햇빛과 깨끗한 공기로 그 색깔이 선명했다.

　아침저녁으로 산책을 했다. 샌디에이고의 6월은 꽃과 하늘의 구름, 바람과 공기와 온도가 가장 좋은 때다. 본래 사막이었던 곳을 인공으로 만들어놓은 도시가 이렇게 풍요롭고 아름다울 수 있다는 것이 믿기지 않았다. 방과 후에 아이들이 단지 안에서 마음껏 뛰어놀 수 있는 환경이었다. 우리 아이들도 그곳에서 수영, 롤러스케이트, 농구, 축구 등을 했다. 과외로부터의 해방된 아이들의 모습은 속이 뻥 뚫리는 듯 후련했다. 지금도 할아버지와 손주들이 다이빙과 잠수를 하며 수영장에서 즐겁게 놀던 모습이 선하다.

초등학생인 손주손녀의 학교 갈 준비를 해놓고 새벽 일찍 우리 내외와 며느리는 골프장으로 라운딩을 하러 나갔다. 애들 때문에 운동을 할 수 없는 며느리에게 기회를 만들어주기 위한 계획이었다. 출근하는 아들이 아이들을 학교에 데려다주었고 라운딩을 일찍 끝낸 며느리가 아이들을 데리러 갔다. 주말엔 아들과 라운딩을 했다.

사업과 고등학생 아들들의 공부 때문에 미국에 나와 있는 사촌 시동생도 한 동네에 살고 있었다. 시동생 내외와 시동생 친구와도 운동을 같이 했다. 샌디에이고 교육부에 근무하는 시동생의 미국인 친구는 나이가 우리 남편과 비슷했다. 조그마한 체격인 나와 라운딩하는 것이 재미있고 좋았던지 내가 스윙을 할 때마다 '뷰티플'을 연발하였다. 시동생에게 미국인 친구는 우리와 함께 차를 마시자, 식사를 하자며 초대를 거듭했지만, 형님 눈치가 보인 시동생이 혹시 형님이 불편할까 눈치를 살피며 거절하는 재미있는 해프닝도 있었다. 시동생은 우리가 머무는 동안 당신 어머니를 모셔와 즐거운 시간들을 함께 보냈다. 외국에서의 가족모임은 유난히 따뜻하고 오붓한 시간이었다.

손주들이 방학하기 전에 여행을 다녀오라며 아들이 주선했다. 샌프란시스코와 요세미티국립공원 등으로 며칠간 여행을 하였다. 금문교와 웅장한 대자연에 감탄이 절로 났다. 여행 중에 샌디에이고에서 온 우리와 같은 연배의 교민들과 인사를 나누었는데 네 쌍의 부부였다. 40년 넘게 샌디에이고에 살면서 나름 성공한 사람들이었다. 자녀들은 독립해서 일가를 이루었고 그들은 여행과 골프로 노년을 여유롭게 보냈다. 아무리 성공을 하였어도 고국을 떠나 사는 사람들은 고향에의 그리움과 채울 수 없는 진한 향수를 품고 사는 것 같았다. 우리 부부를 얼마나 반가워하고 좋아하는지 안쓰러울 정도였다. 우리에게서 고향 냄새라도 났던 것일까.

샌프란시스코 여행을 다녀온 후로 차례로 자기들 집에 초대하여 맛있는 음식솜씨를 자랑했고 사는 모습도 서슴없이 보여주었다. 자기들이 다니는 골프장으로 초대해서 라운딩도 즐겼다. 그들만 아는 유명 쇼핑센터도 안내하고 함께 즐길거리를 만들면서 오랜만에 만난 고향 친구를 대하듯 정성을 기울였다. 우리 아들이 맛있는 저녁식사를 대접하자 엄청 좋아하며, 대견해하는 것이 민망할 정도였다. 큰아버지가 반듯한 조카를 자랑스러워하듯 가슴이 따뜻했다. 우리는 여기서 뜻하지 않게 고국이 그리운 또래 친구들을 만나 두어 달 즐겁게 지내며 따뜻한 우정을 쌓았다. 40년 전에 헤어진 옛 친구를 만난 듯했다.

어찌 이런 순박하고 따뜻한 친구들을 만나게 되었을까. 그들은 우리 아들에게 자기네 동네로 이사 오라고 계속해서 설득했다. 자기네 동네는 집값도 싸고 한국 사람도 많고 생활권도 좋다면서 엄마아빠를 한국 못 가시게 붙들고 여기서 사시게 하라며 강권했다. 우리에게도 귀국하지 말라며 자기들과 어울려 함께 살자고 했다. 너무나 정겹고 따뜻한 마음들이었다.

자녀들과의 생활도 즐거웠다. 유명한 맛집을 찾고 좋은 구경거리를 찾아다녔고 손주들 하고 길에 함께 들어가려고 학교에서 기다리기도 했다. 라호야비치 바닷가 바위 위에 햇볕을 쬐러 나와 있는 물개 무리들이 앙증맞았다. 꺼어억 꺼어억. 물개 울음소리가 해변가에 울려 퍼졌다. 갈매기와 펠리컨의 모습 또한 아름다웠다. 저녁나절 맑고 파란 하늘 위로 날아드는 평화스러운 열기구들, 손에 잡힐 듯 낮게 날기도 하고 까마득히 높게 나는 것을 보면서 내 마음도 두둥실 떠올랐다.

아이들이 방학을 해서 라스베이거스 여행을 떠났다. 모하비사막을 거쳐 끝도 없이 달려간 곳은 화려함의 도시 라스베이거스. 할아버지와 손주가 함께 동심으로 돌아갔다. 호텔 수영장에서 수영도 하고 파친코와 게임을 하며 맛집을 찾아가 식도락도 즐겼다. 며느리가 힘이 많이 들었을 터이다. 며느리는 작심한 듯 정성을 다해 즐겁게 대접했다. 두 달 동안 한집에서 부모님을 모시는 일은 분명히 쉽지 않은 일이었다. 거기다 날마다 동행하며 운동까지 함께 해주었다. 돌아보니 며느리에게 효도할 좋은 시간이 주어졌던 건 축복이었다. 이젠 효도하고 싶어도 아버지는 그들 곁을 떠나고 안 계시질 않는가.

샌디에이고의 순박하고 정답던 친구들이 그립고 보고 싶다. 그들도 많이 늙었겠지. 파란 하늘이 티 없이 맑고 온갖 꽃들이 만발한 곳, 아름다운 샌디에이고 친구들이 언제까지나 건강하고 행복하길 기원하며, 짧았지만 정겹고 순박하게 쌓은 우정을 영원히 기억할 것이다.

# 말레이 소녀와 원숭이 가족

　만발한 꽃잔치 속에서 망고 꽃향기에 취해 있는 이곳은 말레이시아의 공군 전용 블랙포레스트 골프장이다. 우리 부부는 2012년 겨울을 이곳에서 나려고 1월 5일부터 3월 5일까지 두 달을 예약하고 왔다. 말레이시아 최북단인 이곳은 태국 최남단과 붙어 있는 국경지대다. 국경선의 한계는 한 발자국 차이다. 한 발자국만 넘으면 한 시간의 시차가 나고 화폐, 문화가 갈리고 언어가 달라진다. 이 엄정하고 냉정한 현실에 엄숙하고 무서운 기분마저 든다. 하지만 짜릿한 긴장감은 묘한 즐거움을 건네준다.

　우리 팀의 숙소가 태국에 있어서 골프장을 오고갈 때마다 국경을 통과해야만 했다. 길게 한 줄로 서서 국경검문을 하는데, 이집트나 동유럽, 코카서스를 여행 때와 같은 느낌이었다. 우리가 탄 자동차는 프리패스였다. 주말과 연휴에는 국경검문소의 체증이 굉장했다. 회교국인 말레이시아에서는 술을 팔게도, 마시지도 못하게 돼 있기 때문에 태국에 가서 휴일을 즐기려는 말레이시아인들이 몰려든 것이다. 그들로 인해 태국은 환락의 도시가 되고 불야성을 이룬다. 우리가 묵는 호텔도 밤새도록 클럽에서 들려오는 소리에 잠들기가 쉽지 않았다.

호텔을 옮길까 했지만 놓치고 싶지 않은 마력이 우리를 붙잡는다. 호텔 옆길에 세워진 전봇대들을 연결하며 길게 설치된 전선줄 위에 해질 녘이면 수천 마리 새들이 새까맣게 몰려와 앉는다. 한 마리씩 날아와 앉나 했는데 새들은 순식간에 날아와 열병식 전열을 갖춘다. 각자의 목청을 돋우어 '오늘도 즐거웠다'고 이야기하는 것만 같았다. 수천 마리가 동시에 합창하니 대규모 오케스트라 연주처럼 장엄했다.

이 골프장은 민간에게 개방되지 않는 군 골프장이어서 색다른 매력이 있었다. 오랜 역사를 지닌 골프장이기도 했다. 아름드리나무들에 핀 꽃은 만발하여 흐드러지고, 대량으로 방출하는 꽃향기는 골프장 안에 가득 찼다. 관리인이나 캐디들도 때 묻지 않고 순수하며 친절했다. 우리를 귀한 손님처럼 대했다.

첫날 라운딩에서 나에게 배정된 캐디의 목소리는 크고 시끄러워 주위를 산만하게 했다. 캐디로서의 자세 또한 거칠었다. 내일은 캐디를 바꿔달라고 요청했다. 다음날 아침에 나가니 어제의 그 아이가 내 골프백을 카트에 싣고 기다리고 있었다. 황당하고 혼란스러웠다. 매니저가 변명했다.

"어제 분명히 조처했습니다. 아침에 나와 보니 자기 마음대로 저러고 있어요. 더 말리면 상처가 클 텐데요."

난감했지만 어쩔 수 없이 하루를 더 지냈다. 그런데 첫날과 다르게 조용했고 캐디로서의 실력도 매우 뛰어났다. 소녀는 이 골프장에서 유일한 중학교 졸업생으로 캐디들에게 영향력 있는 모범생이고 부러움을 사는 아이였다. 이런 이유로 캐디들 세계에서 세력을 휘두르던 버릇이 내 눈에 곱지 않게 보였던가 보다. 총명하니까 내가 싫어하는 것을 고치고 내 캐디로 나선 것이다. 캐디를 하는 친언니를 데려와서 남편의 캐디로 교체하고 자매가 우리 부부의 캐디를 하면서 두 달 동안 우리 부부도 그들 자매도 행복했다.

그 아이가 말하기를 첫날 나를 만났을 때 너무 좋아서 자기가 꼭 찍었다고 했다. 웬일인지 나를 엄청 좋아했다. 시끄럽게 떠드는 자기에게 손가락을 세워 입술을 가리며 주의줄 때 그 교양과 품위에 반했다면서 내가 무엇을 싫어하는지 알고 완전히 고쳤다고 했다. 캐디 자매와 우리 부부는 날마다 가족처럼 즐겁게 지냈고 그들에게 넘치도록 섬김을 받았다. 내가 친 공이 잘 맞으면 온 골프장이 떠내려가도록 '굿샷'을 외쳐주었다. 타수가 잘 나오면 친구 캐디들에게 장한 표정으로 자랑하고 다녔다. 날마다 맛있는 음식을 가져와서 대접했다. 귀국할 때 그들에게서 받은 선물을 지금도 소중하게 간직하고 있다. 가끔 해맑고 순수한 소녀를 생각하면 기분이 좋아진다.

이곳엔 많은 원숭이들이 살고 있다. 이들은 카트 위에 놓인 간식을 가져가는 것은 물론이고 심지어 안경이나 모자도 예사로 집어간다. 자그마치 수십 마리나 되는 군단이 한바탕 난리를 치고 지나가면 얼마 동안 정신을 차릴 수 없다. 늙수그레한 대장을 선두로 크고 작은 새끼들까지 섞어서 재빠르게 뛰고 기어오르고 달리면서, 온갖 번잡을 떨고 사라진다. 이들을 생각하고 먹을거리를 준비해서 주었더니 대장 혼자서 배가 터지도록 독식을 한다. 괘씸한 마음에 통제를 하고 골고루 먹도록 배분해주었다.

어느 날 티샷을 하고 공을 향해 남편과 걸어가는데 그 사이에 원숭이 떼가 한바탕 소란을 떨며 지나갔다. 공이 떨어진 자리에 가보니 공이 보이지 않았다. 아무리 찾아도 소용없었다. 원숭이들이 지나가면서 가져갔든가 어디 던져서 못 찾게 한 것이 분명해 보였다. 그 순간 나무 위를 보니 대장원숭이가 떡 하고 버티고 앉아 우리를 내려다보고 있었다. 공을 찾느라 쩔쩔 매는 나를 약 올리듯 느긋하니 내려다보았다.

"네, 이놈. 내 공 내놔. 빨간 공 어쨌어?"

대장원숭이가 슬금슬금 퇴장하는 걸 보아 감춘 것이 확실해 보였다.

원숭이들의 재롱을 보며 시간가는 줄 모르고 지내다보니 두 달이 후다닥 지났다. 내일이면 귀국하는데 오늘 못 만나면 섭섭해 어쩌나 하며 먹을거리를 많이 준비했다. 텔레파시가 통했는지 원숭이 가족이 모두 나왔다. 대장을 위시해 총출동한 대가족, 그들에게 파티를 열어줬다. 그야말로 오두방정을 떠는 원숭이 재롱잔치였다. 서로 잡고 싸우고, 뒹굴고 뛰고, 나무 위로 기어오르고 내리고, 다른 날보다 훨씬 오랜 시간을 머물며 갖은 재롱으로 우리를 즐겁게 해주고 돌아갔다. 제대로 된 송별 파티였다. 우리가 그들 가족의 면면을 기억하듯이 그들도 우리를 기억하려는 의도였으리라.

　원숭이 대가족과의 아름다운 교제와 순박하고 총명한 말레이 소녀의 배려는 귀한 감동이었다. 사랑은 국적이나 연령은 물론, 동물하고도 통하는 것 같았다. 총명한 말레이 소녀와 원숭이 가족들이여, 그대들에게도 축복을.

# 북해도의 은여우와 골프공

　나의 70세 생일인 2013년 6월 초순, 우리 부부와 후배 부부는 골프 가방을 메고 북해도로 향했다. 북해도는 일본에서 두 번째로 큰 섬이다. 본래는 본토 일본과 다른 아이누족이 거주했었으나 메이지시대 이후로 본토인들이 대거 이주해 살고 있다. 일본 최북단에 위치했고 연평균 290㎝의 눈이 내리는 설국이다. 영화 〈러브레터〉의 촬영지로도 유명하다. 자동차를 타고 가다보면 전봇대 같은 폴대들이 길 따라 양옆으로 세워져 있는데 눈이 몇 미터가 쌓이는지를 계측하고, 눈으로 온 세상이 다 덮여 방향을 알 수 없을 때 이정표 역할을 하는 표시판이었다. 스카이라인까지 알아볼 수 없도록 모두 눈으로 덮여버릴 때도 있다고 했다.

　북해도는 냉성기후로 여름엔 시원하고 겨울엔 설국이기 때문에 여름도, 겨울도 최고의 여행지로 알려졌다. 이곳은 조부모로부터 어린 손주들까지 함께 즐길 수 있는 시설이 모두 갖춰진 최고의 대규모 휴양지이다. 골프장과 스키장은 물론 볼거리나 먹거리가 다양하게 넘쳐났다.

특히 해산물이 풍성하여 맛있는 게를 실컷 먹을 수 있다. 일본 본토 사람들도 평소에 마음놓고 먹지 못하는 게와 생선회를 먹기 위해 이곳을 찾는다고 한다. 도쿄에 사는 내 친구도 가족들과 일 년에 두어 번 북해도를 여행하며 마음껏 식도락을 즐긴다고 했다. 우리들도 원 없이 며칠 동안 생선과 게 요리를 맛볼 수 있었다.

전설과 같은 북해도, 삿포로의 은여우에 대한 소문을 들은 적이 있다. 아름답기 이를 데 없는 귀한 자태를 가진 은여우가 삿포로의 명물이라는 소문이었다. 그냥 전설이려니 하고 귓등으로 흘려 넘겼다. 그날은 우리 부부만 공을 치고 있었다. 5번 홀에서 티샷을 하고 다음 샷을 치려고 남편과 걸어가고 있는데 내 눈을 의심할 사건이 일어났다. 골프장 저만치에 난데없이 은여우가 나타났다. 여우를 실제로 본 적이 없는데도 한눈에 은여우라는 것을 알 수 있었다. 꿈인가 싶어 눈을 비벼보았다. 다시 보아도 분명한 은여우가 우리 쪽을 향해 다가오고 있질 않은가. 너무 놀랍고 당황해서 허둥거렸다. 겁도 났고 무섭기도 했다. 덤비면 어쩌나 싶었다.

"여보, 어떡해, 어떡해요?"

"그냥 천천히 걸어가요. 허둥대지 말고 침착하게."

나는 발걸음을 남편에 맞춰 움직이며 스마트폰을 꺼내서 사진을 찍기 시작했다.

그런데 마치 귀한 손님을 맞이하러 나온 것처럼 은여우는 천천히 다가와 우리와 적당한 거리를 두고 걸음을 멈추더니 그 자리에 앉았다.

숙련된 모델처럼 세련되게 여러 포즈를 취해주었다. 여우의 자태가 정말 아름다웠다. 조마조마하고 겁도 났으나 너무나도 신기하여 근접 촬영이 가능하도록 접근해보았다. 온순하고 선량한 눈빛을 보며 점점 마음이 놓였다. 내가 여러 컷의 사진을 찍는 동안 남편은 쿠키를 대접했고 은여우는 맛있게 먹어주었다. 상당한 시간을 가까이에서 함께 놀아주고는 유유히 왔던 길로 되돌아가는 은여우. 꿈을 꾼 듯 신기루를 본 듯, 한 편의 동화 같은 일이 펼쳐졌다.

이 은여우는 인간과 더불어 사는 맛을 알았고 야생 은여우임을 거의 잊은 채 인간 세상의 달콤하고 편리함에 빠져버린 듯했다. 머리부터 허리까지 흐르는 늘씬한 선은 우아하고 빼어난 자태였다. 잘 생긴 이목구비, 선한 눈빛, 날씬한 허리에 탐스러운 꼬리. 눈부시게 긴 흰 털은 아름다운 삿포로의 명물, 은여우임을 증명했다. 길게 비스듬히 앉은 포즈는 자기의 가장 자랑스럽고 아름다운 모습일 터였다. 여우는 우리에게 맘껏 포즈를 취했다.

어떤 포즈를 취해도 멋지기는 마찬가지였다. 『어린왕자』를 읽으며 상상으로 느꼈던 사막여우보다도, 책에서 보았던 여우와도 거리가 먼 아름다운 삿포로의 은여우였다. 그런데 은여우는 인간 세상을 동경하지만 자신의 세계를 벗어나 인간이 될 수 없음을 느껴서일까. 아니면 야생으로부터 멀어진 자신의 모습이 슬퍼서일까. 그 눈이 우수에 차보였다. 친근하고 기적 같은 만남은 기쁨이지만 야성이 사라진 은여우는 측은해보였다.

"하얀 설국에 사는 삿포로 루스츠의 은여우야, 우리를 환영해주고 함께 놀아줘서 고맙고 행복했어. 귀한 추억 영원토록 기억할게. 누구나 현재의 삶은 또 다른 축복과 의미가 있지 않겠니."

일본 골프장은 깔끔하게 관리가 잘되었고 코스도 아기자기했다. 긴 겨울 동안 두꺼운 눈으로 덮여 있던 잔디는 유난히 폭신했다. 재미있는 일 하나가 더 생각난다. 이 나라 사람들은 공을 많이 잃고 잃은 공을 찾지 않아서인지 못 찾는 것인지 라운딩 중에 사방에 공이 떨어져 종종 우리 공 옆에 예쁜 공이 기다리고 있곤 했다. 골퍼들은 그런 경우에 내 공이 '새끼쳤다'라며 엄청 좋아하고 귀국할 때는 식구가 늘어서 가방이 빵빵해졌다.

내 남편은 공이 연못에 빠지면 기다란 뜰채로 끝까지 자기 공을 건져내는 사람이었다. 공 낚시의 대가인 선배로부터 기술을 전수받아 대를 이어 공 낚시꾼이 되었다. 연못이 있는 홀에서는 다른 사람이 공을 칠 동안 낚시에 몰입했다. 컬러 볼이나 새 공을 건지면 내게 보여주며 자랑스러워했다. 보너스로 취미생활의 즐거움까지 누렸다. 라운딩 끝나고 저녁이면 남편은 수확한 공을 깨끗이 닦아서 상 위에 줄 세워놓았다. 공에 빨강 하트를 그려넣고 내게 줄 때, 남편의 행복감은 최고점에 이른다. 남편의 행복한 표정 위로 멋진 포즈를 취해줬던 우아한 은여우의 모습이 오버랩 되었다.

# 역사와 문화의 도시 핏사눌룩

　쾌적한 기온과 완벽한 문화시설을 갖춘 태국 중북부에 있는 핏사눌룩에서 우리는 2014년 한겨울을 지냈다. 태국의 네 번째로 큰 대도시임을 과시하듯 규모가 야무졌다. 종합병원, 백화점, 쇼핑센터들이 여럿 있고 격조 있는 호텔과 각종 편의시설이 잘 갖춰져 있다. 한국여행사의 발걸음이 닿지 않아서인지 한국인을 대하는 태도에 때가 묻지 않아 신선한 느낌을 주었다.

　시내와 동떨어진 산속의 골프장은 골프 외에는 다른 문화와 접할 수가 없어 갑갑하다. 하지만 이곳은 골프장이 시내에 있어서 편리했다. 태국의 제2북부 휴양도시로 유명한 치앙마이와 비슷해 친근하게 정감이 가는 도시이다. 치앙마이는 이미 잘 알려져 있고 방콕 다음으로 큰 도시인만큼 화려한 분위기인데, 이 도시는 삶에 불편이 없을 만큼 문화시설이 갖춰져 있고 깊은 역사도 간직하고 있어 고풍스러운 느낌마저 든다.

유서 깊은 동푸커드 골프장은 호텔에서 가까운 곳에 있다. 골프장의 역사가 오래된 곳이라 나무들이 엄청나게 우람하다. 꽃들이 피었다가 낙화할 때가 되면 나무 밑은 화려한 꽃잎 양탄자를 깔아놓은 듯하다. 만개했을 때와 달리 꽃이 떨어져 쌓인 꽃밭은 또 다른 볼거리가 된다. 나무마다 모양도 색깔도 다른 꽃들이 피어 자신의 존재를 뽐낸다. 꽃들의 유혹에 빠져 골프는 치는 둥 마는 둥이다. 지금은 망고 꽃이 한창이라 거대한 망고나무에서 풍기는 달착지근한 망고 향에 취한다. 연못마다 온갖 색깔로 가득 피어난 수련은 깊은 연륜을 느끼게 한다. 역설적이게도 그 예쁜 연못 덕분에 셀 수 없을 만큼 많은 공을 빠뜨릴 수밖에 없었다.

아침에 티박스 앞에 서면 앞쪽 나뭇가지 사이로 쟁반만한 태양이 떠오른다. 타는 듯한 열기는 주위를 태울 듯하다. 운동을 끝내고 마지막 홀에 섰을 때 나뭇가지 사이로 보이는 일몰은 그야말로 장관이다. 힘차고 씩씩한 일출보다 식어가고 사위는 일몰의 아름다움이 내 가슴과 망막 속에 오래도록 남아 있다. 날마다 뜨고 지는 해를 보면서 쳇바퀴를 타고 도는 다람쥐처럼 시작과 마무리, 알파와 오메가를 실감나게 체험하는 삶의 현장에 와 있다는 것이 믿기지 않는다.

이곳에는 여러 유서 깊은 박물관과 호텔 바로 옆의 개인소장 박물관이 있다. 내용이 꽉 찬 박물관으로 개인 소유라기에는 규모가 상당히 컸다. 농본국인 태국은 우리 옛날 농기구와 생활도구들을 그대로 옮겨놓은 듯하다. 삶의 역사를 보니 인간들의 삶이란 동서고금 다를 바 없고 모두 같은 궤도를 돈다는 진리를 새삼 느낀다. 친근감이 들었다.

특히 시선을 끄는 것은 여학교 무용시간에 배웠던 남방 춤이란 제목의 민속무 사진이었다. 춤은 언제 어디서나 통하는 몸의 언어란 생각과 함께 반갑기 그지없었다. 무용시간에 깔깔대며 신기한 춤동작을 익히느라 번잡을 떨었던 장면이 어제 일인 듯 떠올랐다. 엄지와 가운데 손가락을 맞붙이고 팔은 양옆으로 편 후 목만 좌우로 움직이는 동작이었다. 생각대로 잘 되지 않아 쉬는 시간만 되면 모두들 목을 움직이는 연습을 했다. 최초로 성공한 친구에게 우리는 박수를 치며 축하해주었다.

첫 여행을 나섰다. 유네스코가 지정한 태국 첫 왕조인 스쿼타이왕국의 고궁을 돌아보았다. 웅장하고 아름다운 석조 건축물인 고궁은 흥왕했던 왕조의 위용을 드러내고 있었다. 이끼가 끼고 또 끼어서 두꺼운 층을 만들어 석조 건물을 싸고 있는 고색창연한 고궁이었다. 부서진 곳도 허물어진 곳도 전혀 손대지 않아 일천 년 역사를 드러내며, 찬란했던 왕조의 흥망성쇠가 겹겹이 쌓여 이끼 속에 간직된 모습이었다. 번성했던 왕조의 영화가 짐작이 되는 호화로움이 천 년 세월을 무색하게 만들었다. 수많은 석조 조각품들의 정교함이 천 년 전의 작품임을 잊게 한다. 여인의 우아하고 요염한 몸의 선과 몸짓, 잔잔한 미소에서 눈을 뗄 수 없는 매력이 뿜어나온다.

불교국가 태국은 어느 도시이든 곳곳에 절이 있다. 아름다운 꽃들과 정갈한 경내는 언제 누구에게나 공개되어 있다. 우리나라와 같이 엄숙하고 경건하지만 적막함은 느낄 수 없다. 불교에서는 출가수행자가 무

소유계를 실천하기 위해 탁발을 한다. 이른 아침 스님들은 음식 담을 그릇을 들고 민중이 있는 거리로 나선다. 태국인들은 어디에서든지 스님을 정성으로 공양한다. 시민들은 아침이면 비로 길을 쓸어 깨끗이 청소를 해놓는다. 승려들의 아침 탁발시간에는 거리가 온통 황금빛 승복으로 채워진다. 한 사람씩 다니는 것이 아니고 한 줄로 길게 움직인다. 아침을 알리는 시작이었다.

우리 부부는 오전에는 운동을 하고 오후에는 걸어서 시내 구경을 했다. 백화점, 맛집, 박물관, 재래시장, 마사지숍을 찾아다녔다. 현지인들과의 태국어 소통이 우릴 자유롭게 하였다. 새벽시장은 언제나 생기가 넘쳤다. 외국인이 새벽 도매시장엘 나오니 상인들이 신기한 듯 친절하게 대해주었다. 걸어서 구경을 다니다보면 귀한 볼거리를 만나기도 했다. 어느 날 귀여운 빨강꽃을 찍고 호텔에 돌아와 보다가 깜짝 놀랐다. 사진 속에 꽃은 고양이 얼굴을 한 꽃들이 아닌가. 노랑꽃을 찍은 것은 십자군 깃발 모양의 꽃이었다. 나중에 식물도감에 보니 모두 희귀종들이었다.

태국의 많은 도시들을 다니며 골프장을 섭렵했지만 핏사눌룩이 품격 있어 보이는 것은 역사와 문화가 공존하기 때문이었다. 그 점이 제일 마음에 들었다. 아름답고 품격 높은 핏사눌룩이 그 매력과 순수함을 잃지 않기를 바란다.

# 실버골퍼의 아방궁 리버콰이

인생 후반부, 정확히 말해 2000년도, 남편이 정년퇴직을 하면서 둘이 함께하는 골프는 즐겁고 뜻 깊었다. 두 사람 중 한 사람이 싫어하면 취미생활을 함께 즐길 수가 없는데 우리는 골프를 좋아해서 라운딩하는 날 외에는 거의 날마다 연습장에 가고 사우나를 하고 집으로 돌아온다. 부부가 같은 취미와 운동을 한다는 것은 흔치 않은 일이어서 골프를 함께하는 남편이 있어 나에게는 마음이 든든하다. 하나둘 친구들이 떠나도 노년까지 변함없이 든든한 동반자로 옆에 있을 것이기 때문이다. 우리는 코리아, 골드CC 회원이라 같은 회원인 김 장로님 내외와, 나의 대학선배들과 일주일에 한번은 뭉쳤다. 남편 친구들과 직장모임의 월례회 때 빈자리가 생기면 내가 '땜빵 1호'가 돼서 가끔 남자들 틈에서 공을 치기도 했다.

얼마 지나지 않아 외국으로 원정 라운딩을 나가기 시작했다. 주로 동남아의 골프장과 장기 사용권을 계약하고 한국업자들이 한국 사람을 모으는 식이었다. 보통 일주일에서 보름 정도가 최대 사용일수였다. 국내 그린피가 워낙 비싸다보니 일본, 중국, 동남아로 골프를 치러 나가는 사람들이 꾸준히 늘어났다. 시행착오를 거치며 안정이 되고 골프 인구가 늘면서 해외 골프 사업들이 탄탄하게 자리를 잡아가게 되었다.

2000년 초, 태국의 치앙마이 교민 친구들 곁에서 몇 년을 현지인같이 생활했다. 집을 얻고 자동차를 구하고 살림도 했다. 친구들이 갖고 있는 골프장 회원권을 구입해 일주일에 네댓 번씩 골프를 쳤다. 남자들끼리 내기를 하고 여자들끼리 친교하며 운동했다. 처음에는 텃세라 생각하고 우리 남편이 내기 골프에 세금을 많이 바쳤다. 우리나라 사람들은 시원할 때 공을 치는데 이들은 한참 뜨거운 대낮에 라운딩을 했다. 교민 친구들은 더운 나라 사람들이 다 돼서 시원한 아침이 아닌 뜨거운 한낮에 공 치는 것을 좋아했다. 이들과 함께 놀자니 고역이었다.

해외 골프 사업의 경향은 사용자들의 구미에 맞게 점점 발전해서 이제는 밥을 해먹으며 살림하지 않아도, 거처와 식사와 골프 모두를 한자리에서 해결할 수 있는 편리한 구조로 변했다. 국내에서도 노부부가 살림하기 버겁고 힘들면 실버타운에 들어간다. 실버골퍼들이 국내 실버타운보다 동남아의 회원권 하나를 구입하면, 상쾌한 청정공기 속에서 골프까지 칠 수 있으니 금상첨화인 셈이다. 해외에 나와서 한 달 이상이 되면 국내 의료보험료가 면제된다. 골프가 목적이 아니더라도 회복기나 휴양을 해야 할 환자들에게는 큰 도움을 받는다 한다. 가히 실버골퍼들의 천국인 것이다.

태국 방콕의 스완나폼 국제공항에서 서쪽으로 130㎞ 지점에 칸차나부리가 있고 이 지역을 관통해 흐르는 콰이강에 콰이강 다리가 있다. 영화의 배경이 되었던 죽음의 철길은 아직도 우리에게 강하게 기억된다. 여기서 한 시간쯤 더 들어가는 곳에 해발 200m쯤 되는 야트막한 산허리에 내가 묵고 있는 리버콰이 컨트리클럽이 있다. 콰이강 연안인 이 부근 많은 골프장 중 한 곳이다. 태국사람이 운영하는 회원제 골프장들이 주로 많지만 한국업자가 맡아서 한국사람 전용으로 운영하는 골프장도 여러 곳이다.

이곳에 있는 동안은 세상과 완전히 분리된 별세계다. 세상일을 잊고 살면서 회원들끼리 한솥밥을 먹으며 날마다 함께 생활하다 보니 이웃 사촌처럼 친근해져서 만나면 즐겁고 다정한 친구가 된다. 나이 들면서 경제나 건강 때문에 함께 골프를 칠 친구가 줄어든다. 그러나 이곳에 있는 동안에는 하는 일이 골프 치는 일뿐이다. 돌아가며 부킹하고 즐겁게 라운딩할 수 있고, 몸이 아플 때는 내 가족처럼 서로 돕는다. 이곳 골프클럽은 골퍼들에겐 국내 실버타운보다 훨씬 좋은 여건을 갖추고 있다. 한국 사람들만 있으니 식사가 한국사람 입맛에 맞게 관리되기 때문에 장기 투숙에도 전혀 문제가 없다. 거기에다 자동차로 이동하지 않고도 날마다 골프를 치고, 쉬고 싶으면 초원을 산책만 해도 좋다.

골프장 안에 교회가 있어 신앙생활의 리듬이 깨지질 않는다. 가톨릭은 토요일 오후에 미사를 드리고 개신교는 주일 오후에 예배를 드린다. 예배와 성도 간의 교제는 장기적인 외국생활의 외로움을 채워주어 큰 의지가 된다. 일주일에 한번은 백화점으로 나가서 외식도 하고 필요한 것도 구입한다. 재래시장에서 과일 등 생필품을 사고 온천에 다녀오기도 한다. 때로는 발에 붙어 있는 각질을 뜯어먹는 닥터피시가 있는 폭포온천을 가고, 콰이강 수상식당에서 저녁식사도 한다. 코끼리트레킹도 하나의 재미이다. 운동하고 난 후에 마사지를 받으면 뭉쳐진 근육들이 휴식을 얻는다.

　힘 좋을 때 분주했던 20여 년의 골프장 유람을 끝내고 끝으로 실버골퍼들의 안식처인 이곳, 리버콰이 컨트리클럽에 안주하게 되었다. 결코 사치스럽지도 비용이 많이 들지도 않지만, 가히 중국 진나라 시황제가 세운 아방궁에 견줄 만하다는 생각이 든다. 각기 다른 인생살이의 경로를 거쳐왔지만 이제는 경제적이고 편리한 실버타운 골프장에서 안주하는 평준화된 노년 골퍼들을 바라보며, 그들 모습에서 나의 노년을 바라보게 된다.

# 태백 오투리조트와 무릉과수원

강원도 정선을 지나서 함백산 줄기, 태백에 오투 골프장과 리조트와 스키장이 있다. 옛날에 석탄을 캐던 광산 자리에 만들어졌다. 2009년 1월 회원권을 판매한다는 어떤 이의 구입 권고를 받았다. 태백관광개발공사 이름으로 태백시에서 하는 사업이라 망할 리 없으니 안심하고 구입하라고 설득했다. 마침 남편 후배 내외와 함께 이웃나라로 골프여행을 다니던 시점이라 의기투합했다. 태백을 갈 때는 우리 차를 후배 집 주차장에 넣어두고 후배 차에 짐을 꼭꼭 눌러 싣고 태백으로 향했다. 2009년 4월부터 봄과 가을에 매달 4박 5일씩 머물렀지만 형편에 따라 체류일자가 늘기도 줄기도 했다.

콘도는 두 집이 따로 쓰지 않고 큰 평수 하나를 택해서 함께 지냈다. 화장실 딸린 큰방과 밖의 화장실을 쓰는 작은방으로 두 집이 쓸 수는 있다. 하지만 한 가지 안 좋은 점은 작은방에 창이 없어 좀 답답하다는 것이다. 야맹증이 있는 나는 어두운 곳에서는 감당하기 어려울 정도로 겁이 많다. 창 없는 작은방을 쓸 수 없다는 것을 알고, 후배네가 흔쾌히 큰방을 양보해주었다. 후배 내외인들 왜 답답지 않겠는가. 나를 배려해 무조건 양보해준 그들의 마음이 고마웠다. 이런 점 빼고는 함께 지내는 데에 문제가 없었다.

라운딩 끝내고 들어오면서 장봐온 식재료를 여자들이 손질하고 음식을 만드는 동안 남자들은 TV를 보며 세상에서 가장 편한 자세로 쉬었다. 매달 일주일 가까운 시간을 한 공간에서 불편 없이 자고 먹고 생활했다. 라운딩하면서, 즐겁기만 할 수 있다는 사실이 믿겨지지 않았다. 동기간끼리도 어려운 일인데 우리는 만 6년의 사랑을 쌓았다. 축복받은 특별한 인연이었다.

함백산 코스 4번 홀은 해발 1,100m에 있다. 함백산 최정상이 1,573m인데 얼마나 높은 곳에 골프장이 있는지 감이 잡힌다. 높은 산속에 있으니 홀 이동시 카트 없이는 불가능하다. 난이도가 심한 코스라서 절대로 싫증날 일은 없다. 오히려 칠 때마다 긴장해야 한다.

후배와 우리는 겨울과 여름을 피해서 외국에서 지내기 때문에 태백의 시원한 여름을 한번도 겪어보지 못해 아쉬웠던 참이었다. 하늘과 제일 가까운 높은 산꼭대기에 위치한 콘도는 선풍기가 필요 없을 정도로 시원했다. 어느 날 아침 자고 나서 창밖을 내다보니 안개와 구름이 저만큼 콘도 아래로 깔려 있었다. 비행기를 타고 가다가 내려다본 구름바다와 똑같았다.

봄가을로 변화되는 풍경은 어떠한가. 봄에 핀 산수국의 아름다운 색깔은 생전 처음 보는 경이로움이었다. 원래 수국은 토양에 따라 색이 변하는 성질이 있는데 함백산의 특별한 기온과 공기에 적응된 꽃 색깔은, 사바세계에서 한번도 보지 못한 신비하고 아름다운 색이어서 황홀했다. 작은 풀꽃들도 맑은 공기, 온도, 햇빛의 영향을 받아서인지 정말 아름다웠다. 가을의 단풍은 맑고 투명하고 선명했다. 라운딩하면서 눈을 맞추는 곳마다 장관이요, 듣던 대로 파라다이스였다. 맑고 파란 하늘, 상큼한 공기와 바람, 잘 정돈된 푸른 초원의 골프장. 이처럼 아름다운 비경을 주신 창조주께 감사드린다.

우리 네 사람은 라운딩이 끝나면 맛집을 즐겨 찾아다녔다. 한우 생고기집, 정통 옛날 비빔밥집, 묵은지찜, 황태국, 순두부, 곰탕집 등이 우리의 입맛을 즐겁게 해주었다. 어느 비 오는 날 라운딩은 할 수 없고 쉬게 되어서 깊은 산중에 있는 과수원을 찾아갔다. 차가 한 대만 갈 수 있는 좁고 위험한 길을 뚫고 가까스로 도착하니, 무릉도원 별천지가 펼쳐져 있었다. 깊은 산중에 이렇게 큰 과수원이 있으리라고는 상상도 못했다. 나무마다 가지가 찢어질 듯 탐스러운 사과가 매달렸다. 멧돼지의 습격을 막느라 전기가 흐르는 전선이 둘렸다. 전선에 닿은 멧돼지가 그냥 튕겨져 나갈 정도로 강한 전류가 흐른다고 했다.

온도 차이가 심하고 맑은 공기와 강한 햇빛이 특별한 사과 맛을 만드는 것 같았다. 친정아버지의 전문학교 학생시절, 방학에 금강산 여행을 했는데 그곳 산에서 따 드셨던 사과 맛을 아버지는 늘 그리워하셨다. 과연 이 사과 맛이 금강산 사과 맛이 아니었을까 하고 상상해보았다.

사과 하나를 통째로 들고 한 입 크게 깨물었을 때의 아삭함과 사과즙의 조화는 무릉도원의 과수원에서나 누릴 수 있는 맛이었다. 문득 도연명의 무릉도원이 생각났다. 여기는 분명 무릉과수원이라 생각하며 무릉도원의 어부가 좁은 굴속으로 들어갔듯이 조마조마한 마음으로 험로를 빠져나왔다.

리조트는 경영부실로 주인이 바뀌었다. 시설할 때 많은 빚을 졌는데, 스키장 실패로 빚 갚기에 허덕이다가 끝내 두 손을 들게 되었다. 우리는 채권자로서 매입가의 사 분의 일 정도만 보상을 받고 끝을 맺었다. 그동안 애정을 가지고 즐겁게 지낸 것만으로도 경제적 손실은 보상받았다 생각하기로 했다. 하지만 그곳과의 인연이 끊어진 것은 못내 아쉬웠다. 골프장 이별에 때를 맞춰 나의 남편도 운명처럼 하늘나라로 소천해서 내 마음은 더욱 쓰리고 허전했다.

나의 남편은 소천하기 불과 4개월 전에 오투 골프장에서 티샷도 뻥뻥 잘 쳤고 무릉과수원에서 사과도 통째로 들고 맛있게 먹으며 함께 산책했다. 이제는 추억 속의 오투 골프장. 그곳으로 가는 길가에 있는 오투정의 인심 좋은 사장님의 웃는 얼굴과 그릇 넘치게 담아내는 북엇국과, 각양각색의 다알리아 꽃으로 담장을 두른 정감 흐르는 풍경이 그리워진다. 그곳에서 함께 했던 남편과의 생활이 꿈만 같다.

# Part VI

# 산티아고
# 순례길의 동행

나는 성당에서 눈물범벅으로 쓴 남편에게 보내는 편지를 망설임 없이 불에 태웠다. 불꽃과 연기가 하늘로 향할 때, 남편은 할일을 다 하고 홀가분한 마음으로, 훌훌 연기와 함께 서둘러 천국으로 떠나갔다. 잔잔하고 검푸른 수평선에서 불어오는 바람이 허허하게 내 가슴과 몸을 휘감았다. "부엔 카미노!"

# 시베리아 횡단열차를 타다

시베리아 횡단열차는 여행 마니아들의 버킷리스트 순위 안에 꼽힌다. 여정은 러시아의 수도 모스크바로부터 블라디보스토크까지 시베리아를 횡단하는 코스로 지구 둘레의 약 4분의1로 총 9,288㎞이고 세계에서 가장 긴 철도이다. 시베리아 횡단열차는 나의 버킷리스트에도 당연히 들어 있었다. 기차여행에의 설렘과 기대감으로 한껏 부풀었다. 2014년 6월 초순, 7박 8일의 풀코스 여행길을 나서려니 너무 빡빡한 일정이 힘에 부칠 듯하였다. 궁여지책으로 무리 없는 상품을 찾다보니 900㎞를 12시간 달리는 코스가 있어 반가웠다. 기쁜 마음으로 결정했다. 블라디보스토크에서 하바로브스키까지의 여정으로 절친 장로님 내외와 함께 출발했다.

출발역인 동시에 종착역인 블라디보스토크 역사는 고풍스런 외관으로 유럽의 동화 속에 나오는 건물 같아 유럽인 듯 착각할 정도였다. 블라디보스토크에는 러시아정교회의 많은 교회들과 예수승천교회가 있다. 러시아정교회는 그리스도교의 한 파로서 동방정교회의 중핵을 이루는 러시아 자치교회이다. 성전 내부는 화려한 샹들리에와 아름다운 치장이 휘황했다. 지붕은 돔 모양으로 황금으로 빚은 조각 같았고 꼭지에는 도톰하고 짤막한 십자가가 세워졌다. 십자가를 단 황금색 돔의 교회 건물은 러시아의 어느 도시에서나 만날 수 있다. 눈부신 황금빛이 도시 전체를 환하게 비출 듯 찬란하고 신비로웠다.

시베리아 횡단열차의 건설을 적극 추진한 인물은 제정 러시아의 마지막 황제였던 니콜라이2세였다. 블라디보스토크에는 그를 기념하는 개선문과 러시아 해군의 극동사령부가 있는 군항이 있다. 비나 눈이 와도 꺼지지 않는다는 '영원의 불꽃'은 세계 제2차대전 때 참전했다가 돌아오지 못한 병사들의 희생을 기리는 곳이다. 블라디보스토크에서는 어디서나 극한의 자연환경과 동토凍土를 개척하고 지킨, 러시아인들의 조국 사랑과 개척을 향한 열정의 흔적을 찾아볼 수 있다. 대부분이 한국산 중고차와 일제 중고차로 낡은 차량들의 행렬이 이어졌다. 탁한 공기, 웃음기 없는 사람들의 표정이 자주 눈에 들어왔다. 그래도 옛적 소련 시절보다는 훨씬 밝아졌고 부드러워보였다.

블라디보스토크에서 두 시간쯤 가면 러시아 동아시아 중심지 역할을 하는 우수리스크가 있다. 이곳은 일제 강점기 우리나라 독립운동가들이 활동했던 지역이다. 2005년에 세워진 한인이주 140년 기념관인 고려인문화센터와 독립운동가 이상설 선생이 거처했던 유적지도 만날 수 있다. 기념관과 유적지를 돌아보며 어느 여행에서도 느껴보지 못했던 뭉클한 아픔과 감사에 눈시울이 뜨거워졌다. 조국 독립을 위해 눈보라 몰아치는 극한의 추위와 칼날 같은 감시 속에서, 목숨을 내놓고 맹활약했던 선열의 피 끓는 애국심이 가슴으로 전해오는 듯했다.

1937년 고려인들을 일본첩자라고 생각했던 스탈린의 강제이주정책에 따라 고려인 17만 명을 우즈베키스탄과 우슈토베 등 10여 개 마을로 이주시켰다. 블라디보스토크에서 6,500㎞ 떨어진 곳이었다. 사람이 살 수 없는 땅, 허허벌판에서 맹추위를 견디다 못해 2만여 명이 얼어죽었다. 맨손으로 땅을 파고 토굴을 만들어 살아온 그들, 세월이 흘러도 당시 겪었던 고통의 기억이 후대까지 계속 이어지고 있다. 나도 모르게 분노와 슬픔이 북받쳐올랐다. 그러나 지금은 카자흐스탄을 비롯한 각 지역에서 상하의원, 사업가, 의사, 공무원 등으로 각자 주요 역할을 하고 있으며 '고려인은 근면하고 능력 있는 사람들'이라는 평판을 얻고 있다.

블라디보스토크 역에서 횡단열차를 타기 위해 기다리고 있는데 출발시간이 다 되어도 기차는 올 기미가 없었다. 멍청하게 서 있던 현지 가이드가 갑자기 우왕좌왕하더니 플랫폼을 잘못 알았다며 육교를 넘어 건너편 홈으로 가야 한다며 서둘렀다. 70대 노인들이 짐 없이도 건너기 힘든 육교를 커다란 여행가방을 끌고 어떻게 오르내릴 수 있단 말인가. 그것도 숨이 넘어갈 정도로 뛰어가야 겨우 기차를 탈 수 있었다. 잘잘못을 따질 겨를도 없이 일단 기차를 타야 했다. 남편이나 아내를 서로 챙길 여유도 없이 각자 죽을힘을 다해 뛸 수밖에 없었다.

6·25전쟁 때의 참담하고 무서웠던 피난 장면이 겹쳐지며 빠르게 스

처지나간다. 여행가방을 계단으로 끌어올리느라 실랑이를 하다 보니 저 아래에서 주저앉는 권사님 모습이 눈에 들어왔다. 눈앞이 캄캄하게 절망감이 밀려오는데 장로님이 뛰어 내려갔다. 어찌어찌 기차를 타기는 했지만 모두 파김치처럼 늘어져 넋이 나간 듯, 할 말을 잃었다. 그런데 고생은 여기서부터 시작이었다.

기차에 올라 예약된 4인용 객실을 찾아 문을 열고 들어가니 가방 네 개와 네 사람이 겨우 서 있을 만한 비좁은 공간으로 서로 비껴가기조차 어려웠다. 네 사람에게 제공된 좁은 침대만이 각자 쓸 수 있는 공간이었다. 일층 침대 두 칸은 권사님과 내가 쓰고 이층 침대 두 칸은 장로님과 남편이 쓰기로 했다. 어렵사리 짐을 정리하고 창 앞에 놓인 아주 작은 테이블에 앉아서 잠시 담소를 나누고 각자 침실로 들어갔다. 시베리아 횡단열차 여행은 식사시간과 화장실 사용시간 외에는 좁은 침대칸에 있어야 하니 따분하고 답답했다. 화장실 여건도 최악이었다. 내 생애 이렇게 열악한 화장실과 비좁은 기차를 타본 적이 없었다. 예정대로 풀코스로 출발했더라면 큰일날 뻔했다. 짧은 코스로 변경한 것이 불행 중 다행이라 여기며 안도의 숨을 내쉬었다.

마음을 차분히 가라앉히고 느긋하고 여유롭게 시베리아 벌판을 감상하며 가끔 정차하는 역에 내려 이국 풍경을 구경하는 것으로 만족할 수밖에 없었다. 시베리아 횡단열차 여행은 현실세상과 단절된 시공간이라고 보는 것이 맞다. 백 년쯤 뒤로 돌아간 듯 과거로의 회귀여행이었다.

"덜커덩 덜커덩 덜커덩 덜커덩."

끊임없는 기차바퀴 소리에 잠을 자는 것은 불가능했다. 옴짝달싹하기조차 어려운 비좁은 침대에 누워 속삭이듯 이야기하는 것도 힘들었다. 오직 시베리아 벌판을 쉬지 않고 달리는 기차와 반복해 들리는 바퀴소리만이 익숙했다. 내가 지금 어디를 가고 있는지, 그곳에는 왜 가는지도 잊은 채 시베리아 철로 위의 한 점이 되어 마냥 달렸다. 내 영혼과 생각의 모든 것이 오직 바퀴소리에 맡겨진 채로 12시간의 기차여행은 지루하고 피곤하기만 했다. 좁고 밀폐된 공간이 갑갑한 감옥과 진배없었다. 이번 여행에 걸었던 로맨틱한 상상은 낭만과는 너무나 거리가 먼 현실이었다.

하바로브스키에 내렸다. 육 개월 이상의 긴 겨울 동안 맹추위와 눈에 갇혔던 대지는 아직도 예쁜 꽃을 피우지 못하고 오로지 민들레꽃만 여기저기 피어서 우리를 반겼다. 고생스럽고 열악한 기차여행이었지만 애국선열들이 목숨 바쳐 독립운동을 했던 현장과 그들의 얼을 기릴 수 있었던 점을 생각하는 것만으로도 유익한 현장학습이었다. 주권을 잃고 배고팠던 우리가 OECD 국가들과 어깨를 나란히하며, 자존과 풍족함의 혜택을 누리는 삶이 선열들의 희생 위에 이루어졌음을 잊어서는 안 된다고 거듭 다짐했다. 로맨틱한 낭만의 기차여행은 깨진 꿈이 되었지만 그보다 더 진한 감동에 내 가슴 속은 아직도 일렁이고 있다.

# 산티아고 순례길의 동행

사랑하는 남편이 2016년 3월에 하나님의 부르심을 받았다. 오십여 년을 사랑하며 함께 살아온 삶이 끝나고, 혼자 살아야 하는 낯설고 생소한 삶이 끝없는 절망으로 밀려왔다. 냉정하려고 애를 써도 눈물은 그치질 않고, 어둡고 깊은 수렁으로 한없이 빠져 들어갔다. 모든 의욕을 상실한 채 넋을 놓고 있는 나에게 막내동생 내외는 산티아고 순례길 걷기를 권유했다. 나는 아무 생각 없이 무턱대고 그 길을 따라나섰다. 보통 '산티아고의 길' 800㎞를 완주하는 데 40여 일이 걸린다지만, 우리가 선택한 길은 전용버스를 이용하는 20일 여정으로 아름다운 곳만 걷는 300㎞ 코스였다. 하루 평균 25㎞ 정도를 걸어야 하는 강행군이었다.

유네스코 세계문화유산으로 지정된 '카미노 데 산티아고Camino de Santiago'는 예수의 제자 야곱(야고보)의 무덤이 있는 스페인 북서쪽 도시 '산티아고 데 콤포스텔라Santiago de Compostela'로 향하는 길이다. 스페인어로 산티아고는 야고보를, 카미노는 길을 뜻한다고 한다. '카미노

데 산티아고'는 '야고보 길'이라는 뜻이다. 이 순례길에서 오랫동안 사랑받아온 길은 '카미노 데 프란세스(프랑스 길)'라고 불리는 코스다. 나폴레옹 군대가 스페인을 정복하기 위해 넘었던 피레네 산맥을 넘는 가장 힘들면서, 가장 아름다운 길이다. 프랑스 국경마을인 생 장피데포르(이하 생장)에서 시작한 길은 모든 갈림길마다 노란 화살표와 조개껍질로 방향을 표시해두었다.

산티아고의 길은 야곱이 복음을 전하기 위해 걸었던 길이고, 천 년보다 더 이전부터 순례자들이 걷던 길이다. 지상의 길이면서 천상의 길이기도 했다. 산티아고의 길은 그 길을 걷는 순례자의 삶에 영적인 변화를 경험하게 해주는 길이라고 한다. 내가 산티아고의 길을 걷고 천국시민이 된 남편과 영적인 교류를 하게 된 일도 천상의 길이었기에 가능했을 것이다.

우리 팀은 인천공항에서 출발해 두바이를 거쳐 스페인 마드리드에 도착했다. 버스로 부르고스를 거쳐 팜플로나로 이동하여 시가지 관광을 하며 하루를 지낸 후, 출발지인 프랑스의 생장으로 가 순례자 사무실에서 순례자여권(크레덴시알)을 발급받았다. 산티아고에 도착했을 때, 크레덴시알을 보여주어야 순례증서(콤포스텔라)를 받을 수 있기 때문이었다. 십자가가 그려진 조가비와 화살표 마크를 사서 배낭에 달았다. 야곱의 시신이 배에 실려 스페인에 도착했을 때 조개들이 그의 몸을 덮어서 보호하고 있었다고 한다. 그 후 가리비 조개는 '카미노 데 산티아고'의 상징이 되었다.

도보 순례 첫날, 드디어 프랑스 국경을 넘고 피레네 산맥을 넘어 스페인의 론세스바예스 씨즈봉을 넘는 나폴레옹루트(28.5㎞, 8시간 30분 소요)를 걸었다. 전통적인 나폴레옹루트가 산티아고 순례길에서 가장 힘든 코스임을 증명하듯이, 길고 험한 길에 기상도 악천후였다. 정상에 오르니 세찬 비바람이 불고 우박이 쏟아지고 짙은 안개로 인해 한 치 앞도 가늠키 어려웠다. 판초우의를 입었지만 춥고 떨리기는 마찬가지였다. 스틱을 잡은 양손에 힘을 주었다. 빗물에 젖은 바위는 미끄럽고, 더욱이 내리막이라 발걸음 내딛기가 겁이 나고 막막했다. 양쪽 발바닥이 땅에 얼어붙은 듯 발걸음이 떨어지질 않았다. 이때 귀에 익은 부드러운 남편 목소리가 생생하고 또렷하게 들려왔다.

"여보, 정신 똑바로 차려요. 겁먹지 말고 마음을 차분히 가라앉혀요. 앞을 봐요. 오른발로 이쪽 돌을 디뎌요. 밑을 봐요. 스틱으로 저쪽을 짚어요."

걸음걸음마다 확신에 찬 남편의 자상한 인도를 따라 걷다보니 안정이 되고 두려움도 사라져서 무사히 하산할 수 있었다. 남편은 생전에도 자동차를 타고 내릴 때와 계단을 오르내릴 때마다 난시가 심해 더듬거리는 나의 손을 잡아주곤 했다. 사람들이 여왕마마를 모신다고 흉을 봐도 개의치 않고 보살펴주었다. 혼자 외출하면 마음을 놓지 못해 좌불안석이던 남편. 그가 떠나고 한 달도 안 돼 정신을 못 차린 채 순례길을 나섰으니 기가 막혔으리라. 상황이 다급하니 천국 천사장께 간곡히 사정해 허락을 받고 천사와 함께 내려온 게 아닐까 생각이 되었다. 분명히 그랬으리라.

도보 순례 2일째는 팜플로나에서 뿌엔떼라레이나로 가는 일정이었다. 그때 스페인 부르고스에서 프랑스 생장으로 가는 도중 팜플로나를 관광할 때 일이 떠올랐다. 팜플로나 대성당과 구시가지를 구경할 때였다. 일행들과 시가지를 걷던 중 내가 돌부리에 걸려 고꾸라지면서 자갈 바닥에 대 자로 엎어졌다. 놀란 일행들이 우르르 몰려들며 웅성거렸다.

"어떡해요. 다치진 않았지요?"

머쓱해서 일어나보니 털끝 하나 다치지 않았고 안경만 쓸 수 없을 정도로 긁혀 있었다. 넘어지는 순간 지켜보고 있던 손길이 반짝 안아서 받쳐주는 듯, 가볍게 붕 뜨는 느낌이었다. 그 순간에도 남편이 지켜주었구나 하는 확신이 들었다.

옆에서 동생이 어깨를 툭 치면서 무슨 생각을 하느냐며, 새로운 풍경을 가리켰다. 팜플로나를 빠져나오니 녹색 밀밭과 노란 유채밭이 끝없이 이어졌다. 넓은 들판은 가도 가도 끝없는 유채밭과 밀밭 길이었다. 그 사이로 난, 가늘고 긴 길 위의 순례자들이 개미처럼 작은 존재로 보였다. 페르돈 언덕을 올라야 했다. 비바람이 세차게 불어 힘들게 정상에 있는 '용서의 언덕'까지 올라갔다. 그곳에서 순례자 일행을 묘사한 당나귀, 말, 개, 지친 순례자 모습인 유명한 조형물을 만났다.

도보 순례 3일째, 나헤라부터 산토도밍고 데라 칼사다를 걷고 부르고스로 이동해서 부르고스 대성당을 방문했다. 마을을 지나면서 형형색색의 동백꽃들의 향연에 정신을 빼앗겼다. 산토도밍고 데라 칼사다에는 닭에 대한 전설이 전해져왔다. 그래서 이 마을에는 살아 있는 닭 두 마리를 성당 안에 보관하는 풍습이 몇 백 년째 이어오고 있다.

부르고스는 꽃과 녹색 밀밭의 시골길과 중세의 모습이 고스란히 남아 있어 인상적이었다. 중간에 마신 달콤한 와인 한 모금은 지친 몸과 마음에 여유로운 휴식을 선사했다. 과거와 현재가 공존하는 시공간을 체험한 느낌이었다. "부엔 카미노Buen Camino!" 카미노에서 순례자끼리 나누는 인사다. '좋은 순례길 되세요' 혹은 '당신에게 행운이 있기를'이라는 의미이다. 이들과 나누는 인사는 힘들고 외로운 순례길에서 서로에게 힘이 되고 용기가 되었다.

도보 순례 12일째까지, 리바꼬야에서 산티아고 데 콤포스텔라까지 끊임없이 걷고 또 걸었다. 남편은 순례길 내내 동행하며 안전하게 나를 지켜주었고 감동을 함께 나누었다. 아름다운 꽃길, 파란 하늘, 얼굴을 간질이는 미풍을 즐기며 양과 소 떼들과 함께 걷기도 했다. 길가에 세워진 나무 십자가가 순례자에게 인사를 했다. 나는 철 십자가 앞에서 소원을 빌었다. 계단식 밭에서 햇빛을 만끽하는 포도나무들을 바라보며 걷다가, 길가 카페에 들러 스페인 명물인 부드럽고 맛있는 문어 요리와, 카페콘레체의 달콤하고 환상적인 맛도 즐겼다. 자상하고 다정했던 생전의 남편이 동행한 듯 이별의 슬픔과 외로움을 잊고 걸었다.

드디어 산티아고에 입성했다. 콤포스텔라 성당에서 완주한 순례자를 위한 축하예배가 있었다. 성당에 발을 들여놓는 순간, 마음의 문이 활짝 열렸다. 고난의 순례길을 동행하면서 외로움과 슬픔을 다독여준

지극한 남편의 사랑이 벅차게 밀려왔다. 그 사랑의 힘으로 모든 것을 해낸 것 같아 감동의 전율과 눈물이 주체할 수 없이 마구 쏟아졌다.

남편에게 편지를 썼다.

"여보, 어렵고 힘든 순례길을 안전하게 지켜주며 함께 걸어, 외롭지 않고 행복했습니다. 한평생을 넘치도록 사랑해주었고 천국 가는 길에서까지 베푼 사랑에 정말 감사합니다. 보너스로 준 이 마지막 20일 간의 동행으로 이별의 아쉬움과 슬픔이 사라졌습니다. 내일이면 당신이 내 곁을 떠난 지 49일이 됩니다. 이제 당신을 선선히 보내드립니다. 만날 날까지 천국에서 평안하십시오. 사랑합니다."

다음날 로마사람들이 세상의 끝자락이라고 믿었던 피니스테레 바닷가 바위 위에서, 순례의 마지막 의식으로 내려놓을 것을 태우는 순서가 있었다. 나는 성당에서 눈물범벅으로 쓴 남편에게 보내는 편지를 망설임 없이 불에 태웠다. 불꽃과 연기가 하늘로 향할 때, 남편은 할 일을 다 하고 홀가분한 마음으로, 홀홀 연기와 함께 서둘러 천국으로 떠나갔다.

잔잔하고 검푸른 수평선에서 불어오는 바람이 허허하게 내 가슴과 몸을 휘감았다.

"부엔 카미노!"

# 태국에서 떠난 미얀마 추억여행

태국의 리버콰이 골프장에서 두어 달 지내다보니 슬슬 지루해졌다. 미얀마 출생인 골프장 제임스 사장의 미얀마 여행을 제의해와 선뜻 따라나서게 되었다. 비포장된 육로로 가는 길이 험하여 고생스럽다며 여러 사람이 적극 말렸다. 1950년대 우리나라 신작로 정도이겠고 태국에서 출발하는 미얀마 여행이기에 호기심이 입맛을 강하게 당겨 포기할 수 없었다.

15명 정원의 미니버스 두 대에 9명씩 탔다. 골프장 직원들도 함께였다. 한 시간쯤 달려서 도착한 국경에서의 출입국 수속에 여러 시간이 걸렸다. 털털거리는 좁은 비포장도로를 달리며 흙먼지를 온통 뒤집어썼다. 길은 자갈 한 톨도 없는 맨땅이었다. 산속으로 나 있는 길을 달리며 털썩거릴 때마다 뒷좌석에서는 비명소리가 끊이질 않았다. 옛날 우리나라 강원도 산골길을 닮은 위험하고 험악한 길이었다. 비포장도로를 달릴 때 우스갯소리로 했던 '오토매틱 마사지로드'가 생각났다. 온몸을 자동으로 마사지하듯 털털거리며 흔들어댄다는 놀림 말이었다. 내리막길에서는 돌과 나무토막을 구해다 받쳐놓아서 위기를 면하기도 했다. 비가 내리면 먼지를 일으키던 땅은 완전히 팥죽처럼 된다고 하였다. 자동차 바퀴가 쉽게 빠져나올 수 없다 하여 돌아오는 길에 비가 오지 않기를 간곡히 기도했다.

문명의 기운이 닿지 않은 자연을 보며 순수한 자유로움을 느꼈다. 사람들의 발길이나 시선이 닿지 않은 산야는 정겹기까지 했다. 점심때가 되어 산중 허름한 식당에서 점심을 먹었다. 흰쑘이라 부르는 볶은 고기 덮밥이었다. 쇠고기, 닭고기, 양고기, 사슴고기, 닭 간을 양념해서 달달 볶은 것을 밥에 얹고, 양념장을 넣어 비벼먹는 음식이었다. 채소는 우리나라처럼 강된장에 찍어먹었다.

달리고 달려서 어두운 밤에야 미얀마의 동남쪽 비치에 위치한 다웨이에 도착했다. 다웨이는 미얀마의 수도 네피도에서 남쪽으로 약 671 ㎞ 지점에 있다. 다웨이 경제특구로 태국과 이웃나라의 도움으로 정유공장을 짓고 도로를 만드는 중이었다. 일행은 마웅마칸 비치리조트에 체크인 했다. 뒤집어쓴 흙먼지를 씻어내고 식당으로 나가 랍스타 구이를 먹고 나니 피로가 좀 풀리는 듯했다. 리조트에 들어와 침대에 누웠다. 50여 년 만에 처음으로 객지에서 혼자 지내는 밤이 되었다. 갑자기 두려움과 외로움이 쓰나미처럼 밀려왔다.

다음날 새벽에 일어나 바닷가 산책을 하며 평화로운 풍경을 사진에 담아 자녀들에게 보냈다. 아침식사를 마치고 '툭툭이'라고 불리는 마차를 타고 시내를 달렸다. 색다른 맛이었다. 이 나라의 자랑인 웅장한 불교문화는 화려하고 장엄했다. 사찰과 80m나 되는 와불의 규모 또한 대단했다. 누구나 사찰 안에 들어서면 신을 벗고 맨발로 다녔다. Standing Buddha 사원, 금빛 찬란한 쉐타봉 싸탑, 와불사원 등 여러 곳을 구경했다.

삼 일째, 아침 일찍 일어나 호텔 밖을 산책했다. 1950~60년대 우리나라 시골을 지나다 보면 우리 시골 풍경이 떠올랐다. 집집마다 굴뚝에서 연기가 모락모락 오르고 은은하게 피어났던 그 냄새가 청결한 아침 공기 속에서 느껴졌다. 그리운 추억 속으로 빠져들어 고향같이 포근했다. 이곳에서는 이른 아침마다 대비를 들고 집 앞을 깨끗이 쓰는 풍습이 있다. 옛날 우리 집에서도 아침마다 바깥마당과 안마당을 깨끗이 쓸었다. 우리나라는 대문 앞이 깨끗해야 복이 들어온다 하며 아침 비질을 하였고, 이 나라는 벌레들이 발에 밟힐까봐 피신시키는 것이라 했다.

아침식사를 하러 식당으로 가는 중 우연히 만두 빚는 집을 지나갔다. 반가워서 들어가 보니 공갈빵처럼 넓적하고 부풀려 화덕에 굽는 밀가루 빵이었다. 미얀마 음식이 별로였던 우리들은 '납디야'라고 부르는 이 밀가루 빵을 주문했다. 감자와 참치 같은 생선 샐러드를 끼워서 먹는데 맛이 좋았다. 걸쭉한 전통차를 곁들여 최고의 아침식사를 마쳤다.

돌아오는 길은 갈 때보다 훨씬 수월하고 비도 오지 않아 안심이 되었다. 점심은 올 때의 그 집에서 흰쌈과 계란장조림과 차로 해결했다. 주인 할아버지가 따준 바나나 한 덩이씩 싣고 오는데 그 큰 배려에 또 한번 감동했다.

미얀마 남자들은 치마를 입는다. 속옷도 안 입는데 풀어지면 어쩌나 하는 괜한 걱정이 앞섰다. 씨름할 때 샅바로 쓰일 만큼 단단하게 묶는 방법이 있다고 하여 안심이 되었다.

미얀마의 옛 이름은 버마이다. 미얀마는 1886~1948년까지 영국식민지였고 미얀마독립운동가 아웅산 장군의 활약이 독립을 이루는 데 공헌하였다. 그 딸인 아웅산 수지는 미얀마 민주화에 앞장서며 노벨평화상을 수상했다. 다시 정권을 장악하는데 성공했지만 군부의 소수민족과 로힝야족에 가하는 반인륜적인 탄압을 모른 척 관망하고 있다고 한다. 이는 영국이 버마를 통치하던 때에 90% 이상이 믿는 불교국 버마인을 4%의 이슬람교 로힝야족 소수민족에게 세력을 주어 탄압하게 했던 영국의 야비한 식민통치가 만든 미얀마의 불행이었다. 보복과 복수가 반복되는 슬픈 역사의 흐름이다. 그렇다보니 노벨상을 받은 아웅산 수지로부터 상을 회수해야 한다는 여론이 커지고 있다 한다.

국력이 약하고 가난하다는 이유로 미얀마 국민들은 이웃나라에 싼 임금으로 노동력을 팔고 있다. 오가는 길이 험해 힘들었지만 과거로의 회귀여행은 소중한 경험이었다. 우리의 현재에 감사할 수 있는 좋은 계기가 되기도 하였다. 국가가 튼실해야 힘없는 국민들이 행복해지는 것은 만고의 진리였다. 귀한 여행에 초대해서 미얀마 본토인의 안목으로 좋은 것들을 보고 체험케 해준 제임스 사장님께 고마운 마음을 전한다.

"쩨수떼 마레. (감사합니다.)"

# 여행길의 돌발사건

혼자서 여행을 떠나게 된 절박한 사정이 있었다. 칠십 중반의 노인이 동행 없이 장시간 비행하는 여행길은 불안했다. 계획된 일이 아니고 갑작스레 생긴 돌발사건 때문이기에 더욱 황당한 일이었다. 단단히 마음을 다잡고 공항으로 나가 짐을 부치고 출국수속을 하면서, 염치불구하고 항공사 직원에게 부탁했다. 동행 없이 장시간을 목적지까지 탈 없이 가기 위해서는 수단과 방법을 총동원해야 하는 절박한 심정이었다.

"사정상 보호자 없이 혼자 갑니다. 몸이 좀 불편하니 화장실에 가까운 복도 쪽 좌석을 부탁합니다."

"앞쪽 좌석은 예약이 끝났고 맨 뒤 두 사람 앉는 자리가 남았는데, 과히 나쁜 자리는 아닙니다. 오늘은 출국할 때 심사가 강화돼서 시간이 좀 더 걸릴 것이니 놀라지 마십시오."

직원은 친절하게 설명해주었다. 수속을 다 마쳤나 했는데 직원이 나를 사무실로 안내했다. 순간 긴장이 되었고 무작위로 하는 검색이란 설명을 듣고서야 안심했지만 기분은 썩 좋지 않았다. 그들이 요구한 검색은 여권과 비행기 표를 확인하는 것이 고작이었다. 거의 꼴찌로 탑승하고 곧이어 비행기는 이륙했다. 기내의 좌석은 만석이었는데 내 옆 좌석은 계속 비어 있었다. 그제야 창구 직원의 의중이 읽혀졌다. 두 자리를 쓸 수 있도록 도와주었고 대가로 검색 강화에 협조케 했던 것이었다. 10시간이 넘는 장시간을 비행해도 두 다리를 뻗고 누울 수 있는 좌석이 있으니 얼마나 다행인가.

2016년 10월 5일, 캐나다 퀘벡의 메이플로드. 단풍을 보려고 동생네와 함께 예약을 하고 기다리는 중이었다. 캐나다 일주를 두 번 했지만 퀘벡은 단풍철에 오려고 미뤄놨다. 그 무렵 집을 지은 지 20여 년이 되어서, 여행을 다녀와 수리하려고 업자와 계약을 한 상태였다. 그런데 갑자기, 서둘러 공사를 시작하면 여행 가기 전에 끝내고 개운한 여행을 할 것 같다는 생각이 들었다. 업자에게 제시하는 날짜까지 공사를 완결할 수 있는가를 문의하니 분명히 할 수 있다고 장담했다. 두 번도 생각지 않고 공사를 시작했다. 이 서두름의 공사가 꼬임의 발단이 되었다.

나의 서두르는 성격 때문에 얼마나 많은 시행착오와 실수를 거듭했던가. 나이도 많은데 2주일이나 하는 여행을 위해 체력을 비축하고 편안한 몸 상태를 준비해야 함에도 무리한 도박을 시작한 것이다. 공사기간이 빠듯하니 업자는 설비, 미장, 페인트, 도배, 전기, 욕실과 부엌 공사, 기타 공사를 동시에 착수하여 난리북새통이었다. 나는 잠도 설치며 20여 일을 과로에 찌들어 지냈다. 우여곡절 끝에 새 집으로 변신했다.

가구들이 제자리로 들어가고 집 정리도 거지반 마쳤다. 여행 짐을 싸기 위해 우선 여권부터 찾았다. 그런데 여권을 넣어둔 핸드백이 없어졌다. 흔적도 없이 사라졌다. 출국은 모레인데 큰일이었다. 눈앞이 캄캄했다. 놀라고 있을 틈도 없이 구청으로 달려가 분실신고와 여권 재발급을 신청하니 나흘 후에나 나온다고 했다. 일행들은 예정대로 출발하고 나는 이틀 후에 출발해 중간에서 합류키로 했다. 캐나다 퀘벡이 목적지인데 일행들의 삼 일째 경유지인 뉴욕에서 만나기로 했다.

전화위복이라 했던가. 이틀 동안 발이 묶였지만 파김치처럼 지친 몸을 쉴 수 있어 피로는 어느 정도 회복되었다. 편안한 좌석 덕분에 탈 없이 뉴욕 공항에 도착했다. 까다로운 입국수속도 순조롭게 마친 후 일행과 차질 없이 합류할 수 있었다. 안도의 숨을 크게 내쉬었다. 워싱턴, 나이아가라, 토론토, 몬트리올, 퀘벡까지 갔다가, 돌아오는 길에 보스턴을 거쳐 뉴욕에서 귀국하는 일정이었다. 워싱턴 시내를 투어하며 백악관을 둘러보고, 나이아가라에서 폭포 밑을 지나가는 혼 블라워호를 타고, 물보라를 맞으며 어느새 나는 어린아이가 되었다.

토론토에서 간단한 시내관광과 타워 전망대에서 야경을 보고 몬트리올로 향했다. 몬트리올대학에 교수로 있는 조카, 큰시누이의 딸 내외와 유치원생인 귀여운 손녀를 잠시나마 만나서 반갑게 차 한 잔을 나누고 다시 길을 재촉했다. 노트르담과 성 요셉 성당, 간단한 시내 관광 후에 유람선으로 천섬 관광을 했다. 천사가 들고 가던 보석보따리가 터져서 바다 속으로 떨어졌는데 그 보석들이 모두 천 개의 섬이 되었다는 전설을 가진 천섬은 아름답기 그지없었다. 점심에 트로이리베의 자랑이라고 음식점 주인이 강력히 추천한 랍스타 특식을 주문했다. 과연 혀에 짝 붙게 맛이 좋았다.

북쪽으로 이동하면서 점점 단풍의 고운 모습이 보이기 시작했다. 기온은 칼칼하고 차가워졌다. 퀘벡에 들어서니 노랑, 빨강, 주황의 단풍들이 큰 그림을 그리며 우리를 반겼다. 달리는 차창으로 들어오는 단풍 행렬은 장관이었다. 가이드는 퀘벡의 일기가 변화무쌍하여 단풍 절정을 보기가 쉽지 않은데 시기를 잘 맞추어 왔다고 했다. 그러나 국기에 그려질 만큼 퀘벡의 자랑인 단풍은 기대에는 미치지 못했다. 아기자기한 나무 모양과 알록달록 빛 고운 우리 단풍에 익숙한 탓일까. 허탈한 실망감이 몰려왔다. 이 단풍을 보겠다고 그 역경을 이기고 왔단 말인가.

보스턴으로 들어오니 MIT와 하버드대학의 건물들이 온 도시의 절반은 차지한 듯했다. 뉴욕으로 돌아와 화려한 야경과 넘치는 인파 속에 휩쓸려 자유분방한 뉴욕의 밤 문화에 젖어보았다. 크리스마스 전야의 명동길이 생각났다. 귀국길, 공항에서 일행과 헤어져 또 다시 혼자가 되었다. 이번에는 이코노미 맨 앞자리였다. 고마운 항공사 직원이 입국 좌석도 예약해놓았던 모양이었다. 벼락치기 공사와 여권 분실 사건에 휘말렸고 출국 때의 검사는 기분이 좋지 않았어도, 여유롭고 넉넉한 여행을 묘약으로 얻었다. 입국수속을 하느라 펼쳐든 여권에서 봉두난발인 사진 속의 수척한 얼굴이 눈앞이 캄캄했던 그때의 상황과 경솔함을 나무라듯 나를 올려다본다.

# 알프스 3대 미봉과 만나다

 

 

알프스 3대 미봉 트레킹은 트레커라면 누구나 가보고 싶어하는 버킷 리스트에 속한다. 알피니즘의 세상과 더불어 푸른 초원과 만년 빙하, 설산이 한데 어우러진 아름다운 풍광을 즐긴다. 알프스를 두 발로 걸으며 감상하는 행운이 함께한다. 알프스에서 몽블랑, 마테호른, 융프라우는 유럽 3대 미봉이라 불릴 만큼 뛰어난 아름다움을 자랑한다. 바람의 속도, 햇빛의 정도, 구름의 움직임에 따라 매번 다른 풍경을 보여주기 때문에, 그곳을 찾을 때마다 새로운 감동을 선사하여 트레커의 천국이라고도 불린다.

2017년 6월 27일 동생 내외와 함께 부푼 꿈을 안고 첫발을 내딛었다. H여행사의 15명 속 일원이 되어 인천공항을 출발했다. 취리히를 거쳐 세계적인 관광지인 인터라겐에 도착한 다음날, 스위스 명물인 톱니바퀴열차를 타고 유럽에서 가장 높은 철도역인 융프라우요흐(3,454m)에 닿았다. 리프트로 오르는 스핑크스 전망대에서 뮌히, 아이거, 융프라우

●

등 알프스의 주요 연봉과 알레취 빙하의 황홀한 설원을 360도로 감상할 수 있었다.

트레킹 첫날이라서인지 고산증에 시달렸다. 융프라우요흐의 스카이라운지에서 점심식사를 하는데, 속은 울렁이고 가슴은 터질 듯 답답하여 식사를 하는 둥 마는 둥 했다. 점심식사를 끝내고 트레킹 시작 지점까지 산악열차를 타고 내려가기 위해 열차를 기다리고 있을 때, 스카이라운지 식탁 위에 핸드폰을 놓고 온 걸 알았다. 노련한 인솔자의 지시대로 일행은 트레킹을 계속하고 우리 세 식구는 다음 열차로 다음 역에서 내리기로 약속한 후 핸드폰을 찾으러 식당으로 달려갔다. 다행히 직원이 보관했다가 건네주었다.

다음 열차를 타고 다음 역에 도착했지만 열차 문이 열리지 않았다. 도움을 청하려 했으나 근처에는 아무도 없었다. 속수무책이었다. 밖에서 인솔자는 내리라고 손짓발짓하며 난리가 났는데 문은 열리지 않은 채 기차는 출발하였다. 천만다행으로 인솔자와 전화 통화가 되었다. 다음 역에 내리라면서 문은 수동이라 손으로 빨간 버튼을 눌러야 열린다고 했다. 우리 가족도 많이 놀랐지만 인솔자 고생이 너무 컸다. 나이 많은 표시를 내고야 말았다. 일행들에게도 우리 가족에게도 부끄럽고 미안했다. 우리는 아이거트레킹으로 6㎞를 3시간쯤 걸었다.

사흘째는 파노라마로 이어지는 알프스의 연봉과 풍경을 감상하면서 정통 알프스트레킹을 하였다. 15㎞를 8시간 동안 걸어야 했다. 초록의 알프스, 목초지에 산재해 있는 샬레, 어른 주먹만큼 커다란 방울을 목에 달고 짤랑거리며 한가로이 풀을 뜯는 젖소들, 그 사이를 누비는 등산열차, 우뚝 솟아 있는 푸른 봉우리와 확 트인 하늘 등 가히 별천지라 할 만했다. 발걸음마다 밟히듯 온 산과 계곡이 꽃잔치를 펼쳤다. 눈길 닿는 곳마다 황홀하여 거기 영원히 머물고 싶었다. 야생화들이 그림처럼 펼쳐진 선경을 걷노라면 어느 결에 나 자신도 풍경의 일부가 된 듯했다.

알프스트레킹은 하루 동안 사계절을 만난다고 한다. 그 말을 증명하기라도 하는 듯 갑자기 구름이 뒤덮이는가 싶더니 우박이 쏟아져 내렸다. 비옷을 꺼내 입고 손에 쥔 스틱에 힘을 실었다. 고도가 오르면서 한기가 들어 오리털 잠바를 겹쳐 입고 털장갑, 털모자로 무장을 한 채 비바람 속을 걸었다. 몇 시간의 고투를 겪으며 비바람이 진정되어 비옷을 벗으니 살 것 같았다. 계획표에는 마지막 하산열차 시간이 촉박하니 오늘은 특히 뒤처지지 말라는 인솔자 당부가 있었다. 몇 번이고 강조하는 인솔자의 말이 걷는 내내 귓가에 맴돌았다. 거센 비바람의 방해를 받아 시간이 촉박해졌다. 숨이 턱에 닿도록 뛰고 또 뛰었다. 오늘 하루 동안 사계절을 숨차게 산 셈이었다.

나흘째는 2시간 정도 걷는 뮈렌트레킹을 마치고, 인터라겐을 떠나면서 부친 짐을 체르마트에서 찾아 호텔로 가 사흘을 지냈다. 이동하지 않고 3일 정도 한 호텔에 묵으니 여정이 훨씬 수월하고 편안했다.

트레킹 닷새째는 험악한 바위산을 오르내리며 걷는 글레시어 파라다이스트레킹이었다. 도시락을 준비하고 케이블카로 마테호른 파라다이스(3,883m)에 도착하여 경치를 구경하고 트로게너 슈레그까지 산악열차로 하산하여 트레킹을 시작했다. 11㎞를 걷는데 7시간이 넘게 걸렸다. 화산이 폭발할 때 흩어진 듯 뒤죽박죽 날카롭게 깨진 바위 위를 걷는데 한 발자국을 떼고 놓을 때마다 온 신경을 모아야 했다. 한발만 실수해서 날카로운 바위 위에 엎어지면 결과는 생각하기도 끔찍한 상황이 될 것이었다. 잔뜩 긴장한 로컬 등반 가이드의 안내에 의지했다. 힘들게 오른 바위산 정상에서 먹는 도시락은 꿀맛이었고 메고 간 캔커피의 맛 또한 환상적이었다. 내 눈썹도 무거운 판에 힘들게 메고 온 캔커피를 빼앗아 먹는 사람이 얄미웠다. 고산증에 점차 적응이 되어갔다.

엿새째는 평지만 걷는 편안하고 평화롭고 부담 없는 코스로 다섯 개 호수 트레킹이었다. 10㎞ 거리를 3시간에 걸을 수 있었다. 아름다운 호반의 벤치에 누워 올려다본 푸른 산과 맑은 하늘은 동화 속 꿈나라에 온 것 같았다. 호텔에서 출발할 때 각자 좋아하는 점심을 골라서 만들어온 도시락은 스위스가 아니고는 느낄 수 없는 특별한 맛이었다.

이레째는 마테호른과 만년설, 빙하가 어우러진 아름다운 파노라마를 감상하고 리펠제 하산 트레킹을 하였다. 고르너그라트(3,089m)로부터 리펠알프까지 하산 트레킹은 7㎞를 5시간 동안 걷는 코스였다. 계속되는 급경사의 하산 길은 많은 체력이 소모되었고 무릎에 자꾸 부하가 걸렸다. 나의 트레킹 역사가 여기서 끝나는 것은 아닐까 하는 두려움이 앞섰다. 한 발 한 발 내딛을 때마다 무릎에 큰 충격이 오고 힘주어

버티니 허벅지가 남의 다리 같았다. 게다가 발가락에 물집까지 생겼다.

여드레째는 락블랑트레킹으로 샤모니에서 가장 아름다운 트레킹 코스로 손꼽힌다. 특히 쉐즈리 호수에 비친 샤모니 침봉군과 함께 몽블랑은 최고의 아름다움을 뽐냈다. 샤모니는 1924년 제1회 겨울올림픽을 개최한 장소였다. 15㎞를 7시간 동안 걸었다. 체력의 한계를 느낀 일행 중 몇 사람이 빡빡한 오늘의 트레킹을 포기하고 호텔에 남았다.

아흐레째는 메르데글라스 빙하와 알프스 3대 북벽인 그랑조라스와 드류 연봉을 감상하고 산악열차로 하산하기로 했다. 내려가는 길이 험하지 않다는 정보를 얻은 우리 세 식구는 화살표를 따라 3시간을 걸어 내려왔다. 험한 트레킹에서 보지 못했던 아름답고 완만한 능선길이 환상이었다. 입구 표지판에 산악 마라톤 코스라고 적혀 있었고 이 길에서는 하이킹하는 샤모니의 남녀노소 주민들을 만날 수 있었다. 그들은 축복받은 사람들이었다.

열흘째, 브레방 전망대에서 몽블랑 산군, 파노라마를 감상하고 케이블카와 곤돌라로 샤모니로 하산했다. 이른 점심을 먹고 전용차량으로 제네바 역으로 이동 후 열차로 환승해 취리히 공항으로 출발했다.

열하루째 되던 날, 아직도 알프스인 듯 몽롱한 채 인천공항에 도착했다. 내년에 다시 알프스 품에 안길 계획을 세우며 낙오되지 않고 탈 없이 완주함에 감사했다. 꿈속에서 선경을 헤매다 돌아온 듯 한동안 알프스인지 고봉산인지 헷갈릴 것 같다.

# 황금빛 천상의 화원 오제트레킹

천상의 화원을 이루는 일본 최대 고산 습윤지 오제는 해발 약 1,500m 높이에 있다. 산허리를 따라 띠를 이룬 크고 작은 늪과 호수를 품고 있으며 많은 야생화가 자라고 있다. 2017년 10월에 동생 내외와 함께 10여 명이 가는 오지奧地여행에 동행하게 되었다. 올해의 오제여행의 마지막 팀이었다. 5월은 칼라릴리, 7월은 노란 원추리, 10월은 하늘하늘 흔들리는 조릿대와 단풍이 유명한 곳이었다. 산에서 자라는 눈잣나무, 너도밤나무 원생림의 울창함은 대자연의 아름다움을 실감케 하고 1년 중 약 7개월 정도, 3월 말에서 10월 말까지 출입이 허가되기에 많은 등산객과 트레킹마니아들에게 더욱 특별한 곳이었다.

오제는 2007년에 일본 환경성에 의해 국립공원으로 지정되었다. 일본 최대 고산 습원으로 다양한 생태계와 자연 그대로의 모습을 잘 보존하고 있어서 '일본의 자연보호의 원점'이라고 불린다. 공원은 오제누마와 오제가하라, 산조 폭포를 품고 있다. 지금은 10월 중순. 화려한 야생화들은 모두 지고 넓고 넓은 습원은 갈대들과 풀들의 황금물결만이 일렁이고 있다. 산을 바라보니 빨강, 노랑, 주홍 등 알록달록 빛 고운 단풍들이 각기 자기들의 색을 맘껏 과시하듯 맑고 청정한 공기와 햇빛 아래 영롱한 빛을 발한다.

오제 습지 트레킹의 첫발은 인천공항에서 시작되었다. 오전 9시에 출발하여 나리타공항에 11시에 도착하여 오제 입구인 미나미아이즈로 이동했다. 이동 중에 점심을 먹고 간식거리 등 간단한 쇼핑을 한 후, 숙소인 아즈키 온천 가부쿠노야도에 체크인 하고 온천욕을 즐기다가 저녁식사를 했다. 명불허전이라던가, 이름난 약수온천이라 자랑하더니 과연 약효가 좋기 때문인지 오랜만에 개운하게 단잠을 잤다.

트레킹 두 번째 날이다. 아침식사를 7시 30분에 숙소에서 간단히 해결했다. 숙소에 큰 짐을 보관하고 배낭만 챙겨 오제로 향했다. 물파초 가득했던 오제 습원 트레킹은 약 14㎞로 6시간 정도 걸었다. 걷는 코스는 오제(1,520m)를 출발하여 류구(1,400m) 산장에 도착하는 여정이었다. 우리나라 태백산(1,567m)과 비슷한 높이였다. 산장에 도착하여 저녁식사를 하고 잠시 산책을 하며 하늘을 올려다보다가 깜짝 놀랐다. 금시라도 별무리가 머리 위로 쏟아져 내릴 것만 같았다. 별을 더 감상하고 싶었지만 9시에 강제 소등을 하여 일찍 잠자리에 들어야 했다.

류구 산장에서는 한방에서 6명이 함께 자게 돼 있다. 가족이 같이 가도 남자 방과 여자 방으로 나뉘었다. 산장이 딱 하나밖에 없기 때문이었다. 환경보호를 위해 산장을 더 짓지 않고 여러 가지로 통제하고 있었다.

샴푸와 클렌징폼과 치약 등의 세안도구를 사용하지 못하게 철저히 단속했다. 세안은 물티슈로 하고 하산할 때 쓰레기를 가지고 내려가야 했다. 양치는 치약 대신 소금으로 준비하라는 안내를 받았다. 트레커는 간단한 세면도구와 수건도 각자 준비해야 했고 샤워실도 한번에 두세 명씩 사용하도록 되어 있어 여간 불편한 게 아니었다. 반면, 자연을 훼손시키지 않고 지키겠다는 철통같은 결심과 노력이 부럽기도 했다.

트레킹 코스를 따라 발길이 닿는 곳에는 목도, 나무계단이 깔려 있었다. 자연훼손을 막고 트레킹을 도우려는 이유이리라. 산길은 나무판자를 깔아놓긴 했지만 비와 습기에 훼손된 곳이 많았다. 부지런하고 철저한 이곳 사람들도 거대한 자연훼손에는 힘이 미치지 못한 듯했다. 습한 음지에서는 나무줄기나 바위를 잘못 밟아 미끄러질 위험이 높아 한시도 방심할 수 없었다. 소沼 위에 설치된 긴 목도 역시 미끄러워서 발을 뗄 때마다 위험했다. 목도의 폭이 좁아 발을 잘못 짚으면 물속으로 빠질 수 있기 때문에 스틱의 역할이 컸음에도 불구하고 스틱에 고무 커버를 씌우라고 했다. 목도의 훼손을 막겠다는 생각은 좋았지만, 트레커의 안전을 먼저 배려하지 못한 점이 못내 아쉬웠다.

사흘째 트레킹은 오제가하라 새벽안개와 풍경을 감상하며 4시에 일어나 산책한 후 아침식사를 하고 천상의 화원 오제 습원을 걷는다. 약 13㎞를 7시간 동안 걸을 예정이었다. 오제가하라 새벽안개 속을 산책하기 위해 산장을 나섰다. 한치 앞도 보이지 않게 짙은 농무濃霧가 머리와 옷을 축축하게 적셨다. 어둡고 미끄러워 손전등을 비추며 목도를 따라 조심조심 걷다보니, 안개가 조금씩 걷히기 시작했다. 지독한 새벽안개가 걷히면서 서서히 떠오르는 일출은 그야말로 장관이었다. 이글거리는 뜨거움 속으로 모든 것이 녹아 빨려들 것만 같았다.

산장에서 아침식사를 하고 천상의 화원 오제 습원 트레킹이 시작되었다. 끝이 보이지 않게 펼쳐진 황금 갈대밭 사이로 놓인 목도는 실개천이 흐르는 것 같았고 금발머리에 가르마를 갈라 곱게 빗어놓은 듯 아름다웠다. 무념무상이라, 고요하고 광활한 황금벌판 위에서 나의 존재가 무엇인지, 왜 걷고 있는지도 모른 채 단지 발을 들었다 놓았다만 반복하는 무심의 순간이었다. 길고 긴 목도 위에 선 나는 천상의 화원인 황금색 벌판 위에 본래부터 심겨졌던 작은 풀 한 포기였다. 군데군데 크고 작은 연못은 요정들이 노닐 것같이 신비스러웠다.

습원에서 바라본 붉은 석양과 산장의 밤하늘에서 쏟아져 내리는 별무리들, 새벽 오제가하라 위로 피어오르는 물안개와 일출의 감동이 오랫동안 사그라질 것 같지 않았다. 풍부한 오제의 모든 물이 모여들어 낙차 100m 높이로 쏟아져 내리는 산조 폭포의 위용은 숨이 막힐 듯한 절경이었다. 트레킹을 마치고 숙소에 돌아와 온천욕으로 피로를 풀었다. 마지막 밤을 지내고 다음날 저녁, 나리타공항에서 출발하여 인천국제공항에 도착해서야 천상의 황금빛 화원의 단꿈에서 깨어날 수 있었다.

# 갯무꽃 흐드러진 4월 제주 올레

아침에 눈을 뜨면 스트레칭으로 잠을 깨고 기도 후에 신문을 펼쳤다. 헬스조선에 제주 올레길 완주 트레킹 기사가 올라왔다. 제주도를 걸어서 완주해보고 싶은 생각을 골똘히 하던 차에 헬스조선 프로그램에 눈이 번쩍 띄었다. 제주도를 26개 코스(425㎞)로 구분하고, 5주로 나누어서 올레길 걷기에 가장 좋은 4월부터 완주를 시작할 계획이었다. 그 중 가장 아름다운 코스이며 꽃이 만발한 2차 프로그램에 다녀오기로 했다. 동생에게 전화해 함께 걷기로 약속하고 4월 8일부터 11일까지 2차 프로그램을 예약했다.

제주 올레는 제주도를 걸어서 여행하는 장거리 도보 여행길이다. 끊어진 길을 잇고 잊힌 길을 찾고 사라진 길을 불러내서, 길을 걷는 사람이 행복하게, 걷고 싶은 만큼 걸을 수 있는 긴 길이다. 올레의 풍광을 '놀멍(놀며)' '쉬멍(쉬면서)' '걸으멍(걸으면서)' '고치 가는 길(같이 가는 길)'로, 여유롭게 즐기기를 비는 마음에서 만들어졌다. 차를 타는 여행이 점의 여행이라면, 올레 트레킹은 그 점을 이어가는 긴 선의 여행으로 보면 된다. 구석구석의 속내와 멋을 찾아내고 알갱이를 씹어서 참맛을 음미하듯 진정한 아름다움을 느낄 수 있게 하는 올레길 걷기는 나와 같은 올레인들에게는 귀한 보물과도 같다.

올레 2차 프로그램은 5~8코스를 걷는다. 첫날 제주공항에 도착하고 전용차량으로 이동하여 점심을 11시 30분에 먹는다. 점심은 성게미역국인데 옥동자를 낳은 산모의 미역국처럼 커다란 그릇에 가득 담겨 나왔다. 이걸 어찌 다 먹을까 부담이 되었지만 괜한 걱정이었음을 곧바로 알게 되었다. 맛이 좋아 한 그릇을 다 먹고 나니 속이 편하고 개운했다. 아침식사가 시원찮았을 올레객들을 배려한 선택이었다. 식사를 마치고 나니 올레길을 내딛는 발걸음이 상쾌하고 가뿐했다.

올레 5코스는 남원포구에서 쇠소깍 다리까지이며 약 14㎞를 5시간 정도 걷는다. 남원포구에서 시작해 가장 아름다운 해안 산책로인 큰엉 경승지 산책로를 지나 쇠소깍까지 이어지는 바당, 해안, 마을을 걷는다. 해안도로를 따라 길은 바다와 나란히 이어지고, 기암절벽이 성곽처럼 둘러서 있는 큰엉 경승지 산책로로 이어진다. 길에서 내려다보이는 에메랄드빛 바다는 에게해보다 더 푸르고 속이 다 들여다보일 정도로 맑았다. 마을의 울타리와 감귤밭, 방풍림은 키 큰 동백나무로 되어 있다. 돌담 너머로 마을길 가득 토종 동백나무들이 울창하게 서 있어, 붉은 동백 꽃잔치에 감탄이 절로 나온다. 현맹춘 할머니가 근근이 모은 돈 36냥으로 한라산 자생 동백나무 씨앗 한 섬을 사다가 이곳에 뿌려

울창한 동백숲을 만들어 옥토가 되었다는 기사를 떠올렸다. 이러저러 민물과 바닷물이 만나 절경을 만들어내는 쇠소깍에 도착했다.

올레 8코스는 월평 아왜낭목 쉼터부터 대평포구까지 약 20㎞를 7시간쯤 걷는다. 8코스는 걷는 길이 길고 공항과 거리가 멀어서 둘째 날에 걷는다. 아왜낭목에서 바다와 나란한 방향으로 감귤밭을 따라 걷다보면 약천사에 이른다. 약천사에서 마을과 밭길을 지나면 대포포구에 이르고, 포구를 돌아나와 마을길로 감귤밭을 지나면 중문단지 축구장이 나온다. 축구장의 초록 잔디 너머로 바다와 하늘이 아스라이 보인다. 가슴이 시원하게 트이는 구간이다.

중문관광로를 따라 걸으면 베릿내오름이다. 오름의 천제연 계곡 양 옆으로 천연기념물인 희귀식물이 울창하게 자생하고 있다. 오름을 오르는 길은 힘은 들었지만 목재난간과 계단이 정상까지 길게 이어졌기 때문에 안전했다. 고요하고 울창한 깊은 숲속을 걷는 나는 거대한 자연 속 한 마리 작은 새였다. 자연 앞에서는 그저 작은 존재일 뿐이라는 생각이 자꾸 들었다. 오름 정상에서 길을 따라가면 천제연폭포 산책로와 만나고, 중문 색달해수욕장의 백사장을 지나 예래 생태마을로 들어간다. 얼리길을 거쳐 하예포구를 지나면 예래길에 이른다. 왼쪽으로 바다를 두고 오른쪽으로는 밭인데 노란 유채꽃과 연하고 진한 보라색이 섞인 갯무꽃, 4월 제주 바닷가에서 자라는 들꽃이 무리지어 피었다. 처음 대하는 갯무꽃의 사랑스러운 매력에 빠져 있는 사이 깎아지른 절벽 위에서 맑은 물이 솟아나는 박수기정이 있는 대명포구에 이른다.

올레 7코스는 서귀포 여행자센터부터 월평 아왜낭목 쉼터까지 18㎞를 7시간 동안 걷는다. 센터에서 출발하여 삼매봉으로 향한다. 나지막한 삼매봉에서는 오름으로 서귀포 앞바다의 네 섬인 범섬, 문섬, 세섬, 섭섬 그리고 서쪽으로 마라도와 가파도까지 한눈에 볼 수 있다. 삼매봉 앞바다에는 외돌개 바위가 외로이 홀로 서 있다. 길은 속골과 공물해안을 지나 법환포구로 이어진다. 법환마을은 소라, 전복, 해삼이 제주에서 제일 많이 나고, 실습장을 갖춰 해녀들을 가르치는 교육관이 있다. 두머니물을 지나 서건도까지 험한 바위밭길은 아름다운 바닷길 일강정 바당 올레다. 힘들고 어려운 길이지만 올레인들이 가장 사랑하고 아끼는 자연생태길이다. 험하디 험한 바위밭은 고만고만한 돌들이 검은 융단처럼 깔려 아름다운 길로 변신한다. 손으로 일일이 돌을 하나하나 고르고 옮겨놓아 감동이 가득하다.

올레 6코스는 쇠소각다리부터 여행자센터까지 약 12㎞, 4시간을 걷는다. 쇠소각 산책로를 시작으로 소금막이 있었다는 검은 모래 해변과 방파제가 길게 뻗은 하효항까지 해안로를 걷는다. 보목마을 입구에 제지기 오름이 있고 정상에 올라 내려다보이는 섭섬과 보목포구는 자리돔으로 유명하다. 길가에서는 쉰다리(감주 비슷한 제주 음료)를 판다. 포구마을을 지나 아늑하고 한적한 오솔길을 따라 걷다가 다시 해안로로 접어들어 구두미포구를 지나면 다시 바닷길이다. 지루할 틈이 없다. 화가 이중섭은 6·25전쟁 피난 시절에 네 식구가 한 평짜리 방에서 지냈으며 이곳에서 가장 행복했었노라고 했다. 그의 집을 구경하고, 서

귀포시장을 지나 여행자센터 앞에 도착하면 올레가 마무리된다.

　여정에 없던 수목원에 들렀다. 항공기가 연발되자 헬스조선 비타투어 스태프의 순발력 있는 결정이었는데, 올레객을 위한 배려이기도 했다. 쭉쭉 뻗어 올라간 울창한 쑥대난(삼나무) 숲에 들어서니 피톤치드의 상쾌함이 나흘간의 힘들었던 걷기와 강한 바람에 지친 피로를 풀어주었다.

　헬스조선 인솔자 김주호 과장과 제주 현지 담당자 기현범, 해설자 제주올레인 김 선생. 올레 트레킹을 위해 최선을 다하고, 발가락의 물집들을 따주며, 참가자 한 명 한 명의 컨디션을 살펴 안전을 지켜주었다. 길이 어긋난 사람을 찾아 흘린 굵은 땀방울에 감사한다. 평범한 제주 주부들이 직접 만들어 한상 차려준 제주정식은 신선하고 따뜻했으며 일생 동안 쉬이 받아볼 수 없는 특별한 밥상이었다.

　"폭삭 속았수다."

---

\* 헬스조선 비타투어 '제주 올레 완주 걷기'에 참가했던 생생한 후기이다. 헬스조선 비타투어는 4월과 5월 하루 한 코스씩, 하루 평균 15~20㎞를 6~7시간 쉬엄쉬엄 걷는 행사이다.

\* 바당 : 바다를 일컫는 제주 방언

\* 폭삭 속았수다 : 수고 많으셨습니다는 제주 방언.

# 이탈리아 돌로미티 알프스트레킹

스위스의 알프스가 목가적이라면 이탈리아의 알프스는 웅장하다. 이탈리아 북부에 있는 돌로미티는 3,000m가 넘는 18개 암봉과 41개 빙하 등 거대한 산군을 이루고 있어 장엄하고도 경이롭다. 바다 밑 지각이 융기되어 거대한 바위산으로 변모된 지형이 바로 돌로미티다. 돌로미티는 수석 전시장처럼 아름답고, 웅장한 암봉들로 위용을 떨치고 있다. 뿐만 아니라 그 사이로 야생화가 지천으로 널린 고산 초원, 청아한 빙하 호수, 아름다운 숲이 속살을 숨기고 있어 천천히 걸으며 즐기기에 그만이다. 2018년 7월 4일 여행사 일행 12명과 동생 내외와 함께 돌로미티에서 빼어나게 아름다운 하이라이트 봉우리 여덟 곳을 트레킹 코스로 선정하여 걷기로 했다.

첫날은 인천공항에서 베니스를 거쳐 돌로미티의 작은 산악마을 산타크리스티나에 도착했다. 둘째 날은 첫 번째 봉우리, 8㎞를 4시간 걷는 세체다(2,392m) 트레킹을 했다. 발 가르데나 골짜기의 동화 같은 마을 오르티세이는 유럽 최대 목초지 '알페 디 시우시'와 뾰족한 봉우리 '세체다'를 오르는 출발점이다. 가르데나 계곡에는 오르티세이와 더불어 산타크리스티나 같은 작지만 아름다운 산악마을이 있다. 트레킹 첫날이라 고산증으로 숨이 찼다. 아울러 길이 좁고 오르막이 가팔라 자동차로 이동할 때 멀미가 심했다. 어릴 때 경험한 적 있는 차멀미로 정신이 반쯤 나가버린 줄 알았다.

이어서 두 번째 봉우리, 4㎞를 2시간 걸려 걷는 산타 막달레나 트레킹을 했다. 뾰족한 회색 암봉군, 오들러 산군의 파노라마가 펼쳐졌다. 오들러 산군을 병풍처럼 품은 산타 막달레나 마을은 여러 트레킹 코스와, 평화롭고 아기자기하고 앙증스러운 집들이 옹기종기 모여 있어 동화 속 분위기였다.

자동차 이동 중 기사가 길을 잘못 들어 후진으로 가파른 내리막길을 비 맞으며 내려왔다. 손에 땀을 쥐게 하는 아슬아슬한 순간이었다. 무사히 내려오자 모두들 박수로 기사의 수고를 응원했다. 하루 종일 이슬비가 내리더니 호텔에 들어서자마자 장대비로 바뀌었다.

세 번째 봉우리는 13㎞를 6시간 동안 걷는 알페 디 시우시(2,440m) 트레킹이었다. 알페 디 시우시는 알프스에서 가장 넓은 목초지이며 휴양지이기도 하다. 돌로미티에는 약 2,700m 이상의 거대한 돌덩어리가 35여 개 널려 있기에 알페 디 시우시에 올라서 보는 조망은 입을 다물수 없을 정도였다. 계곡마다 꽉 채워진 야생화 군락이 있어 몇 시간을 가도 꽃들판이고 꽃길이었다. 하루 종일 꽃 속에서 살았지만 싫증나지 않았다. 끝없이 펼쳐지는 평화로운 꽃길을 걷다가 동년배 이탈리아 할머니들과 인사를 나누었다. 반갑다며 얼마나 호들갑스럽게 환영하는지. 내게 젊고 아름답다고 엄지를 치켜세워주었다. 자기가 맥주를 사겠다고 우겨대서 겨우 사양했다. 트레킹 중에 정이 넘치는 이탈리아인과의 따뜻한 만남이었다.

파소 포르도이에서 고속 케이블카를 타고 사스 포르도이(2,950m)에 올라가 보에 산장을 걷고 사스 포르도이로 돌아오는 5㎞ 거리를 3시간 동안 걷는, 네 번째 포르도이 트레킹을 했다. 사스 포르도이에 오르면 돌로미티를 테라스에 앉아서 보는 것처럼 360도로 훤하게 둘러볼 수 있었다.

마르몰라타(3,343m)는 돌로미티에서 가장 높은 봉우리이다. 아름다운 봉우리 아랫길을 걷는 다섯 번째 마르몰라타 트레킹은 6시간 동안 9㎞를 걷는다. 봉우리 아래 산허리에 난 길을 걸을 때면 까마득히 내려다보이는 천길 낭떠러지가 무서워서 경치를 바라보기보다 내딛을 앞길만 주시하기 바빴다. 빙하가 퇴각하면서 과거 제1차 세계대전 때 병사의 유물이 발견된다고 한다. 돌로미티 최대의 산악마을 코르티나 담페초는 여름에 하이킹, 겨울에 스키 등 스포츠 중심지여서 많은 관광객이 몰리고 있다. 발길 닿는 곳마다 눈길 머무는 곳마다 비경이고 절경이라 탄성이 절로 나왔다.

라가주오이(2,752m) 정상부에 오르면 산장과 전망대가 있고 이곳에서 마르몰라다, 토파나 산군 등을 시원하게 바라볼 수 있다. 여섯 번째 날 산장과 전망대까지 오르고 내려가는 데 5시간 동안 6㎞를 걷는 라가 주오이 트레킹을 한다. 산장을 향하여 오르는 길은 산군의 웅장함, 넓게 펼쳐진 초원, 청명한 호수 등 다채로운 풍경을 만끽할 수 있다. 이곳에 이탈리아군은 과거 제1차 세계대전 때 오스트리아-헝가리군에 대항하기 위해 산악터널을 뚫었는데 현재는 박물관으로 사용된다.

친퀘 도리는 알프스에서 가장 유명한 암벽등반지 중 하나라서 그 앞에 위치한 스코이아톨리 산장은 기이한 친퀘 도리를 보려는 인파들로 붐빈다. 친퀘 도리에서 파소 지아우까지 오는 길은 거대한 산악 목초지를 지나면서 매우 목가적인 풍경이 펼쳐진다. 스위스 알프스에서는 자생 에델바이스를 보지 못했는데 이곳에는 발에 밟힐 정도이다. 작고 우아하고 청초한 에델바이스와 붉은색의 손톱만한 알펜로제와 보라색 초롱의 엔티언 블루 등 알프스의 3대 명화名花를 원 없이 감상하며 걸었다. 오늘은 일곱 번째 날, 친퀘 도리 파소 지아우 트레킹으로 거리는 4㎞인데 시간은 5시간이 걸렸다.

세상 어디에도 없을 독특하고 아름다운 풍광을 자랑하는 돌로미티에서도 트레치메 디 라바레도는 단연 으뜸이었다. 여덟 번째 날 트레치메 디 라바레도 트레킹은 10㎞를 6시간 동안 걸었다. 석양이 만들어내는 봉우리들의 그림자와, 그 빛을 받은 황금빛 봉우리들이 돌로미티의 심장으로 불릴 만했다. 라바레도를 중심으로 한 바퀴 도는 코스는 돌로미티에서 가장 유명하고 유럽 암벽등반의 메카이기도 하다. 라바레도를 가장 아름답게 바라볼 수 있는 로카텔리 산장에서의 식사와 와인 한 잔은 트레커들의 추억이 되었다. 일행 중에 독일에서 유학생활을 오래 했던 노교수님은 우리 세 식구와 절친하게 지냈고 카페에서의 식사 주문도 도맡아 해주었다.

아홉 번째 날, 공항 가는 길목에 있는 거대한 물 위의 도시 베니스는 오전 중에 여행했다. 100여 개의 섬으로 이루어졌고 섬과 섬 사이에는 400여 개 다리가 놓여 있어 그 사이로 모세혈관처럼 170여 개의 작은 운하가 뻗어 있다. 이곳은 어딜 가나 늘 발끝에 바닷물이 찰랑이는데 만조 때나 우기에는 산마르코 광장을 비롯한 도시 전체에 발목까지 물이 차오르기도 한다. 우리가 다녀온 일주일 후 바닷물이 다리 위까지 넘쳤다는 기사가 신문에 실렸다.

열 번째 날, 트레킹을 탈 없이 마치고 아쉬움 속에 인천공항에 도착했다.

# 생생한 삶을 그린 동행론

김낙효 / 수필가, 문학박사

## 1. 사랑의 기적을 체험한 서사

인간에게 주어진 최후의 희망과 보람은 글을 쓰는 것이 아닐까 싶다. 한인자는 칠십대에 글을 쓰기 시작한 늦깎이 수필가이다. 나는 그녀를 2016년 가을학기에 서울교육대학 평생교육원 수필교실에서 선생과 학생으로 처음 만났다. 그녀는 처음부터 범상치 않았다.

수필 공부를 시작한 지 일 년 반 만에 격월간 『에세이스트』 신인상을 수상한 후로는 일주일에 한 편씩 작품을 써냈다. 그리고 일 년 남짓 지나서 첫 수필집을 상재하는 정열의 작가이다. 공부를 시작하던 그 해 봄에 사랑하던 남편을 떠나보내고 나서 더욱더 글쓰기에 몰입했던 듯하다.

작가의 작품 소재를 분석하면 외향적 특성과 내향적 특성으로 나눌

수 있다. 과거에 대한 그리움으로 대변되는 고향 이미지와 꽃·정원·산 등의 자연 이미지는 중요한 외향적 특성이다. 반면에 스승·지인, 가슴으로 낳은 복이 등으로 대변되는 인연 중시와 사랑의 성취, 종손부로서 제사 전통 개선, 추모공원 조성, 알프스 트레킹 등의 도전정신은 내향적 특성이다.

「산티아고 순례길의 동행」은 남편 죽음의 허무함과 슬픔을 진지하게 성찰하여 사랑과 신앙으로 극복하고 승화시킨 작품이다. 평면의 문학을 상황의 입체 문학으로 바꿔놓았다. 오십여 년을 사랑하며 함께 살아온 남편이 떠나자 절망의 수렁으로 한없이 빠져들었다. 막내동생 내외가 산티아고 순례길 걷기를 권유하여 300㎞ 코스를 20일 일정으로 걸었다.

산티아고 순례길은 야곱이 복음을 전하기 위해 주님과 함께 걸었던 길이다. 그 길은 지상의 길이면서 천상의 길이라고도 불린다. 그 길을 걷는 순례자의 삶에 영적인 변화를 경험케 해주기 때문이다. 그 20일을 작가는 누구와 함께 걸었을까? 물론 동생내외와 걸었다. 그리고 돌아가신 남편과도 함께 걸었다. 그게 가능하냐고 하겠지만, 작가에게는 가능했다.

남편과 동행한다는 것을 체감한 것은 도보 순례 첫날이었다. 피레네 산맥을 넘는 가장 힘든 코스인 나폴레옹루트(8시간 30분 소요)였다. 기상도 악천후였다.

정상에 오르니 세찬 비바람이 불고 우박이 쏟아지고 짙은 안개로 인해 한 치 앞도 가늠키 어려웠다. 판초우의를 입었지만 춥고 떨리기는 마찬가지였다. (…) 양쪽 발바닥이 땅에 얼어붙은 듯 발걸음이 떨어지질 않았다. 이때 귀에 익은 부드러운 남편 목소리가 생생하고 또렷하게 들려왔다.

"여보, 정신 똑바로 차려요. 겁먹지 말고 마음을 차분히 가라앉혀요. 앞을 봐요. 오른발로 이쪽 돌을 디뎌요. 밑을 봐요. 스틱으로 저쪽을 짚어요."

걸음걸음마다 확신에 찬 남편의 자상한 인도를 따라 걷다보니 안정이 되고 두려움도 사라져서 무사히 하산할 수 있었다.


작가는 이 기적 같은 체험을 순례 둘째 날에는 더 확실하게 깨달았다. 스페인 마드리드에 도착하여 버스로 팜플로나 시내 관광을 할 때, "내가 돌부리에 걸려 고꾸라지면서 자갈바닥에 대 자로 엎어졌다. 넘어지는 순간 지켜보고 있던 손길이 반짝 안아서 받쳐주는 듯, 가볍게 붕 뜨는 느낌이었다. 그 순간에도 남편이 지켜주었구나 하는 확신이 들었다"는 것이다.

그날의 감동으로 순례길 내내 남편과 동행하는 길이 되었다. 장례 치른 지 채 한 달이 지나지 않아 떠난 순례길이란 애도의 길일 수밖에 없다.

작가는 어떻게 이런 체험이 가능했을까? 살아서 원 없이 사랑하고 사랑받았기에 가능한 것 같다. "남편 생전에도 자동차 타고내릴 때와 계단 오르내릴 때마다 난시가 심해 더듬거리는 나의 손을 잡아 도와주었다. (중략) 혼자 외출하면 마음을 놓지 못해 좌불안석이던 남편이었다."

그리고 "남편은 순례길 내내 동행하며 안전하게 지켜주었고 감동을 함께 나누었다. 아름다운 꽃길, 파란 하늘, 얼굴을 간지럽히는 미풍도 즐기며 양떼와 소떼들과 함께 (중략) 순례길을 걸었다. 드디어 산티아고에 입성했다."

남편에게 편지를 썼다.

"여보, 어렵고 힘든 순례길을 안전하게 지켜주며 함께 걸어, 외롭지 않고 행복했습니다. 한평생을 넘치도록 사랑해주었고 천국 가는 길에서까지 베푼 사랑에 정말 감사합니다. 보너스로 준 이 마지막 20일 간의 동행으로 이별의 아쉬움과 슬픔이 사라졌습니다. 내일이면 당신이 내 곁을 떠난 지 49일이 됩니다. 이제 당신을 선선히 보내드립니다. 만날 날까지 천국에서 평안하십시오. 사랑합니다."

다음날 피니스테레 바닷가 바위 위에서, 순례의 마지막 의식으로 '내려놓을 것을 태우는' 순서가 있었다. 작가는 성당에서 눈물범벅으로 쓴 남편에게 보내는 편지를 태웠다. "불꽃과 연기가 하늘로 향할 때, 남편은 할 일을 다 하고 홀가분한 마음으로, 훌훌 연기와 함께 서둘러 천국으로 떠나갔다."

다음에 만나기를 기원하며 작가는 "부엔 카미노!"라고 인사를 한다.

## 2. 사랑의 씨앗에서 열매까지

한인자 작가는 1960년대 후반에 대학 졸업을 앞두고 회사에 다니면서도 외국 유학의 꿈을 꾸고 있었다. 그때 한 청년을 만나게 되는데 그로 인해 유학을 접기로 한 사연이 「유학의 꿈을 접고」이다.

청년은 데이트를 시작한 지 두 달도 안 돼 청혼을 했고 그들은 결혼을 약속했다. 그 사이 청년 집에서 오해가 생겨 결혼을 반대하니 청년이 단식을 시작하였다. 단식 일주일째 청년과는 연락두절 상태에서, 청년 어머니는 둘만의 자리를 마련했다. "내 아들은 죽어도 너랑 결혼해야겠다니 네가 물러나라." 작가는 심한 모욕감과 충격을 받았으나, 일주일째 굶고 있는 그를 생각하고, 침착하게 말을 했다. 그런 후 오해가 풀리고 결혼식을 올리게 되었다. 우여곡절 끝에 남편과 결혼하게 된 사연을 그린 작품 「일주일간의 단식」이다.

남편의 61세에 가족들은 환갑이라기보다 새로운 노년을 시작하는 아버지를 축하하는 잔치를 열기로 하였다. 환갑날 남편은 〈아내에게 바치는 노래〉를 불렀다. 얼마나 열창을 하는지 부르는 자신도 노래에 도취된 모습이고, 작가도 감동의 눈물을 주르륵 흘렸다. "그때 100세 운운하며 환갑잔치를 안 했더라면 어쩔 뻔했나" 하고 추억하는 작품이 「나는 다시 태어나도」이다.

작가 작품 중에서 가장 재미있는 것을 나는 「지압봉과 뜸」으로 뽑는다. 어느 날 남편이 뜬금없이 각 방을 쓰자고 조심스럽게 제안을 했다. 그렇게 금슬 좋은 부부가 잘못되나 싶다가도, 얼마나 좋은 사이인데 그 정도에 서운해하지 않으리라는 것은 알았다. 예민한 아내가 나이 들어서라도 편히 자라는 남편의 배려심이 느껴졌다. 또 건강 때문에 수지 뜸뜨기를 하기 위한 뜸방도 하나 만들었다.

계단을 올라가 거실 문을 여니, 아아, 집안 공기가 더욱 따뜻했다. 막 피어오르는 기운은 목화솜처럼 폭신하고 가벼워서 몸이 부웅, 떠오르는 듯했다. 밝고 환한, 아주 특별한 기운이었다. 순간 천국시민이 된 남편이 거실에 들어와 있다는 확신이 들었다. 이 기운은 한번도 접해본 적 없는, 절대로 세상의 것이 아닌 천국의 기운과 공기임에 틀림없었다. 그야말로 천국시민에게서 풍기는 천국의 기운이었다.

위의 글 「시공을 넘어온 사랑의 기쁨」에서도 사랑의 기적을 체험한다. 장례를 치르고 집에 온 날의 특별하고 신비한 경험인데, 작가는 너무 선명하게 느껴진다고 고백했다. 감동적인 사랑의 기적을 목격한다.

## 3. 삶의 근원 고향과 새로운 슬기

우리가 어느 장소에서 시간을 보낼수록 낯설었던 곳이 친숙한 곳으로 변해가면서, 특별한 감정이 묻어 있는 장소애場所愛, topophilia를 느끼게 된다. 한인자 작가에게 그렇게 의미 있는 곳이 고향 '충주'이다. 7살 때 6·25전쟁을 체험했기 때문에 충주에서 고등학교 1학년부터 5년 정도 살다 다시 서울로 와서 대학을 갔지만, 충주는 모태와 같은 안식처로서 가장 행복했던 시절로 기억한다. 그런 유년의 삶을 그린 것이 작품「소망 따라 꽃길 따라」이다.

도시의 현실 공간에 살고 있으면서도 여전히 작가의 고향의식은 수시로 자연 속으로 향한다. 도시 ➡ 고향 ➡ 자연으로 이어지는 이러한 공간의 확대는 그의 작품세계가 얼마나 단단히 고향의식과 맞닿아 있는지를 보여준다. 실제로 유년시절 즐겨 다니던 곳을 어른이 되어 자녀, 손주들까지 이어지는 행복한 자매 가족들의 모습이 작품「몽산포의 추억과 해당화」이다. 「목왕리의 봄과 가을」, 「비밀궁전의 비밀」도 그 연장선상에 있고, 작가가 트레킹 다니는 산들도 모두 확장된 자연 공간이다.

표제작「비밀궁전의 비밀」은 고봉산에 터를 잡고 살면서 사철 고봉산의 아름다운 모습을 즐기며, 산짐승과 공생하며 사는 모습을 그린 작품이다. 자연과 하나가 되어 고요한 산과 대화를 나누는 곳으로 작가는 '비밀의 궁전'이라 명명한다.

작가가 50대 중반에 고봉산 주변을 지나다가 아름다운 자연에 반하여, 남편에게 저 산자락에 집을 짓고 살자 하여 고봉산자락에 살게 되었다. 자연을 멀리서 바라보고 좋아만 하는 것이 아니라 자연과 일체가되어 함께 사는 모습이다. 청정공기를 품은 고봉산을 정원으로 삼고 있으니 자연의 주인으로 사는 것이기도 하다.

겨울이면 산짐승들이 먹을 것이 없어 곤란하다. 그래서 도토리가 떨어질 때는 숨도 안 쉴 정도로 다른 사람들이 주워가기 전에 먼저 도토리를 줍는다. 동물들에게 나눠줄 겨울식량을 마련하기 위해서다. 자연은 치유효과도 간직한 아름다운 비밀궁전이다.


우리 집에서는 고봉산 자태를 한눈에 내다볼 수 있다. 문밖으로 나서면 5분도 안 되어 산자락과 습지공원에 닿는다. 인적이 드물어 사람의모습이 거의 보이지 않는 고요하고 고즈넉한 이곳은 오직 나를 위해 조성해놓은 것 같은 비밀의 궁전이다. 이곳에 들어서면 50여 년 같이 했던옆지기가 함께인 것처럼 평안하다. (중략)

습지공원이 조성되면서 산책은 활기를 찾았다. 계절 따라 숨 가쁘게변화하는 산책로는 언제 어느 때이든 걷는 즐거움을 준다. 이 길 위에만서면 마음은 평온해지고 온갖 잡념이 사라진다. 하얀 도화지처럼 걱정, 근심, 욕심이 없다. 인적이 뜸해서 걷다보면 나만의 세상이다. 그래서인지 20년 동안 산책하면서 안면 튼 사람이 없다. 남편과 나란히 걸을 때도 각자의 감상에 취해 우리는 완전히 다른 사람이었다.

생활 속에서 지혜를 찾아내는 작가의 글은 고향사람을 만난 듯이 친근하다. 작가의 대상과 세계에 대한 관점을 뜻한다. 유교적인 제사 전통을 어렵게 말씀드려 관습을 개선한다든지, 사방에 흩어져 있는 선대의 묘지를 이장하여 추모공원을 만든다든지 하는 것을 보면, 작가의 작은 체구 속에는 듬직한 여장부가 들어 있음이 분명하다. 어떤 의사 결정을 할 때는 명쾌하게 주장을 펼친다. 그런 자산이 되었을 것으로 보이는 작품은 어려서 아버지는 역사 이야기를, 어머니는 도깨비 이야기를 재미있게 들려주면서도, 예절교육은 혹독하게 시킨 「이야기꾼 아버지, 어머니」이다.

작가는 오 씨 가문 종손과 결혼했다. 종손부 일을 감당하기엔 약해보였는지 시댁에서도 많은 염려를 하였다. 기제사와 명절과 어른들 생신에 모이는 식구들이 보통 50여 명은 된다. 제사 음식도 손이 많이 가는 것뿐인데 더 어려운 건 50여 명의 식사를 동시에 차려내는 일이었고 그 양을 잘 측정해야 하는 것이다.

먼저 밤 12시 넘어 지내는 제사 시간을 초저녁으로 바꾸는 것을 어렵게 허락을 받아내었다. 제사를 모시고 난 후 저녁식사가 늦어져서 시간을 앞당기다 보니 해 지기 전에 제사를 모시는 때가 있었다. 그때 할아버지께서 한 말씀을 하신다. "아가야, 해는 져야지, 조금만 기다렸다가 지내자." 그 다음에는 4대 제사를 2대만 지내는 것으로 개선하였다. 그것이 작품 「아가야, 해는 져야지」와 「한가위 단상」이다. 그리고 선산의 묘소를 정비하여 근사한 가족공원으로 조성한 것이 「추모공원」이다.

## 4. 작가 고유의 신성한 공간

작가는 다섯 살 때부터 노래를 잘 부르고 춤도 잘 추어 어른들의 엄청난 칭찬과 박수를 받았고 상으로 복주머니도 받았다. 그 이후 지금까지도 그렇게 환호를 받은 적이 없다고 기억할 정도다. 그것은 작가가 춤을 잘 추는 소질이 있어서였다. 작가가 대학에 입학하고 신나는 대학 생활 중에 하나가 '춤추기'였다고 한다. 얌전한 여대생들은 춤을 추지 않고 빼던 시절이다. 부모님이 작가 춤의 열혈 팬이라 요청이 있으면 언제나 멋지게 공연을 하고 박수를 받곤 했다는 것이 「젊은 날의 춤꾼」이다.

작가는 결혼 이후는 좋아하던 춤 대신에 남편 정년퇴직 이후 함께 골프를 즐겨 치게 된다. 같은 유형의 작품은 「태백 오투리조트」와 「무릉과수원」, 「후쿠시마 애로레이크의 작은 지진」, 「북해도의 은여우와 골프공」 등이다.

작가는 프로선수도 하기 어렵다는 홀인원은 물론이고 샷 이글도 각 한번씩 기록했다. 본인의 컨디션이 최상일 때 일어났던 행운이라고 생각하는 에피소드를 다룬 작품이 「홀인원과 이글」이다.


온 신경을 집중해 우드 5번을 잡았고 그것이 잘 맞아 그린에 안전하게 안착할 수 있었다. 그런데 공이 굴러내려오기 시작했다. 곧 연못으로 퐁당 빠질 기세로 속도를 내며 굴러내려오던 공은 홀 속으로 쏙 들어가 버렸다. 내 눈을 의심했다. 동반자들 입에서는 "홀인원이다. 홀인원!" 외침이 연이어 튀어나왔다.

작가의 작품에는 걷기가 주를 이루는 골프장 투어와 여러 트레킹 때 만났던 산이 꽤 나온다. 산을 향하는 동안에 작가는 모든 일상에서 송두리째 벗어난 '새로운 나'와 마주하게 된다. 물론 그것은 일상으로의 복귀를 전제로 한 떠남이기에 다시 '일상의 나'로 돌아오는 회귀형 구조를 취한다.

내가 본격적으로 걷기를 시작한 것은 40세부터였다. 대학 졸업 후 15년 되던 해에 시할아버님이 돌아가시고 제사가 대폭 줄어 시간 여유가 생겨졌다. 39세 되는 가을학기에 대학원 공부를 시작했다. 과로로 병이 왔다. 심장을 조절하는 자율신경에 실조증이 생겨 심장 쇼크가 자주 일어났다. 의사의 처방은 걷기였고 걷기는 생활화되어야만 했다. 그 무렵 베스트셀러였던 김영길의 책 『누우면 죽고 걸으면 산다』가 나의 교과서가 되었다. 걷다가 과過해서 몸살이 나고 겁이 나도 저자의 말을 굳게 믿고 그 결심을 지켜나갔다. 어쩌다 걷기가 싫어지면 심장이 쪼여오던 고통을 생각하며 눈이 오나 비가 오나 무작정 걸었다.
—「20대에 만난 나의 롤모델」중에서

성스러운 공간을 걸어온 '나'는 예전의 '나'가 아니라, 새로운 기운을 받은 '나'일 것이다. 이때 신성한 공간인 산은 그녀만이 누릴 수 있는 고단한 삶의 탈출구이다. 새로운 기운을 부여받기 때문이다. 원초적 생명력이 넘쳐흐르는 자연의 기운을 독자도 조금 수혈받는 느낌이다.

이뿐이 아니다. 작가는 시베리아 횡단열차의 여정 900㎞를 12시간에 달리는 코스에 도전했다. 시베리아 횡단열차 여행은 식사시간과 화장실 사용시간 외에는 좁은 침대칸에 있어야 하니 따분하고 답답하였다. 화장실 여건도 최악이었다. 시베리아 횡단열차 여행은 현실세상과 단절된 시공간으로, 백 년쯤 뒤로 돌아간 듯 과거로의 회귀여행이었다.

그 덕분에 소중한 경험도 했다. 러시아의 동아시아 중심지 우수리스크에 일제 강점기 때 우리나라 독립운동가들이 활동했던 고려인문화센터와 독립운동가 이상설 선생 유적지를 탐방했다. 그곳을 돌아보며 "어느 여행에서도 느껴보지 못했던 뭉클한 아픔과 감사에 눈시울이 뜨거워졌다. 조국 독립을 위해 눈보라 몰아치는 극한의 추위와 칼날 같은 감시 속에서, 목숨을 내놓고 맹활약했던 선열의 피 끓는 애국심이 가슴으로 전해오는 듯했다"고 적었다.

고생스럽고 열악한 기차여행이다. 하지만 주권을 잃고 배고팠던 우리가 OECD 국가들과 어깨를 나란히 하며, 자존과 풍족을 누리게 된 것이 선열들의 희생 덕분임을 확인하였다. 로맨틱한 낭만적 기차여행보다 훨씬 진한 감동을 받은 작품이 「알프스 3대 미봉 트레킹」, 「시베리아 횡단열차를 타다」이다. 이와 같은 맥락의 작품은 「태국에서 떠난 미얀마 추억여행」, 「황금빛 천상의 화원 오제트레킹」, 「갯무꽃 흐드러진 4월 제주 올레」,「이탈리아 돌로미티 알프스트레킹」 등이다.

## 5. 세상에서 만난 인연과 삶

한인자 작가의 주요 소재 중 돋보이는 것은「가슴으로 낳은 딸, 복이」
이다. 작품성보다는 소재 때문이다. 실제 복이는 친구의 부탁으로 고
아원에서 작가의 집으로 오게 되었다. 전혀 가정에서 양육받은 경험 없
이 고아원에서 야생마처럼 자란 아이였다. 주변사람도, 본인도 포기하
고 싶은 유혹이 강했지만, '나마저 포기하면 우리 복이는 누가 같이 살
까' 하며 끝까지 포기를 하지 않는다. 그 진솔성과 진정성이 넘쳐흐르
기에 입양 문제를 함께 생각해보게 한다.

고아원 친구들과 전화를 걸어 쏙닥이다가 몰래 가출하여 가슴 떨리
게 한 적도 있다. 이런저런 걱정으로 밤잠을 설치게 한 적도 여러 번이
다. 며칠 지나 슬그머니 들어와서 다시는 그러지 않겠다고 같이 살게 해
달라며 애원했다. 함께 살던 사람이 말없이 사라졌을 때 놀람과 배신감,
허탈감은 말로 다하지 못한다. 세상살이에 부족하고 미숙한 아이이기
에 걱정이 더 되었다. 이유 불문하고 탈 없이 들어온 것이 고마워서 아
이를 끌어안았지만 그 후로도 여러 번 나갔다 들어오기를 일삼았다.

작가는 세상에서 받은 넉넉한 사랑과 포용력을 발휘한다. 한참 지나

서 복이가 다시 들어왔다. 부족한 한 사람을 키워서 사람답게 만들어주는 일은 결코 쉽지 않다. 노년까지 탈 없이 살아가도록 물심으로 채비하여 오직 측은지심으로 집 가까운 곳에 분가까지 시켰다. "지금까지 복이의 손을 꼭 잡고 놓지 않았던 나에게, 복이를 맡긴 친구의 믿음에 실망을 주지 않겠다는 나와의 약속을 지켜낸 나에게 감사한다. 생애를 거쳐 가장 큰 공을 들인 내 가슴으로 낳은 사랑의 작품이다." 이와 같은 맥락의 작품은 「스승의 사랑」, 「따사로운 아침 햇살」, 「고국이 그리운 친구들」, 「마이 뺀 라이」, 「시암 골프장의 성구와 상아」 등이다.

친구 간의 우정을 이야기 한 작품은 종종 만날 수 있다. 그러나 여기 절친 「내 친구 영혜」에서는 쉽게 흉내내기 어려운 일도 일어난다. 대학 입학으로 만나 45년 간을 의지하며 지내온 친구이다. 각자 결혼해서 아이를 낳고 두 집 식구가 서로 오가며 살았다. "영혜의 큰아들이 준비가 안 된 때에 갑자기 결혼하게 되어 우리 남편 퇴직금으로 집을 얻어주고 결혼식을 치렀다"고 했다. 서로 신뢰하고 사람을 보면 그 사람의 좋은 점을 먼저 발견한다는 점은 작가의 큰 장점이다.

어느 날 캐나다에 살고 있는 한 여인으로부터 전화를 받는다. "형님, 나 좀 살려주세요. 살아가기가 너무 힘들어요. 나 좀 보러 와주세요. 보고 싶어요." 뜬금없는 말로 들렸다. 남편의 친구 부인으로 특별히 가까운 사이도 아니고 단지 전에 한 아파트단지에 살았을 뿐인데, 이웃도 아닌 캐나다로 자신을 보러오라니. 작가 부부는 고민을 하다가 남편과 함께 그 여인을 만나기 위해 캐나다까지 가는 작품이 「토론토의 정원사와 페인트공」이다. 가보니 여인은 남편 사망 이후부터 무기력증에 빠져 있었다. 토론토의 부촌에 있는 아름다운 저택이었지만, 오랫동안 손을 보지 않아 집 관리가 엉망이었다.

작가 부부는 발 벗고 나서서 베란다와 계단, 문짝 등에 페인트칠을 하고 정원을 손질하고 부서진 의자 등을 수리했다. 부부는 평소에 그런 일을 한번도 해본 적이 없는 초보라서, 나중엔 손이 부어 붓을 잡을 수 없는 지경까지 이르렀다. 작가 부부는 토론토의 여인보다 본인 부부가 새로운 경험으로 더 큰 덕을 본 것이 아닌가 생각했다. 이러한 소재의 확장은 우리 수필이 나아가야 할 바람직한 길이다.

한인자 작가는 이 첫 에세이집 『비밀궁전의 비밀』로 본격적인 창작의 길에 들어섰다. 앞으로도 살아온 체험을 바탕으로 더욱 정진하리라 믿으며 다음 작을 기다린다.

한인자 에세이

# 비밀궁전의 비밀

**지은이**_ 한인자
**펴낸이**_ 조현석
**펴낸곳**_ 북인
**디자인**_ 푸른영토

**1판 1쇄**_ 2019년 07월 01일
**출판등록번호**_ 313 - 2004 - 000111
**주소**_ 121 - 842 서울 마포구 서교동 467 - 4, 301호
**전화**_ 02 - 323 - 7767
**팩스**_ 02 - 323 - 7845

ISBN 979-11-87413-46-2    03810
ⓒ 한인자, 2019